MICHAEL MORITZ

Weinselig

DER BADISCHE KRIMI

emons:

Umschlagmotiv: Heribert Stragholz
Umschlaggestaltung: Tobias Doetsch
Druck und Bindung: CPI – Clausen & Bosse, Leck
Printed in Germany 2011
ISBN 978-3-89705-817-0
Der Badische Krimi
Originalausgabe

»Ich weiß keinen Unterschied zwischen Tränen und Musik.«

Friedrich Nietzsche

EINS

Der Schrei, den Biggi ausstieß, ging im vielfältigen Lärm der Umgebung unter. Der schreckliche Anblick, der sich ihr bot, brannte sich umso unvergesslicher in ihr ein. Sie vergaß darüber sogar, wie eilig sie es gehabt hatte, aufs Klo zu kommen. Es war sonst nicht ihre Art, aufs Männerklo zu gehen. Hätte sie es doch auch dieses Mal nicht getan. So viel sie auch am Rande von den Leichen mitbekam, deren Mörder ihr Gatte jagte, Biggi selbst kannte Tote nur aus dem Fernsehen.

Dieser hier aber war echt, und er glotzte sie dreist an, eingequetscht zwischen Schüssel und der Wand des Toilettenwagens. Den Geruch, der aus dem Kastenklo kroch, würde sie nie wieder aus der Nase bekommen. Ein Gemisch aus Urin, der sein Ziel nicht erreicht hatte, dem süßlichen Parfum des Mannes, der mit halber Backe noch auf der Schüssel hing, und Gewürztraminer, der in der Flasche gewesen sein musste, mit der ihm der Schädel eingeschlagen worden war.

Biggi versuchte sich daran zu erinnern, ob sie jemanden gesehen hatte, der aus dem Klo gekommen war. Sie tat sich schwer. Wenn man den Fokus auf die Blase gerichtet hatte, war es unmöglich, sich an etwas zu erinnern.

Wäre sie doch nur nicht aufs Herrenklo gegangen. Aber hier war frei, hier stand man nicht Schlange. Die Männer pinkelten, wo sie wollten, die mussten nirgendwo anstehen. Hätte der Kerl sich nicht auch einfach in einen Busch drücken können, um sich dort erschlagen zu lassen? Stattdessen glotzte er sie weiterhin mit seinen toten Augen an.

Biggi schrie erneut. Diesmal hörten es auch andere und eilten herbei. Einer rief nach der Polizei, ein anderer forderte den Notarzt. Biggi zog benommen das Handy aus ihrer Handtasche und wählte eine eingespeicherte Nummer.

***

Belledin dachte gar nicht daran, sich unterbuttern zu lassen. Die Kölner Reisegruppe, die sich in der Klause des Ihringer Männergesangsvereins breitgemacht hatte, gefiel sich zu gut in ihrem »Viva Colonia«. Das konnte Belledin nicht auf sich sitzen lassen.

Er stieg auf einen Biertisch, hob die Arme mit gestreckten Zeigefingern und begann laut anzuzählen. Dann setzte dröhnend sein Bass ein, und die anderen Kameraden aus dem Merdinger Gesangsverein verbrüderten sich lautstark mit den Ihringern und dem Rest der Meute, die sich mit Baden gegen das Rheinland solidarisierte.

»Das schönste Land in Deutschlands Gau'n, das ist mein Badnerland, es ist so herrlich anzuschau'n und ruht in Gottes Hand.«

Belledin schaufelte jetzt mit beiden Armen von tief unten herauf, um den Refrain zu beschwören. Dabei kam der Biertisch gefährlich ins Wanken. Belledin aber behielt die Balance und donnerte auf die Eins:

»Drum grüß ich dich, mein Badnerland«, hier füllte er die Pause mit einem Posaunenimitat aus geblähten Wangen, »du edle Perl im deutschen Land – tatata-tata!«

Er schraubte seinen wuchtigen Körper auf die Zehenspitzen, hielt den Atem an, riss die Augenbrauen nach oben und stierte seinen Chor erwartungsvoll an. Dann ließ er seiner Masse und dem Schlussteil des Refrains freien Lauf:

»Frisch auf, frisch auf, frisch auf, frisch auf, frisch auf, frisch auf, mein Badnerland!«

Belledin drehte sich nach der Kölner Reisegruppe um. Sie war verstummt und lauschte amüsiert der badischen Folklore. Dabei kippten die fröhlichen Rheinländer ihre Zehntelgläser, als wären sie mit Kölsch gefüllt.

Belledin setzte gerade zur zweiten Strophe an, als sein Handy brummte. Ein kurzer Blick auf das Display verriet ihm, dass es Biggi war. Er überlegte kurz, ob er drangehen sollte. Allerdings verriet ihm das Handy auch, dass Biggi es bereits fünfmal versucht hatte. Er hatte keine Lust auf einen schiefen Haussegen. Das Weinfest hatte gerade erst begonnen, Belledin wollte die vier Tage genießen und sie nicht mit ehelichen Missverständnissen betrüben.

»Hallo, Schatz«, säuselte er und registrierte, dass er deutlicher singen konnte als sprechen. Der Grauburgunder des letzten Jahrgangs war einfach zu süffig. Da konnte er sich nur schwer zurücknehmen. Vor allem schien ihm der Tropfen pures Gold für die Stimme, wenn auch nicht für die Artikulationswerkzeuge.

Aber Belledin wusste ohnehin nur noch ein Wort zu sagen, als er vernommen hatte, was Biggi ihm berichtete.

»Scheißdreck!«

Seine Gesangskumpane blickten ihn fragend an; Belledin atmete schwer durch und schüttelte nur den Kopf. Die Kumpane warfen sich Blicke zu und begannen dann am Biertisch zu rütteln. Belledin schwankte und fuchtelte wild mit den Armen, um das Gleichgewicht zu behalten. »Hörener bi Gott uf mit dem Schiessdreck!«, brüllte er. Der Chor lachte aus tiefer Kehle. Belledin kletterte vom Tisch, drehte sich, ohne sich von den anderen zu verabschieden, auf dem Absatz um und verließ die Kartause.

Hinter ihm begann die Kölner Ausflugsgesellschaft »Hey, Kölle, du bes e Jeföhl« anzustimmen.

Belledin hatte die falsche Spur erwischt. Dabei kannte er die Schwarmgesetze der Weinfestmassen. Er ruderte mit den Armen, stieß sich vom Boden ab, trippelte mal ausweichend, mal schob er einen Widersacher zur Seite – aber er kam nicht vorwärts. Die Gegenströmung drängte ihn zurück.

Obendrein war es heiß. Sehr heiß. So kalt der Winter gewesen war, so heiß würde der Sommer werden; das hatten die Alten gesagt, und sie hatten recht behalten, so wie sie immer recht behielten. Belledin grunzte bei dem Gedanken beifällig. Er zählte sich auch schon zu den Alten, aber nur, wenn es um Erfahrungsschätze ging; ansonsten fühlte er sich noch voll im Saft stehend. Vor allem wenn er gesanglich gerade eine Schlacht gewonnen hatte.

Sein Zehntelglas baumelte ihm in einer Häkeltasche um den Hals und kommentierte jede seiner Bewegungen mit verzögertem Nachschwingen. Jetzt pendelte es sich aus und hielt inne, ebenso wie es Belledin tat. Er musste verschnaufen. Der Wein, die Hitze und der Kampf gegen den Strom triumphierten über seine Kondition. Wie so oft in solchen Situationen, wenn sein Körper nicht mehr wollte, wie er es sich wünschte, schwor er sich, bald wieder das Lauftraining aufzunehmen.

Er stemmte die Hände auf die Oberschenkel und pumpte Luft in die Lungen.

»Alles klar, Herr Kommissar?«, sang ein Jugendlicher im Stile von Falco. Seine Kumpels grölten und prosteten Belledin mit Weinflaschen zu. Dann verschwanden sie in dem Pulk Masse, aus dem sie gekommen waren.

Belledin sah ein, dass er die Spur wechseln musste. Er stieß sich vom Bordstein ab und kreuzte den Strom, bis er im richtigen Fahrwasser landete. Gleich trieb er merklich schneller in die gewünschte Richtung. Es schien ihm, als würde er überhaupt nicht gehen, sondern auf einer sanften Welle durch die Hauptschlagader des Weinfests getragen.

Er dachte daran, wie viel Promille wohl in dieser Blutbahn des Bacchus kreiste, und musste lachen. Die Kollegen würden heute mächtig Kasse machen. Es würde sicherlich wieder einen Haufen Unverbesserlicher geben, die behaupteten, das Auto wüsste den Heimweg, egal wie viel man gesoffen hatte. Und wie schnell man dabei eine rote Ampel überfahren konnte, wusste Belledin nur zu gut.

»Salli, Bello. Au noch unterwegs? Häsch kei Dienscht?«, brüllte eine männliche Stimme aus dem Menschensumpf. Zwei Arme winkten, das Gesicht war nicht zu erkennen. Belledin winkte zurück, dann war der Rufer auch schon wieder von der Woge, die ihm die Richtung gab, verschluckt.

Jetzt wurde es spannend. An der Kurve bei der Post würde er abermals die Linie wechseln müssen. Wenn es ihm dort nicht gelänge, sich ans Ufer zu flüchten, würde ihn der Gegenstrom wieder mit sich reißen, und er müsste noch mal von vorne beginnen.

Er konzentrierte sich, schnappte nach Luft, als ob er gleich dreißig Meter tauchen wollte, und paddelte energisch ans rettende Ufer. Um sicherzugehen, dass es ihn von dort nicht doch wieder unverhofft in den Sog der gut gelaunten Wein-Pilger schleuderte, klammerte er sich an einer Birke fest, die den Eingang der Tennis-Club-Klause zierte.

Er fand kaum Zeit durchzuatmen, da fiel ihm Biggi bereits schluchzend um den Hals.

»Bello, endlich bisch do. Es isch so furchtbar. Dä Robert isch tot.«
Belledin befreite sich aus ihrer Umklammerung, so zärtlich er es vermochte, und machte sich auf in die Richtung, aus der er das Blaulicht des Rettungswagens blinken sah.

Biggi blieb zurück. Sie hatte genug gesehen. Erst war sie nur erschrocken gewesen über den starren Blick eines Toten, der sie nach dem Sinn des Lebens zu fragen schien; dann aber hatte sie ihn erkannt: Robert Düster von den »Memories«, ein bekanntes und beliebtes Unterhaltungs-Duo der Region.

Wie viele Feste hatte sie schon mit Robert und seinem Partner Ulli durchgetanzt? Wo die Memories aufspielten, war Stimmung garantiert. Und auf einmal hatte sie der Gute-Laune-Garant wie ein Monster angestarrt und ihr die Rechnung für all die schönen Abende präsentiert.

Würde sie jemals wieder befreit tanzen können, ohne an Roberts anklagenden und verzweifelt fragenden Blick zu denken?

***

Killian legte seine Klarinette zur Seite und nahm einen Schluck Weißburgunder. Dann lauschte er dem Schlagzeugsolo von Gene Krupa. Killian improvisierte gerne zu Krupas Rhythmen. Sie waren nicht zu kompliziert, schlichter Swing, aber hin und wieder mit beachtlichem Tempo.

Der Rhythmus des Schlagzeugers wurde vom Klopfen an der Ateliertür gebrochen.

Killian schwang sich von seinem Biedermeiersofa und öffnete die Tür. Fragend blickte er die Frau an, die vor ihm stand. Sie mochte Mitte sechzig sein, ihr Haar war noch dicht, strohblond gefärbt, und das tief gebräunte Gesicht bildete einen starken Kontrast zu den leuchtend blauen Augen. Die von Fältchen umkränzten vollen Lippen waren mit einem knalligen Rot geschminkt, eine elfenbeinene Zahnreihe lächelte Killian an.

»Ist schon ein Weilchen her«, sagte die Frau. »So knapp zwanzig Jahre. Gott, wie die Zeit vergeht.« Ein unsicheres Lachen folgte der Floskel.

Killian wusste sie noch immer nicht einzuordnen. Sie schien es zu merken.

»Nun komm schon, so sehr bin ich nun auch nicht gealtert. Vielleicht hat sich die Haarfarbe etwas geändert. Wo bleibt dein fotografisches Gedächtnis? Möhlinhütte, zwölfte Klasse, Grundkurs Kunst.«

Bei Killian dämmerte es. »Frau Heldt?«

»Klara. Damals waren wir per du.« Sie lächelte zweideutig.

Killian fiel alles wieder ein. Klara Heldt hatte Kunst am Martin-Schongauer-Gymnasium unterrichtet. Er, Mark und Bernd hatten sich damals darauf geeinigt, dass sie die schärfste Braut an der Schule war. Nicht nur weil sie einen lockeren Unterricht abgehalten hatte, sie hatte auch zu ihrer Attraktivität gestanden und Kurven gezeigt, wo sie waren. Ihr Lieblingsthema war »Anatomisches Zeichnen« gewesen. Da war es nicht ausgeblieben, dass sie mal den Bizeps der Jungs fühlte, um ihnen Muskelansatz und Ursprung am Knochen zu erläutern. Ebenso hatte es ihr gefallen, in hautengem Shirt auf einem Hocker zu posieren und den linken Arm in die Höhe zu strecken, damit die Schüler am Original sehen konnten, wie sich die Brust zur Armbewegung verhielt.

Damals war sie naturblond gewesen, und es wurden Kästen von Bier unter den Jungs ausgehandelt für denjenigen, der sie flachlegen würde. Killian hätte die Kästen gewonnen, wenn er es denn gesagt hätte. Aber es war nicht er gewesen, der sie flachgelegt hatte, sondern Klara hatte sich ihn geschnappt; ansatzlos, beim Sommerabschluss der zwölften Klasse am Ufer der Möhlin.

Killian war damals schon mit Bärbel zusammen gewesen, und es war ihm unangenehm gewesen, dass er sie betrogen hatte. Er war zu feige gewesen, es ihr zu gestehen, und hatte die Episode einfach aus seinem Gedächtnis ausradiert. Vermutlich war es ihm deshalb auch so schwergefallen, sich jetzt an Klara zu erinnern.

»Klara, natürlich. Entschuldige. Komm doch rein«, stotterte Killian, als hätte er Angst, dass Bärbel ebenfalls gleich auftauchen konnte und ihn Jahre danach in flagranti stellte.

Aber Bärbel würde nicht kommen. Sie war in Mittelamerika und würde erst im September, wenn das neue Schuljahr begann, wieder badischen Boden betreten.

»Danke«, sagte Klara und trat ein. Sie sah sich um, wie es Künstler taten, die es gewohnt sind, in Räumen nach Naturlicht Ausschau zu halten; aber sie entdeckte nur Scheinwerfer und Strahler, die eine indirekte warme Beleuchtung in Killians Werkstatt zauberten.

»Was für Licht hast du am Tag? Auch Strahler?«

»Ich bin Fotograf, kein Maler. Ich fange das Licht draußen ein und zerre es in die Dunkelheit, damit es sich dort neu entfalten kann.«

»Das hast du schön gesagt. Von wem ist das?«

Killian lachte. »Das ist von mir, Frau Lehrerin.«

»Von dir war nie etwas, soweit ich mich erinnern kann. Jede Kunstarbeit hattest du vorher aus Büchern abgeschrieben und in drei Varianten unter die Schulbank gelegt. Und als es dann um die Bildinterpretation ging, hast du das geeignete Blatt unter der Bank vorgezogen und einfach mit der Überleitung: ›Und jetzt zu den Bildern‹ weitergeschrieben.«

»Du hast es gewusst?«

»Nur weil ich blond war, war ich noch lange nicht blöd.«

»Aber warum hast du mir dann fünfzehn Punkte gegeben?«

»Weil deine Bildinterpretation gut war, außerdem fand ich dich sexy, aber das weißt du ja. Und objektive Lehrer gibt es nie, vor allem wenn man Ästhetik und Kunst unterrichtet. Da sind immer Gefühl und Inspiration ausschlaggebend.«

Killian wusste nicht, ob er laut lachen sollte; die Direktheit seiner alten Lehrerin erfrischte ihn.

»Bietest du mir ein Getränk an?«

»Ja, natürlich. Was magst du? Ich habe einen guten Weißburgunder aus Achkarren.«

»Hast du keinen Spanier? Seit ich auf Mallorca lebe, trinke ich nur noch spanische Weine, manchmal auch portugiesische. Aber die Franzosen und die badischen geben mir nichts mehr.«

»Obacht! Zäume deine Zunge! Du wärst nicht die Erste, die geteert und gefedert ob solcher Blasphemie durchs Vulkangestein gezerrt würde. Dionysos war kein Grieche, sondern ein Endinger.«

Klara prustete: »Kumme bin ich, Suhn vum Zeus, in des Land

vu Thäbe, ich, dä Dionysos ... stell dir das vor! Euripides ein Kaiserstühler!«

»Warum nicht? Bist du nicht auch von hier?«

Killian goss zwei Gläser mit Weißburgunder voll und reichte Klara eines davon. Sie nahm es ohne Widerspruch entgegen.

»Tuniberg, Opfingen, aber nur väterlicherseits. Meine Mutter kam aus Hamburg. Hat hier schwer gelitten. Fischkopf und so weiter, du kennst das ja ... Aber sie ist dann abgehauen, wieder nach Hamburg zurück, und mit einem Matrosen durchgebrannt. Zu meinem zehnten Geburtstag trudelte eine Postkarte aus Madagaskar ein, danach habe ich nichts mehr von ihr gehört ... Zum Wohl.«

Sie stießen die Gläser aneinander und tranken.

»Ist doch besser, als ich dachte«, lächelte sie.

»Manches macht man schlecht, damit man davon loskommt; das macht es einfacher«, sagte Killian mehr zu sich und ins Weinglas. Dann wandte er sich wieder Klara zu. »Ihr lebt jetzt also auf Mallorca –«

»Ich«, unterbrach ihn Klara. »Ich lebe auf Mallorca. Seit zehn Jahren sind wir getrennt. Ulli ist noch hier.«

Killian nickte stumm. Er hatte keine Lust darauf, Details einer zerrütteten Beziehung zu erfahren. Jeder hatte seine Gründe. Deshalb versuchte er, das Thema von der Beziehungskiste wieder wegzuleiten.

»Und wieso Mallorca? Fürchtest du im Alter den Vitamin-D-Mangel?«

Klara lachte laut. »Sehe ich etwa schon so klapprig aus? Frech wie eh und je, der kleine Killian. Pass auf, du, sonst gibt's einen Eintrag ins Klassenbuch.«

Killian war froh, die Richtung erfolgreich gewechselt zu haben, und lachte mit.

»Es ist das Licht auf Mallorca, das mich so fasziniert. Und die Früchte. Ich male Früchte, Stillleben, kannst du dir das vorstellen?«

»Wie? Zitronen und Orangen?«

»Ja, in kraftvollen, erfrischenden Farben. Und sehr lebendig.«

»Bist du hier, um mir eines deiner Bilder zu verkaufen?«

Klara lachte wieder. »Nicht ganz, aber so ähnlich. Ich brauche gute Fotos von meinen Bildern, damit ich sie ins Netz stellen kann, und für einen Katalog. Außerdem habe ich noch ein paar Ämtergänge zu machen. Krankenversicherung, Rente, Zahnersatz. Aber damit will ich dich nicht langweilen, das ist zu unerotisch. Diese Altersthemen sind einfach Horror. Das Wichtigste für mich sind die Fotos, damit ich die Bilder verkaufen kann. Zwar habe ich auch ein kleines Restaurant aufgemacht, aber viel wirft das nicht ab. Ich will damit eher Kundschaft locken, die dann meine Bilder kauft.«

»Fotografierst du nicht mehr?«

»Doch, schon. Aber es gelingt mir nicht, die Kraft der Bilder auf die Fotos zu übertragen. Als läge ein Filter dazwischen, es ist wie verhext.«

»Hast du die Bilder dabei?«

»Draußen, im Auto.«

»Dann holen wir sie doch rein.«

***

Fassungslos saß Ulli Heldt auf dem Hocker hinter dem E-Piano und schüttelte den Kopf.

»Kannsch alle froge, ich war die ganz Zeit do. Ich wär jo blöd, wenn ich dä Robert ausgrechnet am Afang vum Wiefescht umbringe tät. Wenn ich's tät, dann am End, aber doch nit am Afang. Jetzt muss ich allein spiele, des macht doch kei Sinn.« Ulli lachte bitter und streckte den Arm in Richtung Publikum aus. »Los, frog sie, wenn du mir nit glaubsch.«

In der Klause des Tennis-Clubs ging es noch immer hoch her. Der Hof war brechend voll. Die Leute begannen bereits, unruhig zu werden. Einzelne riefen: »Musik! Weitermachen! Stimmung!« Andere grölten auf eigene Kosten: »Ole – ole, ole, ole ...!«

Ulli sah zu Belledin auf. »Ich muss weitermache ...«

Belledin blickte sich in der Klause um. Alles potenzielle Täter und Zeugen. Die ganze Welt konnte Düster ermordet haben. Sollte er den Betrieb hier lahmlegen und sie alle verhören? Ein Wahnsinn. Er allein gegen die Feierlust des Volkes. Er malte sich aus, was auf seinem Notizblock stehen würde. Ein Gassenhauer nach dem anderen, mehr Text wäre aus dem angeheiterten Volk nicht rauszubringen. Spuren fände man hier sowieso keine; und Ulli konnte er auch morgen früh noch vernehmen, der lief ihm nicht weg. Wie der es jetzt allerdings fertigbringen wollte, weiterhin für Stimmung zu sorgen, war Belledin schleierhaft.

Da war ein Freund ermordet worden, mit dem man vierundzwanzig Jahre lang als Duo gemeinsam über die Feste getingelt war, und Ulli schüttelte nur ein paarmal den Kopf und haute ansatzlos wieder in die Tasten.

»Ich komm morgen noch mal. Ein paar Frage hätt ich dann schon noch.«

Ulli nickte mit leerem Blick und wandte sich dem Piano zu. Belledin bahnte sich durch die feuchtfröhliche Gesellschaft, die jubelte, als der erste Akkord ertönte.

»Leider müssen wir jetzt ohne unseren Freund Robert weitermachen, dem hat eine Flasche Gewürztraminer auf den Kopf geschlagen«, scherzte Ulli bitterböse. Das Volk johlte und pfiff; Belledin schüttelte über Ullis Geschmacklosigkeit nur den Kopf. Er musste raus hier, und er war kurz davor, einigen der hereindrängenden Gäste aufs Maul zu hauen, so ergriffen ihn plötzlich Ekel und Platzangst.

Er schaufelte noch mehr als vorhin, bis er endlich aus der Klause war. Hinter ihm erklang Ullis Stimme: »Einer geht noch, einer geht noch rein, einer geht noch, einer geht noch rein. Und alle ...!«

Das Röhrchen färbte sich verdächtig. Belledin blickte die Uniformierten gefasst an.

»Dann fahr ich wohl besser nicht mehr«, raunzte er und warf Biggi den Autoschlüssel zu.

»Weise, Herr Kommissar.«

Biggi lachte, so gut sie konnte, und hakte sich bei ihrem Gatten ein.

»Ich wünsche noch einen angenehmen Abend, werte Kollegen«, grüßte Belledin und ließ sich von ihr zum Auto führen.

Nachdem er die Tennis-Klause verlassen hatte, waren ihm einige ehemalige Schulkameraden begegnet. Er hatte die Gelegenheit beim Schopf gepackt und es sich richtig gegeben. Ihm war klar, dass der Mord an Robert Düster ihm die restlichen Tage des Weinfests gestrichen hatte. Also sah er sich gezwungen, die Fröhlichkeit auf den heutigen Restabend zu konzentrieren, auch auf die Gefahr hin, dass Biggi mit ihm schimpfen würde.

Doch Biggi schimpfte nicht. Sie konnte ihren Bello verstehen. Am liebsten hätte sie sich auch einen genehmigt. Aber einer musste ja fahren. Also war sie stumm wie ein Fisch neben ihm gesessen, als er mit seinen alten Freunden wilde Zeiten beschworen hatte. Die Kalauer waren an ihr vorübergezogen wie Wolken ihm Föhn, während sie versucht hatte, sich daran zu erinnern, wie die Gestalt aussah, die aus dem Klo gehuscht war, in dem sie Robert Düster tot gefunden hatte. Vergebens. Der Nebel blieb. Sie wunderte sich, dass Bello sie nicht danach fragte. Überhaupt wunderte sie sich, wie er hatte feiern können, anstatt sich um sie zu kümmern. Und wenn schon nicht um sie, dann doch wenigstens um den Mordfall.

Robert Düster war mit ihr in Merdingen zur Grundschule gegangen. Er war schon immer sehr musikalisch gewesen. Während es ihr in der vierten Klasse noch immer schwergefallen war, Noten zu lesen, hatte Robert bereits Akkordeon-Nachmittage in Seniorenheimen veranstaltet. Alle im Dorf hatten ihm eine große Karriere als Musiker prophezeit.

Biggi schluchzte. Es war weniger die Trauer um Robert; so gut kannte sie ihn nun auch wieder nicht; es war die Ahnung der eigenen Vergänglichkeit, die sie plötzlich heimsuchte. Was wäre gewesen, wenn sie vor Robert auf der Toilette gesessen hätte? Hätte sie dann den Gewürztraminer über den Schädel gezogen bekommen?

»Vielleicht war es nur ein Zufall, dass Robert sterben musste. Vielleicht hätte es jeden erwischen können?«, brach es aus ihr heraus.

»Es kann immer jeden erwischen«, brummte Belledin. Und er fühlte sich wohl mit diesem Satz, der ihm aus einem John-Ford-Western bekannt schien.

Biggi versuchte sich auf den Verkehr zu konzentrieren, während Belledin trotz des Weines, den er nun deutlicher spürte als zuvor, darüber nachdachte, ob Ulli Heldt wohl Robert Düster erschlagen haben konnte. Endlich kam er auch zu der Frage, um die er sich gerne gedrückt hätte: »Biggi, du bisch in den Fall verwickelt, und ich bin befange. Eigentlich müsst ich die Sach abgebe. Verstehsch?«

Biggi klammerte sich am Lenkrad fest.

»Du könntesch ihn theoretisch erschlage habe. Wer dä Tote findet, isch nit nur Zeuge, sondern auch potenzieller Täter. Des isch so …«

Er spürte den übermäßigen Alkohol und drückte den Fensterheber, um frische Luft ins Auto zu lassen.

»Also, ich frog dich des jetzt nur eimol un denn nie mehr. Weil ich's froge muss. Hämma uns verstande?«

Biggi nickte.

»Häsch du de Robert umglegt?«

Biggi merkte, wie sich ihr Zittern auf das Lenkrad übertrug. Sie schüttelte vehement den Kopf und biss sich auf die Lippen.

»Gut. Des wär erledigt«, schnaufte Belledin und streckte den Arm aus dem Fenster. »Du nimmsch mir des nit krumm, gell? Aber des isch mei Job. Do kenn ich kei Pardon, für keinen.«

Biggi schwieg. Belledin machte ebenfalls eine Pause. Sie fuhren in Merdingen ein.

»Und jetzt die negschte Frage«, sagte er schließlich. »Jetzt bisch nimmer verdächtig, sondern Zeugin. Hauptzeugin sogar. Weisch, was des heißt? ›Zeugin der Anklage‹. Super Film. Müsst ich emol wieder agucke.« Er hing den Filmbildern nach, dann fragte er: »Häsch du irgendjemand gsehe? Ebber Verdächtiger?«

Sie waren in Merdingen angekommen. Biggi parkte das Auto auf dem Abstellplatz vor der Garage. Sie schüttelte wieder verneinend den Kopf. »Ich weiß grad gar nix. Ich hab doch noch nie ä Tote gsehe. Ich erinner mich nur dra, wie mich dä Robert aguckt hät. Die Auge vergiss ich nie meh … nie meh.« Sie starrte ihn an, als hätte sie den letzten Blick des Toten in ihre eigenen Augen kopiert. Belledin konnte nicht hinsehen, er hatte keine Kraft, Biggi Trost zu spenden.

»Des war's für heut«, sagte er. »Ah, des hätt ich beinah vergesse. Du häsch Recht uf ä Anwalt.« Er lachte wiehernd.

***

Ulli ließ sich Zeit beim Zusammenpacken. Er hatte durchgehalten bis drei Uhr morgens, so wie er immer durchgehalten hatte, seit über vierzig Jahren. Mit vierundzwanzig hatte er begonnen, als Alleinunterhalter sein Publikum zu beglücken, im September würde er fünfundsechzig werden; eine große Feier war geplant.

Aber ihm war nicht mehr zum Feiern zumute. Er kauerte auf dem Hocker hinter seinem E-Piano und schluchzte. Erst jetzt konnte sich der Schmerz, den Roberts plötzlicher Tod in ihm verursachte, Bahn brechen. Vor Publikum zog Ulli seine Maske des allseits fröhlichen Schunkelbruders niemals ab, das hatte er schon immer so gehalten. Egal, was privat aus der Kurve flog, das eiserne Gesetz des Entertainers stand über allem. Robert hatte darunter oft gelitten, und es war nicht immer harmonisch zwischen ihnen gewesen; aber erschlagen hätte Ulli seinen Partner nie; verprügelt ja, das war schon mal vorgekommen.

Auch als Duo war ein Jubiläum angestanden: Fünfundzwanzigjähriges. Ebenfalls im September. Aber irgendjemand hatte etwas dagegen gehabt, dass Robert sein verdientes Jubiläum feiern konnte. Wer?

Ulli fielen spontan gehörnte Ehemänner ein, von denen sich endlich einer an dem Provinz-Gigolo Robert Düster gerächt hatte. Er selbst ließ auch nichts aus, aber er prahlte nicht so offen mit seinen Eroberungen. Er genoss und schwieg. Robert dagegen war so dreist gewesen, stets eine Haarsträhne der eroberten Braut abzuschneiden und sie in ein Album zu kleben; darunter hatte er dann die Initialen des Wildes und das Datum der Jagd gesetzt. Zwar hatte Robert geschworen, es außer Ulli niemandem zu zeigen, aber wer so ein Fahrtenbuch führte, würde sich auch andernorts damit brüsten. Ulli war sich sicher, dass dies Robert zum Verhängnis geworden war. Einen anderen Grund, Robert zu erschlagen, fiel ihm nicht ein.

Er wischte sich die Tränen mit dem gelben Seidentuch ab, das er in der Brusttasche seines rot glänzenden Smokings stecken hatte, und schnäuzte sich hinein. Dabei wirbelte er ein paar Konfettis durch die Luft und musste gequält lachen. Er hatte immer eine Hand voll Konfettis in dem Tuch, um im geeigneten Moment damit einen kleinen Stimmungsgag zu landen. Heute hatte er das

Tuch vergessen, vielleicht mit unbewusster Absicht, um sich damit jetzt selbst zu erheitern.

Er sah den runden Papierschnipseln nach, wie sie durch den Strahl der beiden Scheinwerfer wirbelten, und schrie: »Stimmung!«

Ein besoffenes Pärchen, das sich gierig befummelte, und der ultimativ letzte Gast, den es bei jeder Veranstaltung gab, unterbrachen ihre Routine und starrten auf das Podest, wo Ulli irre lächelnd noch immer dem Flug der Konfettis nachstarrte.

»Ulli, wie mache mir's mit'm Honorar? Abgmacht war für jeden neunhundert. Dä Robert hät jo früher ufghört. Ich mein, und gschpielt hät er jo au nit lang. Do tät ich sage, du kriegsch neunhundert und er nur d' Hälfte. 's geht mich jo nit a, aber warum isch er so früh heim? Hän ihr euch wieder gstritte? Oder war er bsoffe?«

Ulli ließ den letzten Papierschnipsel landen, dann drehte er sich zu Ernst Brodbeck um, Kassenwart des Tennis-Clubs und ein Geizhals vor dem Herrn. Ulli hasste diesen Knauser. Überall hätten sie mindestens das Doppelte kassieren können, aber aus alter Verbundenheit zum ersten Vorstand traten sie dann doch immer in der Tennis-Klause auf.

Er blickte auf die beiden Umschläge, die Brodbeck in Händen hielt, und nahm sie ihm beide weg.

»Dafür hab ich für zwei gschpielt«, raunzte er. »Dä Robert isch tot. Uffm Klo hät 'n jemand umbrocht.«

***

»Achtzehnhundert, findest du das zu viel?«, fragte Klara.

Killian besah sich das Ölgemälde, auf der eine riesige halbierte Zitrone von der Leinwand zu tropfen drohte.

»Nein, überhaupt nicht. Vielleicht kaufe ich sogar eins, aber ich muss sie bei Tageslicht sehen. Willst du sie hier lassen oder dabei sein, wenn ich sie fotografiere?«

»War das jetzt ein Rauswurf?«, fragte Klara, und unter ihrem Lächeln blitzte ein Hauch von Verletzung. »Ich weiß, ich bin nicht mehr die Jüngste, aber die Nacht an der Möhlin hätte eine Fortsetzung verdient, findest du nicht?«

Mit dieser Offensive hatte Killian nun gar nicht gerechnet. Ihm war überhaupt nicht danach, mit Klara ins Bett zu gehen. Weder mit Klara noch sonst mit irgendeiner Frau. Klara war noch attraktiv, aber die Erinnerung an das schlechte Gewissen, das er damals Bärbel gegenüber verspürt hatte, überwog.

»Tut mir leid. Nichts gegen dich, aber ich bin liiert«, log er.

»Spießer«, seufzte Klara und stand auf. »Ich bleibe bis zum 14. Wäre schön, wenn du die Fotos in vier Tagen fertig hättest, damit ich hier noch ein wenig die Klinken putzen kann. Gute Nacht.«

Ob sie wohl darauf hoffte, dass Killian sie nun am Arm zurückhielt und zu sich zog? Für einen Moment kam ihm der Gedanke, aber er verwarf ihn sogleich wieder. Klara war zum Glück bereits an der Tür. Sie hätte nun noch die Möglichkeit gehabt, so zu tun, als würde sie die schwere Schiebetür nicht öffnen können. Dadurch wäre Killian gezwungen gewesen, wieder in ihre Nähe zu kommen. Aber sie war zu souverän, als dass sie solche Spiele nötig gehabt hätte. Mit einem Ruck riss sie die Tür auf und verschwand in die Nacht.

Killian ließ die Schiebetür offen. Er wollte, dass Klaras Parfum, das die Luft im Atelier süßlich schwängerte, entwich.

***

»Geh ma noch zum Bäcker?«, hörte Swintha aus einer Gruppe bezechter Fußballer, die mal wieder am längsten ausgehalten hatten.

»Nei, mir längt's, ich muss in zwei Stund schaffe«, erwiderte einer.

»Seit wann schafft mer uffm Rathaus?«

Gelächter.

»Hartzler kriege sowieso nur trocke Brot bim Bäcker«, konterte der andere.

Raunen wie vor einem Eckball.

»Friede sei mit dir.«

»Und mit deinem Geiste.«

»Amen.«

Gelächter.

Swintha hatte rasch ein paar Fotos von den Gesellen in kurzen Turnhosen und Badeschlappen geschossen, die sich neckend in den Morgengrauen stahlen. Die neue digitale Spiegelreflexkamera, die sie von Bärbel und Killian geschenkt bekommen hatte, war eine Offenbarung. Die Tiefenschärfe der Einzelbilder war berauschend, die Qualität glich beinahe einer Fünfunddreißig-Millimeter-Filmauflösung. Aber nicht nur das. Mit dieser Kamera konnte Swintha auch kleine Videos drehen, und zwar in Full-HD. Der Chip hatte einen Speicher von acht Gigabyte, das war nicht viel für bewegte Bilder, aber Swintha hatte fünf davon, und damit konnte sie ausreichend Material aufnehmen.

Die ganze Nacht hindurch war sie auf dem Weinfest unterwegs gewesen, hatte gefilmt und Fotos geschossen. Es sollte ihre Semesterarbeit werden, in der sie Stillstand und Bewegung untersuchte. Der scheinbare Stillstand der sich doch bewegenden Massen faszinierte Swintha.

Sie hatte dafür die Kamera auf ein Stativ gestellt und drei Speicherchips verschossen. Auf das Gehäuse hatte sie ein extremes Weitwinkelobjektiv gesetzt, um das Treiben als Gesamtheit einfangen zu können. Sie wollte den Film anschließend mit extremem Zeitraffer bearbeiten, um dadurch die Bewegung deutlicher herauszuschälen. Sie würde noch einige Nächte brauchen, weil sie auch den Zeitfaktor der aufgehenden Sonne mit einbeziehen wollte: die Bewegung der Menge im Verhältnis zur Bewegung des Lichts. So hatte sie es jedenfalls konzipiert. Zugegeben, ihr Konzept war etwas kopflastig und schwer zu verstehen, aber sie hoffte darauf, dass man es dann aus den Bildern lesen konnte.

Allmählich überkam aber auch sie die Müdigkeit. Es wurde schon hell, nur noch einige Gestrandete hielten sich tapfer an ihrer Weinflasche fest, schnarchten unter Bierbänken oder lallten den Refrain des letzten Schlagers.

Swintha schoss auch von ihnen ein paar Fotos. Dann hielt sie Ausschau nach Reto. Reto war Schweizer, kam aus Chur und war letzte Saison als Schauspieler am Maxim-Gorki-Theater in Berlin engagiert gewesen. Gerade hatte er nichts zu spielen, dafür aber Zeit für Swintha. Seit einem halben Jahr teilten sie sich am Prenzlauer Berg eine Wohnung und waren sehr schnell ein Paar geworden.

Im hektischen Berlin war Reto ein Ruhepunkt. Die stoische Gelassenheit, mit der er die Welt betrachtete, gab Swintha Halt. Waren ihr die badischen Mitschüler stets zu lahmarschig gewesen, war es genau diese Langsamkeit, durch die sich Swintha bei Reto geborgen fühlte. Manchmal wusste sie allerdings nicht recht, ob er ihr seine Gelassenheit nur vorspielte und es in ihm nicht doch brodelte, wenn er täglich auf den vergeblichen Anruf eines neuen Engagements hoffte.

Sie entdeckte Reto angelehnt an ein Weinfass hockend. Sein Blick schweifte über den Abfall, den die Nacht zurückgelassen hatte und dessen Entsorgung die Müllmänner bereits in Angriff nahmen.

Swintha wechselte rasch das Objektiv auf hundertfünfzig Millimeter und ging nah an Retos Gesicht. Er fühlte sich unbeobachtet, ein guter Moment für ein Porträt. Wenn Reto wusste, dass er fotografiert wurde, schnitt er sofort irgendein Gesicht, von dem er glaubte, dass es cool war. Jetzt aber war er Reto, und Swintha fand ihn wunderschön. Die dunklen großen Kinderaugen, die leichte Stupsnase, die hohe runde Stirn, das schwarze lockige Haar. Ihre Kamera fing die Naivität eines verspielten Kindes ein, das mit einem Dreitagebart die Welt des Mannes behaupten wollte.

Swintha ging auf ihn zu und küsste ihn sanft auf die Unrasur.

»Gehen wir?«

Reto blickte sie an und nickte langsam, dabei lächelte er.

»Es ist schön hier, vor allem in dieser Stimmung, wenn die Schlachtplatte abgegessen ist. So stelle ich mir den Morgen nach dem jüngsten Tag vor. Armageddon. Lass uns noch fünf Minuten warten, dann sehen wir auch die Geier, die das Aas fressen wollen.«

Reto sprach gerne in apokalyptischen Bildern. Es war wohl die Mischung aus dem zwinglianischen Bibelschatz seiner Heimat und den Heiner-Müller-Texten, die er in der vergangenen Spielzeit darzustellen hatte.

»Morgen ist auch noch ein Tag, und ich brauche Schlaf.«

Swintha wusste mittlerweile, dass Reto das so gerühmte Verhältnis der Schweizer zur Zeitkonstante nicht besaß. Er hatte keinerlei Gefühl für Zeit. Ein Tag konnte ein Jahr sein oder ein Lidschlag.

Reto nickte und blickte auf Swinthas Kamera. »Hast du gute Beute gemacht?«

»Ich glaube schon. Die Enttäuschung kommt wahrscheinlich mit dem Sortieren.«

»Wie bei uns. Während der Proben passieren die wunderbarsten Sachen, und während der Vorstellung erweist sich alles als Unsinn.«

Swintha merkte, dass Reto auf die Bahn des Nihilisten driftete, worauf sie jetzt keine Lust hatte. Ihr war nicht nach Lamento, nicht bevor sie ihre Bilder gesehen hatte.

»Komm, wir gehen. Ich muss schlafen. Zum Mittagessen sind wir bei meinem Vater eingeladen. Da will ich fit sein.«

»Ist er so schlimm?«

»Wie man's nimmt«, gluckste Swintha in der ihr eigenen Art.

***

Ulli traute sich nicht, das Licht anzuknipsen. Er kam sich vor wie ein Einbrecher. Und jetzt war er wohl auch einer, obwohl er die Schlüssel zur Wohnung besaß. Leise drückte er die Tür ins Schloss. Sie schnappte kaum hörbar zu, trotzdem glaubte Ulli, das Klacken im gesamten Treppenhaus zu hören.

Das Wohnzimmer befand sich am Ende des Flurs, daran konnte er sich erinnern. Er war nicht oft hier gewesen. Sie hatten sich über zwei Jahrzehnte mindestens viermal die Woche zum Musizieren getroffen, da war man dann irgendwann auch froh, wenn man mal Ruhe voreinander hatte. Früher war das anders gewesen, da konnten sie nicht genug voneinander kriegen. Aber da war noch alles in Ordnung gewesen. Da war Klara noch da gewesen – und Isabella.

Durch das große Fenster zur Straße fiel Laternenlicht ins Wohnzimmer. Es war hell genug, um sich zu orientieren. Ulli steuerte auf die Regalwand mit den Büchern zu. Er versuchte, sich daran zu erinnern, wo Robert den Ordner verstaut hatte. Sein Blick wanderte über die Reihen, bis er einen roten Band erfasste, der es sein konnte. Er griff kurz danach, aber es war ein Fotoalbum. Halbherzig drückte er es wieder hinein. Dabei fiel ein Buch aus dem Regal und klatschte auf den Boden. Ulli erschrak. Für ihn war es kein Taschenbuch, sondern ein zentnerschwerer Zementsack, der zu Boden donnerte. Das Haus bebte in seiner Vorstellung, das Regal schien zu wanken.

Er lauschte. Es war nichts zu hören. Vorsichtig hob er das Buch auf und warf einen Blick darauf. »Haben und Nichthaben« von Hemingway. Es sagte ihm nichts. Er las nichts außer Noten.

Er schob das Buch ins Regal zurück, ließ es auf halbem Weg aber los. Endlich hatte er entdeckt, wonach er suchte. Er zog den Ordner aus dem Regal und öffnete ihn. Es war der richtige. Hier befanden sich, säuberlich in Klarsichthüllen abgelegt, die Haarlocken und Strähnen von Roberts erlegtem Wild. Jede Folie war etikettiert mit Datum und Initialen der einstigen Besitzerin.

Er blätterte hastig, stoppte dann, als er die blonde Locke fand, nach der er gesucht hatte, und ging näher ans Fenster, um mehr Licht zum Lesen zu haben: »K.H. 20.05.1989«. Sie war es wirklich. Seine Klara. Dass sie etwas miteinander hatten, hatte er natürlich gewusst. Aber er hatte gedacht, dass auch Liebe dabei gewesen sei. Degradiert auf eine Locke, war Klara für Robert wohl auch nicht mehr gewesen als eine Trophäe.

»Dafür hättsch's verdient, dass ich dich umbring«, murmelte er grimmig. Er überlegte kurz, ob er nur die Folie mit der blonden Locke oder gleich den ganzen Ordner mitnehmen sollte, und entschied sich für Letzteres. Er wollte gerade mit der Beute durch den dunklen Flur zur Wohnungstür, als er von draußen etwas hörte.

Jemand machte sich mit einem Schlüssel an der Tür zu schaffen. Vielleicht Belledin? Natürlich würde die Polizei hierherkommen. Deswegen war Ulli ja auch hier. Er musste Belledin zuvorkommen. Er wollte nicht, dass der Kommissar Klaras Locke in Roberts Trophäensammlung fand.

Hastig sah er sich um. Egal, wo er sich verstecken würde, die Bullen würden alles durchsuchen. Er würde auffliegen, ohne Zweifel. Und dann würde Belledin sein Alibi eingehender überprüfen. Dabei würde herauskommen, dass Ulli auch kurz auf der Toilette gewesen war, im selben Wagen, in dem man Robert tot gefunden hatte. Und wenn er behauptete, fünf Minuten vor Robert dort gewesen zu sein, dafür hatte er keinen Beweis.

Er war wieder im Wohnzimmer, als sich die Tür am anderen Ende des langen Flurs fast geräuschlos öffnete und einen Lichtkeil aus dem Treppenhaus in den Flur ließ. Ulli entdeckte die Balkontür, öffnete sie und schob sich ins Freie. Ein Blick in die Tiefe sagte ihm, dass er es schaffen konnte. Es war nur der erste Stock. Er warf den Ordner ins Dunkel, der klatschend auf dem trockenen Rasen aufschlug. Ulli kletterte über die Brüstung und hängte sich ans Geländer, um die Höhe zu verringern. Dann ließ er los. Beim Aufprall verspürte er einen Stich im linken Sprunggelenk, aber das Adrenalin des Fluchttriebs verdrängte den Schmerz. Er tastete nach dem Ordner, fand ihn und eilte im Schatten des Hauses ins Dunkel der Häuserwand. Bevor er um die Ecke bog, drehte er sich noch einmal um. Er wunderte sich, dass die Polizei noch kein Licht gemacht hatte. Vielleicht war es gar nicht die Polizei, die gerade in Roberts Wohnung war? Vielleicht war es Roberts Mörder?

Ulli wurde bang. Noch mehr als vor der Polizei fürchtete er sich vor Roberts Mörder. Wer immer es gewesen sein mochte, Ulli wollte nichts mit ihm zu schaffen haben. Er wollte nur sich selbst aus der Schusslinie bringen. Und er war froh, dass er Klaras Locke aus Roberts Nachlass entfernt hatte, sonst hätte sich Belledin womöglich ein Motiv zurechtgeschnitzt, das er ihm anhängen konnte.

ZWEI

Killian hatte Klaras Gemälde auf der Rampe vor dem Atelier aufgestellt. Das blaue klare Licht der Morgensonne schmeichelte den prall gemalten Früchten.

Ihm gefielen die Bilder. Sie zeigten Südfrüchte, nicht mehr und nicht weniger. Es gab keinen doppelten Boden, keinen emotionalen Hinterhalt, keine freudianische Symbolik.

»Manchmal ist eine Zigarre eben nur eine Zigarre«, murmelte er, während er überlegte, mit welcher Brennweite er die Bilder aufnehmen sollte. Er wollte den Früchten ihre Neutralität lassen und sie nicht mit seiner eigenen Ansicht interpretieren. Er tendierte zu kurzen Brennweiten, entschied sich dann aber für die mittlere und setzte ein Fünfzig-Millimeter-Objektiv auf seine Nikon. Dann richtete er das Stativ ein. Obwohl er bei fünfzig Millimetern beruhigt hätte aus der Hand schießen können, fürchtete er, dass ihm ohne Stativ am Ende doch noch eine heimliche Interpretation der Früchte entwischte.

Am besten wäre es, ich würde die Bilder in einen Passfotoapparat setzen, dachte er halb im Scherz. Doch es lag ihm sehr daran, Klaras Gemälden nicht zu nahe zu kommen. Er wollte Abstand wahren, nicht nur zu den Bildern, auch zu Klara. Ob es nur wegen der Geschichte beim Möhlinhüttenfest war oder ob es tiefere Beweggründe dafür gab, wusste Killian im Moment nicht einzuschätzen.

Er war nach Rohinas Tod aus der Spur gekommen, die Kriegsfotografie hatte ihn ausgehöhlt, und seit einem Jahr erst lebte er wieder hier in seiner Heimat, am Kaiserstuhl, den er zwanzig Jahre lang gemieden hatte wie der Teufel das Weihwasser. Er war sich anfangs nicht sicher gewesen, ob es der richtige Ort dafür war, seine seelische Dunkelheit wieder mit Licht anzufüllen. Aber das letzte Jahr hatte ihm Hoffnung gegeben. Nicht nur, dass er mit Swintha verspätet und überraschend zu einer einundzwanzigjährigen Tochter gekommen war; er fühlte tatsächlich Aufhellung in seinem Innersten. Das Schwarz drohte zwar noch immer jeden

Lichtfleck zu schlucken, aber Killian glaubte hin und wieder ein wachsendes Grau in sich zu entdecken. Das dunkle Grau war schmerzhaft, denn da kämpfte das übermächtige Schwarz mit dem zögerlichen Weiß.

Es war eine innere Guerilla, die Killian wieder an den Krieg erinnerte. Ob im Kosovo, in Somalia oder am Gazastreifen, immer waren es Guerilla-Kämpfer gewesen, die Killian die Bilder geliefert hatten, mit denen er überregionale Bekanntheit erlangte; und Guerilla-Kämpfer waren es auch gewesen, die Rohina in die Luft gesprengt hatten, als sie gemeinsam mit einem Trupp israelischer Soldaten ein von Palästinensern besetztes Haus gestürmt hatten.

Eine Wolke schob sich vor die Sonne, und Killian lächelte zynisch. Jetzt war er wieder mitten drin in der Symbolik. Aber er würde sich gedulden. Er würde warten, bis die Wolke sich wieder verzöge. Selbst wegpusten, das wusste er, hatte keinen Zweck. Es brauchte die Zeit, bis die Wolke sich von allein verzog. Man musste auch den Wolken Wertschätzung entgegenbringen. Sie waren es, die ihm die nötigen Tiefen und Schatten geschenkt hatten, ohne die er seinen Bildern niemals den notwendigen Kontrast hätte geben können.

Jetzt fiel ihm auch auf, was den Bildern von Klara fehlte; oder besser, worauf sie bewusst verzichtet hatte: Kontraste.

Alles lag mit gleicher Strahlkraft drapiert; selbst die zarten Schatten, die die Früchte warfen, schlichen nur pastellen um die Objekte. Das schmeichelte, das würde sich verkaufen.

Die Wolke verzog sich, Killian drückte ab.

***

Zwei Aspirin sollten reichen.

»Feschte feiern, feschte arbeiten«, maulte Belledin und blickte auf die noch schnarchende Biggi neben ihm. Er hätte sich jetzt gerne noch mal an sie gedrückt. Ihringer Weinfesttage waren Belledins Feiertage. Heiliger als Weihnachten und die Fastnacht. Zwar gab es neben dem Ihringer Weinfest auch noch andere Dorfhocks, aber für ihn waren die Bacchus-Tage in Ihringen die Mutter aller Weinfeste. Er brauchte keinen Urlaub im Süden, ihm genügte das erdige dionysische Fest der Heimat. Aber dieses Jahr war Belledin der Urlaub gestrichen. Denn er hatte einen Mord direkt in seiner Ferienwohnung sozusagen.

Er war gespannt, ob die Spurensicherer im Toilettenwagen oder an den Glassplittern der Weinflasche etwas gefunden hatten. Am besten die Fingerabdrücke eines Vorbestraften, der sich bis spätestens siebzehn Uhr freiwillig stellte.

Wieso sollte man nicht träumen dürfen? Es kam immer wieder vor, dass sich Gesetzesbrecher selbst anzeigten, um eine harte Strafe abzumildern. Vor allem großspurige Steuersünder. Er kannte einige Größen aus der näheren Umgebung, denen die Düse ging, seit die Bundesregierung wieder eine ominöse CD mit den Daten hinterzogener Steuergelder akquiriert hatte. Der schleimige Apotheker Fischer aus Merdingen, der gerne mal mit einem Köfferchen voller Geld nach Basel fuhr, um dort angeblich ins Theater zu gehen, kam ihm in den Sinn.

Belledin lachte gehässig, dabei bekam er schmerzhaft zu spüren, dass es mit zwei Aspirin doch nicht getan war. Er warf sich eine dritte in den Rachen und spülte mit Wasser nach.

»'s letschte Achtele muss schlecht gsie sie«, drosch er den Kalauer und erhob sich von der Bettkante.

Er trottete in Richtung Badezimmer, wurde aber vom Klingeln des Telefons abberufen, ehe er unter die Dusche kriechen konnte. Er wusste, dass es unerbittlich weiterklingeln würde, bis er dranging. Und wenn der Anrufer doch aufgab, würde er es auf dem Handy versuchen; und das lag auf seinem Nachttisch und würde Biggi wecken. Das wollte er vermeiden. Wenn schon er seine Ferien nicht haben durfte, so sollte wenigstens Biggi die Tage genießen; und Weinfeste ohne Ausschlafen waren kein Genuss. Das spürte Belledin an sich selbst.

Er eilte die Stufen hinunter ins Wohnzimmer, auf die Anrichte zu, auf der das Telefon bimmelte. Bei jedem Hüpfer, den er barfuß über den kalten Marmor setzte, stach es ihm in den Hinterkopf. Die Tabletten brauchten lange, bis sie wirkten.

***

Wagner wusste, dass sein Chef nicht einfach war, aber so brummig wie heute hatte er ihn selten erlebt. Beklommen blickte er auf den Hörer und wartete darauf, dass Belledins Hand plötzlich herausschoss, um ihn zu würgen. Seit seiner Entziehungskur stiegen immer wieder solche Visionen in ihm auf.

Belledins Hand aus dem Hörer war ein Scherz gegen die Bilder, die Wagner vergangenen Oktober gewürgt hatten. Er war ausgebrannt gewesen, schwerer Mirabellenschnaps-Alkoholiker und obendrein Diabetiker. Eine Mischung, die ohne Umwege in den Abgrund führte. Kurz vor dem totalen Kollaps war er in die Entzugsanstalt und Reha nach Emmendingen eingeliefert worden.

Früher hatte man dort die Alkoholiker mit den Irren zusammengesteckt, heute waren die Bereiche getrennt. Weil in Emmendingen »Die Geschlossene« war, stand das Nummernschild »EM« für besonders verrückte Autofahrer. Emmendingen selbst galt ebenfalls als ein Hort für Idioten, das Etikett klebte.

Acht Wochen hatte Wagner dort verbracht, und es war die Hölle gewesen. Aber er hatte durchgehalten. Er hatte seine Ernährung umgestellt, malte nun Aquarell und übte sich in der Holzbildhauerei. Im Büro hatte er sich einen großen Block aus Kirschbaum eingerichtet, an dem er zu schnitzen begann, wenn ihn der alte Durst angriff oder Phantasiebilder ihren Schabernack mit ihm trieben.

Auch nach dem Telefonat mit Belledin hatte er sich das Stemmeisen gepackt und den Beitel ins Holz geschlagen. Jetzt klemmte die Klinge aber so weit in den Fasern, dass er Mühe hatte, sie wieder herauszuhebeln, ohne das Blatt zu verbiegen.

Nicht nur dass Belledin äußerst harsch mit ihm gescholten hatte, auch dass er ihm den Auftrag erteilt hatte, mit einem Trupp Spurensicherer die nähere Umgebung der Toilettenwagen zu durchforsten, machte ihm zu schaffen.

Er war gerade mal ein paar Wochen trocken und sollte nun ausgerechnet auf dem Ihringer Weinfest Spuren sichern?

Wagner hebelte an dem Stemmeisen, bis die Klinge abbrach. Wütend warf er den Holzgriff des Beitels gegen die Bürotür, sodass der Klingenstumpf darin stecken blieb.

Das gab Wagner wieder einen Grad an Zufriedenheit. Er musste nur Herr seiner Energien werden, die Gelüste umleiten, Versuchungen widerstehen und daraus Erfolgserlebnisse gebären. Vom Kopf her war Wagner das klar, er war kein Idiot, auch wenn er für acht Wochen in Emmendingen gewesen war; aber die Triebe konnten heimtückisch sein und das Schicksal ein Dreckspatz.

***

Swintha kurvte in Bärbels gelbem Beetle über Achkarren in Richtung Oberrotweil. Reto saß auf dem Beifahrersitz und bestaunte die geschwungene Reblandschaft. Es dauerte nicht lange, da begann er »Der Wein des Mörders« von Baudelaire zu zitieren.

Swintha mochte es, wenn Reto Texte der Lyrik, Dramatik oder auch aus Romanen rezitierte. Er schien ihr dann aufgeräumter. Manchmal glaubte sie sogar, er würde am Tag mehr fremden Text sprechen als eigenen.

Aber was war schon eigener Text? War nicht alles nachgeplappert, kopiert, überliefert? Woran konnte man erkennen, dass es nicht abgegriffenes und vorgekautes Material war, das man ausspie?

Swintha wusste es derzeit nicht. Deswegen hatte sie auch lange nicht mehr geschrieben. Eigentlich hatte sie mit Reto einen Abend geplant gehabt, an dem er ihre Texte rezitieren sollte. Aber wenn Swintha Baudelaire, Rimbaud oder Rilke aus Retos Mund hörte, schwand ihr Mut gegen null, und sie verwarf das Projekt umgehend.

Bei der Fotografie war es anders. Da wusste sie, dass sie noch Lichtjahre davon entfernt war, eine Meisterin zu sein, und das ließ sie weitaus entspannter auf die Jagd nach Bildern gehen als auf die nach eigenen aussagekräftigen Texten.

Aber jetzt war sie auf dem Weg zu Killian, der nicht nur mit internationalen Preisen und Ehrungen überhäuft war, sondern seit fast einem Jahr ihr leiblicher Vater.

Manchmal überkam sie wilde Wut, dass ihre Mutter erst so spät damit herausgerückt war. Sie hätte Killian sicherlich schon viel früher aufgesucht, auch im Dschungel. Es hatte Zeiten gegeben, da hatte sie darunter gelitten, keinen Vater zu haben, der Position bezog, Halt bot, ein Gegengewicht zur Mutter bildete.

Aber was nützte es, zu lamentieren. Bärbel hatte wohl ihre Gründe und Ängste gehabt, ihrer Tochter den wahren Vater zu verheimlichen. Wenn der Zeitpunkt reif wäre, würde sie es ihr schon erklären. Jetzt aber war Bärbel in Nicaragua, alte Träume zu überprüfen.

»Es ist, wie es ist«, murmelte Swintha und unterbrach Reto dadurch in seinem Baudelaire.

»Wie bitte?«, fragte er.

Swintha sah ihn an und musste lachen. Er schien wie besoffen. Die Landschaft und der Text des Gedichtes hatten eine stärkere Wirkung auf ihn als der gestrige Wein.

Swintha wuschelte Reto durchs Haar und gab ihm einen riskanten Kuss, bei dem sie mit einem Auge allerdings noch auf die kurvenreiche Landstraße schielte. Reto erwiderte den Kuss mit einer Leidenschaft, die man ihm äußerlich nicht zutraute.

Swintha konnte sich nur mit Mühe von seinen Lippen reißen. Sie sahen sich an, fast zu lange, denn vor ihnen zog ein Traktor vom Feldweg auf die Landstraße. Swintha stieg gerade noch rechtzeitig auf die Bremsen. Eine kreischende Spur zog den Geruch von heißem Gummi nach sich, der Bauer mit dem Cordhut auf der Halbglatze riss wütend einen Arm in die Höhe und wirbelte ihn schimpfend in Richtung der erschrockenen Insassen des Beetle. Dann tuckerte er kopfschüttelnd davon.

Swintha und Reto schlugen die Herzen hoch, teils vom Beinaheunfall, teils von dem Feuer der Lust, das der Kuss entfacht hatte. Swintha setzte den Blinker und bog in den Feldweg ein, aus dem der Traktor gekommen war. Hinter einem kräftigen Holunderstrauch parkte sie den Wagen und schnallte sich ab. Reto tat es ihr gleich.

Killian würde ihnen die kleine Verspätung sicher nicht verübeln.

***

Killian hatte bereits eine Arbeitsplatte auf zwei Böcke gehievt. Jetzt warf er grünen Armeestoff als Tischdecke darüber. Etwas anderes besaß er nicht. Aber er mochte das ausgewaschene Grün des Zelttuchs.

Das frische Brot hatte Esther, die Nachbarin, gebacken, für die er gratis einige Porträts ihres Sohnes geschossen hatte, als dieser im Mai seine Erstkommunion empfangen durfte. Da sie Killian nichts schuldig bleiben wollte, bescherte sie ihn nun regelmäßig mit Selbstgebackenem und frischen Eiern. Ihr Mann beobachtete diesen Handel mit gesunder Skepsis, da er hinter dem Tausch mehr witterte als reine Nachbarschaftsliebe.

Tatsächlich hatte sich Esther auch hübsch herausgeputzt, bevor sie mit dem Fresskorb zu Killian gekommen war. Ihren Sohn hatte sie samt Mann zum Angeln in die Rheinauen geschickt. Es war Samstag, da durften Vater und Sohn ruhig mal etwas gemeinsam erleben.

»Willsch kei richtige Tischdecke draufmache?«, fragte sie vorsichtig.

»Ich habe nichts anderes«, grinste Killian. Er wusste, dass seine spartanische Einrichtung Esther irritierte. Wer Einbauküchen und Wohnzimmergarnituren als Standard empfand, dem musste Killians Behausung befremdlich sein.

»Willsch eine von mir?«, frage Esther ernsthaft besorgt.

»Danke, aber ich glaube, das geht schon so. Ist ja kein großes Fest, sondern nur ein kleiner Brunch.«

Esther seufzte und schüttelte den Kopf. Aber Killian sah ihr an, dass ihr einzelne Komponenten seiner scheinbar achtlos zusammengestückelten Welt gefielen. Jetzt verfing sich ihr Blick in einem Ölbild von Klara.

»Oh, isch des aber schön. Häsch du des gmalt?«

Killian zupfte die Armeedecke noch zurecht, sodass sie einigermaßen gerade auf der Tischplatte zu liegen kam, und blickte auf.

»Nein, ich fotografiere die Bilder nur für eine Kundin.«

»Kann ma die kaufe?«

»Ja.«

»Was koscht so ä Bild?«

»Das billigste fängt bei achtzehnhundert an.«

Esther pfiff durch die Zähne. Die Zitrone auf dem Gemälde schmeckte mit einem Schlag sauer.

»Ich glaub, ich fang au mit Male an«, sagte sie, und sie meinte es wohl ernst.

Früher hätte sich Killian über so einen raschen Wandel der Wertschätzung noch geärgert, mittlerweile sah er es gelassener. So wie viele meinten, jeder könne fotografieren, wenn er nur die richtige Kamera besäße, so glaubte auch eine Mehrheit, dass sie Kunst machen könne, vor allem wenn diese mit Schlichtheit statt mit sichtbarer Raffinesse daherkam. Ob es die Schuld der Gestalttherapeuten war oder ob es einfach an der materiellen Gier des Menschen lag, jedenfalls künstelte die halbe Welt und versuchte, damit Geld zu verdienen.

Killian mochte Klaras Bilder, und er schätzte sie auch als Kunstwerke ein. Aber solange der Markt den Preis eines Bildes nicht in die Höhe trieb, sagte es dem gemeinen Menschen auch nichts über dessen künstlerischen Wert.

»Ich habe geschwindelt«, sagte Killian. »Das Bild kostet nicht achtzehnhundert.«

Esther schien erleichtert. »Ich hab mir's glie denkt, aber ma kann nie wisse.«

»In Wahrheit ist es hunderttausend wert, es ist ein echter Mallorquiner aus der Zeit Caravaggios«, dozierte Killian mit schelmischem Ernst.

Esther fiel die Kinnlade herunter. Sie blickte wieder auf das Bild. Dann auf Killian. Erst ungläubig, dann ehrfürchtig. Killian löste seinen Schwindel nicht auf, sondern setzte nach.

»Aber bitte erzähl es keinem. Ich will nicht, dass Kunsträuber hier auftauchen.«

Um seinen Worten den nötigen Nachdruck zu verleihen, ging er zu dem Bild und deckte es mit einem Laken ab. Dann blickte er im Stile eines Verschwörers stumm zu Esther und wartete, bis sie nickte. Er freute sich diebisch über seine kleine Posse. Er ahnte, dass es Esther gleich eilig haben würde, um das Geheimnis unter Vorbehalt der Verschwiegenheit im Dorf nur den Vertrautesten zu erzählen. Wer konnte es ihr verdenken? Hunderttausend für eine Zitrone! Eine gemalte obendrein!

»Du, ich muss los. Dä Wolfgang kummt glie mitm Anton heim. Die hän bestimmt Kohldampf. Un wenn sie kei Fisch gfange hän, kriege sie ä Schnitzel.« Esther griff nach ihrem Korb.

»Danke«, sagte Killian und nickte zu den Leckereien, die sie ihm für den bevorstehenden Brunch mitgebracht hatte.

»Gern gscheh, bis dänn«, erwiderte Esther und verschwand hastig aus dem Atelier.

Sie hatte es dermaßen eilig, dass sie den beleibten Mann nicht sah, der die Stufen zum Atelier heraufgestiegen kam, und mit ihm zusammenstieß.

»Immer langsam, junge Frau«, grollte der Mann und ließ Esther passieren. Sie murmelte ein »'tschuldigung« und stürzte davon.

Der Mann stieg humpelnd die wenigen Stufen bis zu Killians Eingang weiter und klopfte an den Türrahmen des offenen Ateliers.

Killian goss eben frisch gepressten Orangensaft in eine Karaffe und stellte sie auf dem Armeetuch ab. Das Grün spielte mit dem Orange. Killian mochte das Komplementäre.

Das wiederholte Klopfen riss ihn aus der Farbstudie.

»Ulli, das ist aber eine Überraschung! Gestern Klara, heute du – und morgen Robert, dann ist die heilige Familie komplett«, scherzte Killian.

»Klara war hier?«, fragte Ulli verdutzt.

»Ja, gestern Abend. Sie hat mir ein paar Bilder gebracht, die ich für sie fotografieren soll.«

»Sind sie gut?«

»Mir gefallen sie.«

»Na dann.«

Eine kurze Pause entstand. Killian hatte keine große Lust auf Ulli. Erstens erinnerte er ihn wieder daran, dass er einst mit Klara ein Techtelmechtel gehabt hatte, zweitens war Ulli privat ein brummiger zynischer Kerl, der mit steigendem Alkoholpegel ungenießbar werden konnte; außerdem erwartete Killian Swintha und ihren Freund zum Brunch, da wollte er nicht Ulli mit am Tisch sitzen haben.

Immerhin war er ohne Robert gekommen. Zusammen waren

Die Memories Killian unerträglich. Da jagte eine Zote die nächste, jeder wollte den anderen an Geschmacklosigkeit übertrumpfen.

»Braucht ihr neue Fotos?«, brach Killian das Schweigen.

Ulli schüttelte den Kopf. »Dä Robert braucht keine Fotos mehr, der isch tot.«

»Was?« Killian wusste nicht recht, was Ulli damit meinte. Es konnte auch eine Metapher für die Auflösung des Duos sein. »Habt ihr euch etwa getrennt?«, fragte er nach, um Klarheit zu gewinnen.

»So könnt man es auch nennen«, erwiderte Ulli trocken. »Besser isch aber: Wir wurden getrennt. Durch Gewalt. Eine Flasche Gewürztraminer zu viel.« Er lachte unfroh.

Killian begriff nichts.

»Häsch noch nichts davon ghört?«

»Wovon? Sprich Klartext, Mann!« Killian wurde es allmählich zu bunt.

»Erschlagen im Klowagen des Ihringer Weinfeschts mit einer Flasche Gewürztraminer. Ein Ende, wie es sich jeder Entertainer nur wünschen kann.«

»Ist das wahr?«

Ulli kraulte seinen grauen Fünftagebart, den er zu pflegen schien wie einen englischen Rasen, und nickte. »Geschtern Nacht.«

»Oh, das tut mir leid«, sagte Killian mechanisch. Er war weder ein Freund von Ulli noch vom toten Robert gewesen, aber man kannte sich. Da er selbst vor über zwanzig Jahren als Klarinettist im Bötzinger Musikverein gespielt hatte, war auch er nicht umhingekommen, auf dem einen oder anderen Weinfest aufzuspielen. Und da war es unumgänglich gewesen, dass man die Memories kennenlernte.

»Wenn's wenigschtens am Ende vom Weinfescht passiert wär, aber es sind noch drei Tag. Und ich hab kei Luscht, allein zu spiele. Des halt ich nit durch.«

Killian traute seinen Ohren nicht. Da war gerade der Partner gestorben, mit dem Ulli über zwanzig Jahre zusammengearbeitet hatte, und er sorgte sich nur darum, wie er den nächsten Auftritt bewältigen konnte?

»Du spielsch doch Klarinette, oder? Hättsch du nit Luscht, auszuhelfe? Nur für die drei Tag, dann organisier ich jemand mit Gitarre.«

»Warum ich, wir kennen uns doch kaum?«, entfuhr es Killian. »Außerdem spiele ich ganz andere Musik.«

»Aber du warsch doch beim Musikverein. Kannsch doch vom Blatt spiele, oder?«

»Tut mir leid, kommt nicht in Frage.«

Ulli nickte stumm, zog dann sein Handy aus der schwarzen Lederweste und tippte eine Nummer.

»Hallo, Hans, hier isch de Ulli. Ich reich dich grad mal weiter.«

Killian nahm das Handy widerwillig entgegen und hörte dem Sprecher am anderen Ende der Leitung zu. Er selbst redete kaum, seufzte immer wieder nur ein missmutiges »Hm«. Dann beendete er das Gespräch mit: »Weil du's bisch«, und reichte das Telefon an Ulli zurück.

Der steckte es in eine Tasche, die er am Gürtel seiner Jeans trug, und schien zufrieden.

»Es reicht, wenn du um sieben da bisch.« Er streckte Killian die Hand entgegen wie ein Vertreter, der gerade einer unbedarften Hausfrau zwei Staubsauger angedreht hat. »Danke.«

Killian schlug apathisch ein, während er sich fragte, worauf er sich gerade eingelassen hatte.

***

Die Spurensicherer hatten Säcke voller Beute: Zigarettenstummel, Pappteller, Glasscherben, Servietten, Flaschenkorken, sogar eine Nylonstrumpfhose war darunter. Ein Kollege archivierte eben ein benutztes Kondom.

Belledin fragte sich, wie man zwischen Toilettenwagen vögeln konnte. Aber alles war möglich auf dieser verrückten Welt, sagte er sich dann.

Wie sollte er hier Hinweise auf den Mörder von Robert Düster finden? Es war eine Lotterie, das wusste er. Aber seine Tante hatte auch vierzig Jahre lang Lotto gespielt und ein Jahr vor ihrem Tod tatsächlich sechs Richtige gelandet. Nach Abzug der Erbschaftssteuer hatte es Belledin immerhin gereicht, mit dem Geld das Haus in Merdingen zu kaufen. Seitdem schwor er auf Lotto, obwohl er selbst keinen Schein ausfüllte.

Wagner kam auf ihn zu. Er sah schlechter aus als vor der Kur. Belledin erschienen hagere Menschen immer kränklich. Ob es daran lag, dass er sich selbst zu viele Pfunde auf die Rippen gehamstert hatte, oder daran, dass er hier nur Hagere kannte, wenn sie vom Krebs befallen waren, wusste er nicht zu entscheiden. Jedenfalls stieß ihn der knochige Wagner ab. Er erinnerte ihn an irgendetwas, das mit Tod zu tun hatte; und Belledin fürchtete sich vor dem Tod, deswegen jagte er wohl auch Mörder.

»Der Gestank macht mich fertig«, klagte Wagner. Die Kur schien ihn sensibler für Gerüche gemacht zu haben. Hätte er davor mal seine eigene Ausdünstung gerochen, würde er sich jetzt etwas zurückhalten. »Hatte der Düster Familie?«

»Viele Weiber, aber nichts Festes. So hat er es jedenfalls immer gehalten. Aber vielleicht hat er auch heimlich geheiratet? Glaub ich allerdings nicht. Müssen wir nachprüfen«, brummte Belledin und musste den aufkeimenden Neid unterdrücken, der ihn bei dem Gedanken an Düsters Vielweiberei necken wollte. Er selbst hatte eine Frau und eine Tochter, aber nichts anderes nebenher. Manchmal kam er sich dadurch langweilig vor. Hin und wieder juckte es ihn schon, frischen Wind in die Hose zu bekommen. Aber er hatte sich erst letzten Herbst zum Narren gemacht, als er sich blind in eine rumänische Killerin verliebt hatte. Sie hatte Klasse und Rasse gehabt, aber sie hatte ihn nur benutzt. Zum Glück wusste nur er von seiner Narretei. Die Killerin war selbst getötet worden und hatte ihr erotisches Geheimnis mit ins Grab genommen. Das erhob sie schon fast wieder zur Ikone. Er atmete schwer bei dem Gedanken an Maria Bava und seufzte.

»Da könnte Eifersucht doch ein denkbares Motiv sein«, stellte Wagner fest.

»Ich sehe mich mal bei ihm zu Hause um. Du machst hier weiter«, ordnete Belledin an und zog ab. Er war froh, vom Tatort zu verschwinden.

»Können wir die Klos jetzt putzen lassen?«, rief Wagner ihm

hinterher, der sich mittlerweile ein Erfrischungstuch gegen die Nase drückte.

Belledin nickte und deutete auf das Tuch. »Vorsicht, da ist Alkohol drin.«

Wagner quittierte den abgeschmackten Scherz mit einem gequälten Lächeln und gab den Klobesitzern die Freigabe zur Säuberung ihrer Gelddruckmaschinen.

***

Der Tisch war fertig gedeckt. Killian frühstückte sonst nie so reichlich. Meist begnügte er sich mit schlichtem Porridge, dem er einen Löffel Marmelade unterrührte. Er war die Enthaltsamkeit von seinen Fronteinsätzen gewohnt, und er empfand sie als eine Gewohnheit, die ihm Kraft gab.

Jetzt aber drängte sich ein pralles Stillleben auf der Armeedecke. Neben den Eiern und dem frisch gebackenen Brot von Esther rangelten zahlreiche Käsesorten und zweierlei Schinken um Platz. Obendrein luden Lachs und Fischpasteten zum Schmaus.

Killian blickte auf die Uhr. Um elf hatten sie sich verabredet, jetzt war es kurz vor zwölf. Er mochte keine Verspätungen und legte »We're all together again« von Dave Brubeck auf. Er brauchte melodiösen Jazz, der ihm aus dem kleinen Ärger über Swinthas Unpünktlichkeit helfen sollte. Schon mit der ersten Nummer, »Truth«, hatte er die Verspätung seiner Tochter vergessen. Dafür brachte ihn die Musik wieder zu Ulli zurück; und mit jeder Note, die er mitschwang, schien ihm die Vorstellung, am Abend auf dem Ihringer Weinfest zu musizieren, absurder.

Aber er tat es für seinen alten Freund Hilpert. Er war es gewesen, den Ulli als Trumpf aus dem Ärmel gezogen hatte.

Eigentlich hätte Hilpert für Robert einspringen sollen. Aber in Bötzingen feierte am kommenden Wochenende die Winzergenossenschaft ihr fünfundsiebzigjähriges Jubiläum. Und Hilpert spielte Klarinette in der dortigen Brass-Band, die früher noch Spielmannszug hieß. Das hatte für ihn Vorrang. Allerdings war Hilpert Ulli wohl aus Gründen zu einem Gefallen verpflichtet, die er am Telefon nicht hatte nennen wollen. »Ich bin ihm was schuldig«, genügte, um Killian die Dringlichkeit zu veranschaulichen. Mehr wollte er auch gar nicht wissen. Ein Gefallen war ein Gefallen. Da musste man nicht erst nach Neapel gehen, um zu verstehen, was das hieß. Und so wie Hilpert auf irgendeine Weise Ulli verpflichtet war, so übertrug sich die Verpflichtung in der Nahrungskette nun auf Killian. Nicht nur, dass Hilpert es gewesen war, der Killian vor dreißig Jahren die ersten kleinen Wunder der Klarinette nahegebracht hatte, er hatte Killian auch die alten Autos zu Freundschaftspreisen repariert. Und wenn Killian in Schwierigkeiten gesteckt hatte, war es stets Hilpert gewesen, der ihm beigestanden hatte. Wie konnte er ihn da jetzt hängen lassen?

Killian ärgerte sich dennoch. Wenn er wenigstens mit Hilpert zusammen auf dem Weinfest spielen würde, aber ausgerechnet mit dem Kotzbrocken Ulli Heldt, dem schmierigsten und windigsten Dumpfbarden der Region. Killian verabscheute die Musik der niederen Unterhaltung, die sich nur zwischen Tonika, Subdominante und Dominante entlanghangelte und deren Texte keine Schamröte kannten, obwohl sie dreister nicht lügen konnten. Dann lieber noch eine Polka von Strauss oder einen ungarischen Tanz von Dvořák.

Für Ulli war Killian eine Notlösung, eine schlechte obendrein. Er spielte weder Gitarre, noch konnte er singen. Hilpert beherrschte immerhin die drei Pfadfindergriffe, die genügten, um sich durch den Wust der Unterhaltungskadenzen zu hangeln. Es ging Ulli ausschließlich darum, in den kommenden Tagen nicht solo auftreten zu müssen. Mit seinem E-Piano konnte er die Abende auch allein schmeißen, da gab es genügend Beispiele aus der Zunft.

»Unfinished Woman« erklang aus den Boxen, und Killian vergaß seinen Groll über den Gefälligkeitshandel, in den er sich hatte hineinziehen lassen. Solange er noch solche Musik hören durfte, gab es Hoffnung. Er nahm sich vor, auch einige leichtere Jazz-Standards am Abend zu spielen; denn volllaufen lassen wollte er sich nicht, das wäre die Alternative.

Das Motorgeräusch eines Beetle knatterte gegen Dave Brubeck an. Killian dachte nicht daran, Swinthas Unpünktlichkeit zu mahnen, er freute sich einfach nur, seine Tochter wiederzusehen.

Die sechs Monate, die sie nun in Berlin studierte, waren ihm länger vorgekommen als die zwanzig Jahre, die er nicht von ihr gewusst hatte.

Swintha sprang aus dem Wagen und rannte gleich auf Killian zu, der sich im Eingang der Schiebetür eine Zigarette ansteckte. Um eine dicke Umarmung und einen Kuss auf die Wange kam er dennoch nicht herum.

»Was rauchst du denn da für ein Kraut? Wird Zeit, dass ich dir mal wieder eine anständige Kippe drehe!«, gluckste Swintha und sah sich dann nach Reto um, der verloren neben dem Auto stand und darauf wartete, dass er vorgestellt wurde.

»Das ist Reto. Er kommt aus Graubünden, das ist fast badisch, von der Mentalität, meine ich.« Sie prustete vor Lachen, Reto verdrehte leicht die Augen, und Killian winkte ihm zu.

»Habt ihr Hunger?«

***

Belledin hatte Hunger. Der Kühlschrank von Düster war voll mit Leckereien. Wozu sie verkommen lassen? Er schmierte sich ein Brot mit Butter und belegte es mit hauchdünner Pfeffersalami. Kauend sah er sich in der Wohnung um.

Ordentlich war Düster gewesen, stellte Belledin mit leisem Erstaunen fest. Von einem Junggesellen hätte er mehr Chaos erwartet. Er dachte kurz an Killian, bei dem sah es anders aus. Dafür lebte der aber noch, und Robert Düster war tot, mausetot. Gestern hatte er noch in allen Regenbogenfarben das Glück der Welt besungen, heute lag er bereits in der Kühlhalle und wartete auf Obduktion. Die Kühlhalle erinnerte Belledin daran, dass er eine Leberwurst im Kühlschrank gesehen hatte, von der er ebenfalls kosten wollte. Noch während er den letzten Happen Pfeffersalami kaute, schmierte er sich ein Brot mit Leberwurst. Über den Aufstrich zog er einen Streifen Löwensenf, der mit »extrascharf« warnte. Aber Belledin wurde enttäuscht. Das Versprechen löste sich nicht ein. Er war Schärferes gewohnt. Am liebsten mochte er Biggis Saucen mit ungarischen Peperoni, da lag wirklich Feuer drin.

Seine Kopfschmerzen waren verflogen, dafür überkam ihn nun der Nachdurst. Auch dafür war in Düsters Kühlschrank gesorgt. Belledin schnappte sich eine kalte Flasche Mineralwasser mit Kohlensäure und schluckte den Inhalt, ohne abzusetzen, bis zur Hälfte. Dann rülpste er laut und atmete tief durch. Es war nicht zu ändern, er musste an die Arbeit.

Als Erstes durchstöberte er das Wohnzimmer. Es hatte nichts Individuelles, mittelteure Katalogware. Belledin kannte die Elemente wohl. Er liebte es, Kataloge zu studieren. Manufactum und Ikea standen bei ihm ganz oben. Früher war sein Favorit der Katalog des Baur-Großversands gewesen, als seine Oma noch Sammelbestellerin gewesen war. Nichts ging über den dicken Winterkatalog, gelb und genauso dick wie das örtliche Telefonbuch. Belledin hatte ganze Sonntagnachmittage damit verbracht, sich seine Wünsche anzuschauen. Sein größter Wunsch war es aber gewesen, Modell in einem solchen Katalog zu werden. Dann wäre er dort drin gewesen, in der Welt des ewigen Kaufhauses. Er hatte nämlich geglaubt, dass man nur in einer der beiden Welten leben konnte. Entweder in der echten oder in der Katalogwelt. Und da er niemanden gekannt hatte, der auch nur annähernd den Menschen aus dem Katalog ähnelte, war die These für ihn haltbar gewesen. Ein einfältiger Gedanke, gewiss, aber er hatte ihm geholfen zu verstehen, warum bei ihm zu Hause nicht ein einziges Teil aus den Katalogen zu finden war, die man aus Omas Folianten doch hätte bestellen können. Sein Vater hatte eisern an den alten Kredenzen und Kommoden festgehalten, vor denen sich Belledin so sehr gruselte. Heute galten sie bereits als Antiquität. Aber bei Belledin im Haus waren sie auf alle Ewigkeit verbannt. Dort erlebte man sie nur im Katalog.

»Man kann Billy als Bücherregal sehen. Oder als ersten Schritt zur eigenen Bibliothek. Wenn deine Sammlung wächst, bau einfach an«, zitierte Belledin frei aus dem Schwedenkatalog und ging auf das Teil zu, dass es derzeit für neunundfünfzig Euro zu kaufen gab.

Belledin war überrascht, dass Robert Düster ein Bücherregal besaß. Das hatte er ihm nicht zugetraut. Er selbst las schon lange nicht mehr. Ihm fehlte einfach die Zeit dazu. Und wenn er abends mal Muße hatte, sah er sich lieber einen Film aus seiner DVD-Sammlung an.

Er hatte das gleiche Regalmodell zu Hause; nur waren seine Fächer gefüllt mit Western und Kriminalfilmen, während sich hier Literatur drängte.

Als Belledin auf die eingequetschten Bücher stierte, kam ihm das dichte Treiben auf dem Weinfest in den Sinn. Die Menschen, die sich dort im Straßenregal schubsten, waren auch nur Bücher, lebende Bücher, die gelesen werden wollten. Und eines dieser Bücher interessierte Belledin ganz besonders: das von Düsters Mörder!

Seine Hand griff nach einem Buch, das nicht bis zum Anschlag ins Fach geschoben worden war, sondern fast zu einem Drittel daraus hervorlugte. Belledin war angenehm überrascht von dem Band. Er war klein, auf dem Deckel prangte ein Foto von Humphrey Bogart und Lauren Bacall. Er kannte den Film: »Haben und Nichthaben« von Howard Hawks. Aber er hatte nicht gewusst, dass der Roman von Hemingway war.

Belledin mochte Hemingway, jedenfalls das, was er über ihn wusste. Hemingway hatte viele Weiber, trank gern, boxte und liebte den Stierkampf. Und Belledin kannte den Film »Der alte Mann und das Meer« mit Spencer Tracy, dessen Vorlage ebenfalls Hemingway geliefert hatte. Er hatte den Film als Kind im Fernsehen gesehen und Rotz und Wasser geweint, als der alte Mann nur noch mit dem abgenagten Gerippe von seiner Jagd zurückgekommen war. Er fühlte sich dem alten Mann verwandt. Schon damals, als er noch ein zwölfjähriger Junge gewesen war. Dass es einmal sein täglich Brot sein würde, mit abgenagten Gerippen von der Arbeit zu kommen, hatte er sich damals nicht erträumt. Damals träumte er von Frauen wie Lauren Bacall; und deswegen steckte er jetzt auch das Buch in seine Leinenjacke.

Es war kein Beweisstück, aber ein Objekt, das ihm den Toten vielleicht näher brachte. Möglicherweise steckte das Buch nur zur Hälfte im Regal, weil es von Düster kürzlich gelesen worden war? Oder jemand anders hatte es gelesen und nicht richtig wieder hineingesteckt? Das konnte womöglich etwas über Düsters Zustand vor seinem Tod aussagen. Die Theorie war vage, aber Belledin spielte gerne mit solchen Dingen. Vor allem wenn er am Anfang stand und noch im Dunkeln tappte. Er liebte es, von Gegenständen auf Menschen zu schließen. Manchmal sehnte er sich in die Zeit zurück, in der ein Detektiv noch mit der Lupe durchs Haus spazierte und dabei laut und schlüssig kombinierte. Leider war er kein Sherlock Holmes, dem Conan Doyle die Geschichten so geschrieben hatte, dass die Kombinationen über die Gegenstände immer zum Erfolg führten. Und er hatte auch keinen Watson, sondern einen Wagner, der lieber die Berichte über Kriminalfälle schrieb, anstatt sie frontal anzugehen, und jetzt auch noch trocken war, was ihn nicht erträglicher machte.

Belledin stieß auf und war sich nicht sicher, ob es an der Restkohlensäure des Mineralwassers lag oder ob die Leberwurst schon etwas über der Zeit gewesen war.

Er nahm noch einen Schluck, um einen großen Rülpser zu provozieren, dann zog er ein Buch aus dem Regal, das keine Aufschrift auf dem Rücken trug. Es war ein Fotoalbum, abgegriffen, oft angesehen, aber schon lange nicht mehr angefasst; der Staub hatte sich auf den Oberkanten der Seiten geschichtet.

Ob man unter dem Mikroskop die einzelnen Staubschichten sezieren konnte, um ihnen dann den Zeitraum ihrer Lagerung nachzuweisen? Jedes einzelne Korn hatte seine eigene Landezeit. Ein Wunder an Lotsenlogistik, dachte Belledin und pustete den Staub aus seiner Ruhe. Ob sich einige wohl wieder gemeinsam irgendwo niederließen? Oder nahmen sie die Gelegenheit wahr, sich neu anzuordnen, um Überraschendes auszuprobieren? Belledin fühlte sich als Gott des Staubes, und er genoss diese Macht. Wenigstens so lange, bis ihm einige dreiste Gesellen ins Nasenloch schlichen und ihn zu einem heftigen Niesanfall provozierten. Er hatte seine Hausstauballergie vergessen, die ihm der Arzt vor einem Jahr diagnostiziert hatte.

»Blödsinn«, hatte Belledin abgewimmelt, er war kein Allergiker. Es gab viele Dinge, die er nicht mochte, aber allergisch war er gegen nichts, noch nie gewesen, warum sollte er es plötzlich sein, nur weil er auf die fünfzig zuging? Biggi nahm die Allergie dafür umso ernster; sie diente ihr vorzüglich als Alibi, das Haus noch sauberer zu halten.

Ein erneutes Niesen krachte durch Düsters Wohnung, und mit ihm stieben Staub und Rotz in hohem Bogen durch das Wohnzimmer und besprenkelten die Buchrücken. Belledin wischte sich die restlichen Partikel in den dichten Schnäuzer und öffnete das Fotoalbum.

Da stand Robert Düster mit gelbem Schultornister auf dem Rücken und hochgezogenen Kniestrümpfen in den Sandalen. Im Arm hielt er eine bunte Schultüte. Es waren die Siebziger, da war sich Belledin sicher, denn auch von ihm gab es solche Fotos. Aber seine Schultüte war kleiner gewesen, viel kleiner, die kleinste Schultüte des gesamten Einschulungsjahrganges hatte er gehabt; obendrein war es keine neue, sondern eine aus den Sechzigern gewesen, vererbt von Belledins älterer Schwester Hedwig. Als der kleine Belledin einen Schmollmund deswegen gezogen hatte, war ihm erklärt worden, dass er froh sein könne, überhaupt eine Schultüte zu kriegen, wo doch sowieso nichts aus ihm werden würde. Sogar die Schule sei ein nutzloser Versuch, ihm Hirn zu geben, da sei eine Schultüte reine Geldverschwendung; immerhin musste sie auch noch gefüllt werden. Und sie war gefüllt, und zwar mit selbst gebackenen Plätzchen. Und das im Spätsommer, zur Einschulung! Die anderen hatten Schokolade, Gummibärchen, Karamellriegel und Lutschbonbons bis obenhin – und Belledin musste tief greifen, um an die beiden Äpfel und die zerkrümelten Kekse zu gelangen.

Er hatte am Tag seiner Einschulung gebetet, dass der liebe Gott es am kommenden Tag schneien lassen möge; denn dann wären die Plätzchen Adventsgebäck gewesen und Belledin hätte sich zur richtigen Zeit am richtigen Ort gefühlt. Aber es schneite nicht, sondern die Sonne briet, als wäre es noch Hochsommer. Die anderen zogen allesamt Capri-Sonne und Sunkist-Drinks aus ihren Schultüten, Belledin süffelte an einer Trinkflasche mit Hagebuttentee. Es war das letzte Mal gewesen, dass er ehrlich zu Gott gebetet hatte. Von da an tat er nur noch so; ob als Messdiener oder als Knabe im Kirchenchor. Gott konnte ihm gestohlen bleiben. Er hatte ihn im entscheidenden Augenblick verlassen. Dafür aber bemerkte er am Einschulungstag seine eigenen Kräfte.

Da er durch die Schultüte zum Gespött der anderen Mitschüler wurde, waren ihm nur zwei Möglichkeiten geblieben. Entweder er würde zum Prügelknaben der Wilhelm-August-Lay-Schule werden, oder er musste selbst prügeln. Und Belledin prügelte. Es kostete einige Milchzähne der Mitschüler, und nicht wenige der wunderschönen Schultüten fanden sich zerfetzt auf dem Asphalt des Schulhofes wieder.

Belledin blätterte weiter: Düster im Kommunionsanzug, mit Kerze vor der Kirche in Riegel. Belledin kannte die Kirche, er selbst hatte dort die Firmung über sich ergehen lassen. Auch wenn er mit Gott bereits am ersten Schultag abgeschlossen hatte, durchlief er trotzdem den Katechismus, wie es sich gehörte. Er wollte seinen Eltern nicht unnötig Angriffsfläche bieten; außerdem knutschte es sich im Firmunterricht ganz gut. Diana hieß sie, und sie hatte einen kleinen Bruder. Belledin beschützte das kleine Großmaul, dafür ergatterte er erste Zungenküsse von Diana, die er anschließend wieder dem Pfarrer beichtete.

Belledin klappte das Fotoalbum zu. Es wurde ihm zu viel. Anstatt in Düsters Vergangenheit Hinweise auf etwaige Feinde zu erhalten, stieß er an eigene Minitraumen.

Das Fotoalbum steckte er ein, dann inspizierte er den Rest der Wohnung. Die Möbel blieben Katalogware, ob in Schlafzimmer, Bad oder Küche; da gab es keine Überraschungen. Dafür versprach Düsters Musikzimmer mehr Individualität. Gleich fünf Gitarren hingen an der Wand. Zwei Computer und ein altes Mischpult dominierten den Raum. Ein E-Piano, zwei Akkordeons und sogar eine Posaune sprenkelten den Raum bunt. Auf der Ablage neben den Computern lagen einige handbeschriebene Blätter. Belledin griff danach und sah sich die Kritzeleien an. Zum Teil waren es Noten, zum Teil eigene Texte, die mit Füller notiert worden waren. Belledin klappte das Fotoalbum auf und steckte die Blätter hinein. Vielleicht war aus den Texten ein Hinweis zu entnehmen? Könnte ja sein, dass Düster irgendeiner Braut eine Minne gewidmet hatte, die dann auf den eifersüchtigen Ehegatten weisen konnte?

Auf den Computer verzichtete er. Darum sollten sich die Kollegen kümmern. Dafür griff er aber zur Posaune. Er spannte die Lippen und überprüfte seinen Ansatz. Er spürte überhaupt keine Spannung. Er küsste zu wenig. Wie sollte da Spannung auf seine

Lippen kommen, wenn man kaum mehr küsste? Bei der eigenen Frau genügte ein labbriger Schmatz, da bedurfte es keiner Lippenspannung. Wenn er Maria Bava hätte länger küssen dürfen, wäre jetzt ein anderer Ton aus der Posaune gekommen. So rülpste es mehr, denn es spielte. Er lehnte die Posaune enttäuscht an die Wand zurück. Er würde nie mehr eine Posaune anrühren. Aber richtig küssen, das wollte er schon mal wieder.

Über das Küssen fiel ihm ein, dass Ulli Heldt etwas von einem Album erwähnt hatte, in dem Düster Haartrophäen von gejagtem Weibswild geordnet haben wollte. Er ging wieder ins Wohnzimmer und sondierte erneut das Bücherregal. Nichts. Dann zog er Schubladen auf und öffnete Schränke, aber das ersehnte Album war nicht zu finden. Vielleicht existierte es überhaupt nicht.

Belledin leerte die Flasche Mineralwasser und verabschiedete sich mit einem letzten Rülpser aus Düsters Wohnung.

***

Swintha hielt sich den Bauch vor Lachen. Sie konnte es nicht glauben, dass Killian heute Abend auf dem Ihringer Weinfest Stimmung machen sollte. Reto traute sich nicht zu lachen, er fand es wohl auch nicht komisch. Vielmehr schien er mit Killian mitzuleiden. Swintha wusste, was Reto schon an Auftritten hinter sich hatte, die mit seinem Kunstideal nur sehr wenig zu tun hatten. Märchenlesungen in Altersheimen, Weihnachtsmann im Kaufhaus, Clown bei Kindergeburtstagen und Plüschbär für Werbeveranstaltungen eines Berliner Sportevents.

Dennoch ließ sie es sich nicht nehmen, sich Killian inmitten der stimmungshungrigen Weinfestswinger Trübsal blasend vorzustellen. Es war ein solch absurdes Bild, dass sie immer wieder aufs Neue zu lachen begann.

»Also ist dein Rechner heute Abend frei?«, fragte Swintha, als sie wieder zu Atem gekommen war. »Wir haben gestern einige Fotos geschossen und möchten die Beute gern sezieren, ehe wir wieder losziehen. Es sind auch Porträts von Reto dabei. Er braucht sie für seine Agentur. Wenn du magst, kannst du ja mal drüberschauen.«

Killian sah zu Reto hinüber und nickte. Erst jetzt sah er sich Swinthas Freund richtig an. Zu aufgeregt war er gewesen, seine Tochter endlich wiederzusehen. Jetzt, da das Wiedersehen sich genauso gut anfühlte, wie er es sich erhofft hatte, war er auch bereit für Reto.

Er schätzte ihn auf Anfang dreißig. Einen Schauspieler hatte er sich anders vorgestellt. Kräftiger, schöner, blendender. Reto aber war klein und mager, sein spärlicher Kinnbart, den er sorgsam stutzte, und seine Koteletten erinnerten eher an einen Independent-Musiker. Allerdings gaben ihm seine Stupsnase und die verlorenen Kinderaugen eine Verträumtheit, die an einen naiven orientalischen Märchenerzähler denken ließ. Es biss sich in ihm, Killian mochte das. Obwohl er ahnte, dass Reto mit dem Eigenbiss nicht immer glücklich sein konnte.

»Bei dem Gesicht kann man gar nichts falsch machen«, lächelte Killian, und Reto trieb es die Röte in die hohlen Wangen.

»Spielst du Theater? Oder machst du mehr Film?«, versuchte Killian ins sachliche Interesse zu wechseln.

»Letzte Spielzeit hatte ich ein kleines Engagement am Maxim-Gorki-Theater. Momentan hangle ich mich durch Lesungen in Altenheimen. Ich habe spät angefangen, bin gerade erst fertig mit der Schauspielschule, und der Markt ist gesättigt. Vor allem in Berlin. Da ist es nicht so einfach, ein Engagement zu kriegen.«

»Die Guten werden sich durchsetzen«, lag Killian auf der Zunge, aber er schluckte es hinunter. Er hatte kein Recht, Reto zu beurteilen, nur weil er sich einen Schauspieler anders vorstellte. Wann war er denn überhaupt das letzte Mal im Theater gewesen? Das musste in der elften Klasse des Gymnasiums gewesen sein. Wolfgang Borchert: »Draußen vor der Tür«. Ausgerechnet das deprimierende Stück über einen Kriegsheimkehrer, der mit den Folgen des Grauens nicht klarkam. Als ob es ein Omen gewesen wäre.

In Killian stiegen wieder die Bilder hoch. Rohinas zerfetzter Leib spritzte ihm entgegen, und er musste sich am Sofa festhalten.

»Ist alles in Ordnung?«, fragte Swintha.

»Ja, ja, ich habe nur zu wenig Schlaf bekommen.«

»Willst du alleine sein?«

»Nein, nein. Das geht schon wieder. Ihr könnt euch gerne den Rechner schnappen, ich habe eine neue externe Platte, da ist Platz genug. Wollt ihr gleich damit anfangen?«

»Wenn es dir nichts ausmacht.«

»Nur zu.«

Swintha packte ihre Kamera aus und lud die Fotos auf den Rechner. Reto half Killian beim Abräumen des späten Frühstücks.

»Wie ist das, wenn man im Krieg ist?«, fragte er unvermittelt.

Killian blieb auf dem Weg zur Küchennische stehen und drehte sich zu Reto um, der mit einem Teller abgegessener Melonenschalen auf Antwort wartete.

»Hast du Fotos von mir gesehen?«, fragte er.

»Klar. Swintha hat mir alle Bände gezeigt. Einige Fotos habe ich sogar schon gekannt.«

»Ich mache Fotos davon, weil ich noch immer glaube, dass ich mich über die Fotos besser vermitteln kann als über Worte. Wenn du also wissen willst, wie das für mich ist, wenn man im Krieg ist – wenn ich es mit den Fotos nicht erzählen kann, dann überhaupt nicht.«

DREI

Wagner hatte es nicht lange auf dem Weinfest ausgehalten. Zu nahe war ihm noch alles. Zu gerne hatte er getrunken. Wein und Schnaps, Eigenprodukte aus der Region. Und nun sollte auf alle Ewigkeit damit Schluss sein?

Was war das für ein Leben ohne den fruchtigen Geschmack des Vulkangesteins am hinteren Gaumen? Ohne den Geruch eines frisch gebrannten Mirabellenschnapses, die Säure eines kippenden Mostes?

Wagner stieß sich vom Schreibtisch ab und rannte aus dem Büro. In der Toilette tränkte er seinen Kopf unter kaltem Wasser und rang nach Atem. Dann sah er sich im Spiegel an.

Er hatte sich während des Entzugs einen Vollbart wachsen lassen. Dieser triefte nun ebenso wie sein wilder schwarz-grauer Haarschopf. Er sah aus wie ein Goldsucher aus Klondyke, dem die Gefährten das Pferd gestohlen hatten und der sich nun allein durch den bevorstehenden Winter Alaskas kämpfen musste.

Wagners Blick drang tief in die Augen seines Spiegelbildes. Und dann begann er zu nicken, langsam erst, dann schneller. Und mit jedem Nicken wurde er sich seiner Sache sicherer. Er nickte so lange und so heftig, bis seine Nackenmuskulatur zu schmerzen begann. Und aus diesem Schmerz heraus begann er zu schreien. Er schrie ein langes und lautes: »Jaaaaaaaaaa!«

Dann drehte er den Hahn ab, ließ Bart und Haare nass und verließ das Klo. Auf dem Gang begegnete ihm Frau Aschenbrenner, die altgediente Sachbearbeiterin.

»Alles in Ordnung, Herr Wagner?«, fragte sie besorgt.

»Alles in Ordnung, in bester Ordnung«, erwiderte Wagner. »Falls der Chef nach mir fragen sollte, ich bin am Schießstand.«

***

Belledin hatte Wagner anrufen und nachfragen wollen, ob er am Tatort auf eine Spur gestoßen war, aber er hatte es vergessen. Nachdem er Biggis Mittagessen genossen hatte, hatte er sich erneut über das Fotoalbum Düsters hergemacht. Diesmal war es ihm sogar gelungen, Assoziationen, die sein eigenes Leben aus der Tiefe zogen, zu vermeiden.

Vor allem die letzten Fotos waren interessant. Sie zeigten den jungen Robert Düster mit Ullrich Heldt und dessen Frau Klara. Düster mochte da Mitte zwanzig gewesen sein, Heldt und seine Frau wohl Anfang vierzig. Es waren vergnügte Fotos mit allerlei Grimassen und Posen, die gute Laune erzählen sollten. Bilder von Stimmungsmachern eben, die sich immer beweisen mussten, dass sie bestens drauf waren.

Belledin mochte solche Kaspereien nicht. Er fand es richtiger, wenn man seine schlechte Laune auch mal herauskehrte. Also tat er es regelmäßig und aus Fleiß. Das Brummen war sein Grundton. Was sollte er auch hüpfend durch die Welt flirren, wenn er ständig mit der Liederlichkeit der Menschen konfrontiert wurde? Sollte er etwa Polonaise mit den Mördern tanzen? Das fehlte noch. Es genügte schon, dass er sie mit Samthandschuhen anfassen musste und es das Gesetz verlangte, sie an einen Anwalt zu erinnern. Direkt eins auf die Hörner und ab in den Bau, so könnte es sein. So ginge es schneller und einfacher. Die falsche Humanität zehrte nur an den Nerven und kostete den Staat eine Stange Geld, die der Polizei an allen Ecken und Enden fehlte. Und dennoch tat Belledin einen guten Job.

Er hatte in letzter Zeit Glück gehabt, obwohl er sich nicht immer glücklich verhalten hatte. Aber seine Quote in den letzten drei Jahren war so beachtlich gewesen, dass ihn das Ministerium wieder einmal mit einer europäischen Koordinationsstelle hatte ködern wollen. Aber er hatte abgelehnt; wie er immer abgelehnt hatte, wenn er gefragt worden war, ob er seine Heimat verlassen wolle.

Er fürchtete, seine Kraft zu verlieren, wenn er nicht mehr den Löß und das Vulkangestein unter sich spürte. Außerdem glaubte er, dass seine Intuition, der er manchmal Vorrang vor kriminalistischer Logik gab, nur hier funktionierte, weil er tief verwurzelt im südwestbadischen System war. Ein esoterischer Gedanke, den er niemals laut aussprechen würde. Aber es war der sechste

Sinn, der ihn so oft zum Erfolg geführt hatte, und er hielt an ihm fest.

Jetzt rumorte es in seinem Bauch. Er war sich aber nicht sicher, ob es sein sechster Sinn war und nicht die Folgen einer unbedacht gierigen Nascherei. Sein Blick fiel auf ein Foto, das Klara schwanger zeigte. Robert kniete mit Gitarre daneben, Ulli horchte mit aufgerissenen Augen an Klaras Bauch.

Der Darm rumorte heftiger, Belledin warf das Fotoalbum beiseite und rannte aufs Klo. Er verfluchte die Leberwurst und schwor sich, nie mehr aus fremden Kühlschränken zu naschen.

Mit der Entleerung stieg ein frischer Gedanke in Belledins Kopf auf. Klara war seine Kunstlehrerin gewesen. Ohne Zweifel war sie die attraktivste Lehrerin damals am Martin-Schongauer-Gymnasium gewesen. Kurze Röcke, lange Beine, tiefer Ausschnitt. Hätte Belledin neben Comic-Kritzelei mehr Talent zum Zeichnen besessen, er hätte sich für einen Leistungskurs in diesem Fach eingesetzt. Aber vor lauter männlicher Kraft brach er alle Bleistiftspitzen ab, die geschwungene Linie wollte ihm nicht gelingen, und Klara Heldt stand auf weichere Typen, wenn sie denn überhaupt auf einen Typen stand. So kokett sie war, so schwer war an sie ranzukommen, und je mehr er sich anstrengte, umso durchsichtiger schien er für sie zu werden.

Als er das verstanden hatte, wandte er sich schwärmerisch der Französischlehrerin Denise zu. Zwar wollte auch sie nichts von ihm wissen, dafür verbesserte er sich in Französisch um zwei Noten.

Schon wieder war er abgeschweift. Irgendetwas auf dem Foto passte nicht. War die Fröhlichkeit aufgesetzt? Unecht?

Belledin riss das Foto aus dem Album und legte es zur Seite.

Biggi kam mit zwei Tassen Milchkaffee und zwei Stücken Schokoladenkuchen herbei. Sie stellte die Leckereien auf dem Esstisch ab und wartete stumm, bis Belledin sich aus seinem Ledersessel erhob und sich zu ihr an den Tisch gesellte.

Er nippte am Kaffee und kostete vom Kuchen. Schokolade stopfte, war also gut gegen Durchfall, dachte er; ein Grund mehr, ein weiteres, noch größeres Stück vom Kuchen abzubeißen.

Biggi schwieg noch immer. Belledin fiel es nicht auf. Er war zu sehr mit sich, dem Schokoladenkuchen und dem Mordfall beschäftigt, als dass er Sensoren für Biggis Befindlichkeit gehabt hätte.

»Ich muss los«, brummte er und spülte den Kuchen mit einem kräftigen Schluck aus der Kaffeetasse hinunter. Biggi lächelte gequält und nickte. Dann stand sie auf und räumte ab.

***

Killian fuhr von der Breisacher Landstraße in Richtung Ihringen. Da die Hauptstraße wegen des Weinfests gesperrt sein würde, bog er ab, um sich über die Feldwege seinem Ziel zu nähern. Die Kirschbäume hingen voll und krümmten sich unter der Last der dunkelroten Kracher. Manche mittleren Äste wurden durch gegabelte Holzstangen gestützt.

Killian lenkte seinen Defender vom Feldweg und parkte ihn inmitten einer Kirschplantage. Er kletterte auf das Dach des Wagens und setzte sich drauf. Sein Kopf verschwand zwischen Kirschbaumlaub.

Er brauchte nur das Maul zu öffnen und um sich zu schnappen, schon ließ eine Frucht ihr saftiges Fleisch gegen seine Wangentaschen platzen. Er genoss die Fülle, dachte ans Paradies, an Geschichten aus Tausendundeiner Nacht und an die Zeiten, als das Kirschenklauen noch ein gefährliches Abenteuer gewesen war. Nun gab es Früchte im Überfluss, die Bauern kamen gar nicht mehr nach mit der Ernte, vieles verfaulte am Baum oder auf der Erde.

Killian spuckte die Kerne in hohem Bogen über die Kühlerhaube seines Wagens und versenkte sie in einer Gruppe rot blühenden Klatschmohns, der den Wegrand säumte. Manchmal misslang es ihm, und der Kern landete tönend auf dem Blech. Er blinzelte gegen die Abendsonne, dann legte er sich auf den Bauch und beobachtete das orange Licht, das sich durch die Plantagen schlängelte.

Er liebte es, wenn sich Licht Bahn brach. Das Spiel des Lichtes mit dem Widerstand der Reflexion. Das Entdecken der Halbschatten oder auch der nur leicht aufgehellten Dunkelheit besaßen für ihn seit jeher Faszination. Noch ehe er seine erste Kamera in Händen hielt, hatte er schon fotografiert. Auch jetzt bildete er nur mit beiden Daumen und Zeigefingern ein Rechteck, durch das er sah. Er schätzte den Rahmen. Es gab viele Fotografen und Künstler, die ihn als Einschränkung der Freiheit empfanden. Killian gab der Rahmen Halt. Der Frame war es, an dem sich das Bild zu reiben hatte. Er gab den Widerstand, provozierte Wendepunkte. So wie das Licht auch erst kraftvoll wurde, wenn es auf die Rinde eines knorrigen Baumstammes traf oder sich im verspielten Geplätscher eines Dorfbaches brach, so hatte die gesamte Komposition eines Bildes sich mit dem Rahmen zu messen.

Das bedeutete nicht, dass Killian in seinen Fotos alles ordentlich arrangiert haben wollte. Er verließ sich beim Schuss immer auf die Choreografie der Natur, mit der er während des Fotografierens in den besten Momenten verschmolz.

Jetzt hatte er einen dieser seltenen Augenblicke erwischt. Es war nur ein Lichtspiel, das sich zwischen dem orangefarbenen Schnabel eines Amselmännchens und einer rotschwarzen Kirsche entspann. In dem Moment, in dem der Vogel den Schnabel in die Kirsche stach und aus dem Fruchtfleisch ein winziger roter Tropfen in die Höhe spritzte, durchdrang ein scharfes Licht das Rot und ließ es strahlen wie »The Mogok Sun«, den bis heute ungeschliffenen Rubin aus Myanmar.

Killian drückte ab. Er hatte das Foto und jubelte. Zwar würde er es niemandem zeigen können, weil er es lediglich mit seinen Daumen und Zeigefingern geknipst hatte; aber in seinem persönlichen Archiv bekam es einen besonderen Platz. Es wäre eines jener Fotos, die ihm helfen würden, die dunklen Bilder seiner Erinnerung zu tilgen.

Er zog sich einen Zweig mit prallen Kirschen heran und biss in vier Früchte gleichzeitig. Dabei vergaß er, dass die Versuchungen Kerne hatten, und schrie auf, als sich einer davon zwischen zwei Backenzähne klemmte. Er hatte Glück, die Plomben hielten.

Dann schwang er sich vom Wagendach und setzte sich hinters Steuer. Gemütlich schaukelte er durch die Fluchten der Plantagen, mal zwischen frühen Mirabellen, mal zwischen unreifen Birnen, stets umschmeichelt vom wohlgesonnenen Abendlicht des frühen Sommers.

Ein Blick auf die Uhr verriet ihm, dass er nur noch eine halbe Stunde Zeit hatte, ehe er sich mit Ulli Heldt traf. Ihm graute davor, und er kam sich vor wie früher in der Schule, als er vor Mathematikklausuren alles Mögliche noch zu erledigen hatte, ehe er sich dem Schicksal auslieferte.

Er tuckerte gemächlich über den Feldweg, der sich von Westen her durch die Plantagen nach Ihringen erstreckte. Die Landstraße wäre schneller gewesen, aber er wollte ja nicht ankommen. Jetzt erblickte er eine Reihenpflanzung mit roten Johannisbeeren. Zwei Frauen saßen auf Schemeln vor den Sträuchern und durchkämmten flink die Früchte.

Killian glaubte, eine davon zu kennen. Er hielt den Wagen an, griff zu seiner Nikon und zoomte die Ernterinnen zu sich heran.

Tatsächlich. Es war Isabella Stein. Sie war zwei Klassen unter ihm gewesen, stammte von einem großen Hof, der vor den Türen Ihringens lag, und hatte vor zwanzig Jahren auch mal das Privileg genossen, Ihringens Weinkönigin zu sein. Ihre Hüften waren noch immer schmal, ihre Arme so zart, als hätte die Zeit sie ignoriert.

Killian schämte sich und nahm den Fotoapparat herunter. Er kam sich vor wie ein Paparazzo.

Einen Sommer lang waren sie ein Paar gewesen; Killian war siebzehn gewesen, Isabella fünfzehn. Er hatte über die Sommerferien auf dem Hof der Steins angeheuert, da waren sie sich nähergekommen. Übers Fummeln war es nicht hinausgegangen. Romantisch war es aber allemal gewesen, ernst war es für ihn erst nach dem Sommer geworden, als es endlich zwischen Bärbel und ihm gefunkt hatte.

Aber an Bärbel wollte Killian jetzt nicht denken. Sie hatten sich noch mal ordentlich gefetzt, bevor sie ihre Reise nach Mittelamerika angetreten hatte. Er hatte ihr vorgehalten, sie sei eine Sozialromantikerin, die alten Träumen nachjage, nachdem doch offensichtlich sei, dass sich der Sozialismus, egal in welcher Form und an welchen Orten, ein für allemal überholt hätte. Bärbel hatte ihm dafür ins Gesicht gespuckt, dass er ein desillusionierter Zyniker sei, der glaube, er würde die Welt kennen, nur weil er sie sich durch eine Fotokamera angeguckt habe. Aber vor dem direkten

Blick, da habe er die Hosen voll, und vor allem vor der Konsequenz, die sich daraus ergeben würde.

Killian hatte nicht verstanden, was Bärbel damit sagen wollte, aber sie hatte es gesagt, und es saß noch immer. Seitdem war sie irgendwo jenseits des Atlantiks, und er hoffte, dass es ihr gut ging. Aber mehr wollte er auch nicht denken. Bärbel hatte ihr Leben, und er hatte seins, dass sie sich nun wieder häufiger trafen, war ihrer gemeinsamen Tochter Swintha zu verdanken, und das war ein Anlass, der Killian mehr als froh stimmte.

Sein Blick fiel wieder auf die Ernterinnen. Die andere Frau war wesentlich älter, hatte sich aber nicht minder gut gehalten. Auch ihr schien die Arbeit auf dem Feld eher Jungbrunnen als zehrende Mühsal zu sein. Ihr gebräuntes Gesicht sah zu Killian, der noch immer die Kamera in der Hand hielt. Sie winkte ihn herbei. Killian kannte auch sie. Es war Isabellas Tante Erna, ein unstetes Gemisch aus Feuer und Wasser. Mal hatte sie einen mit der Mistgabel vom Hof getrieben, wenn man zu oft herumgelungert hatte, mal hatte sie einen mit dem besten Nusskuchen des Kaiserstuhls verwöhnt. Man wusste nie, woran man bei ihr war. Das hatte aber durchaus seinen Charme.

Isabella sah nicht auf, sie wollte wohl ihren Eimer vollkriegen.

Killian zögerte, dann entschied er sich, dem Aufruf der Alten zu folgen.

»Kumme ma in d' Zietig?«, lachte sie und zeigte dabei ihre blendenden dritten Zähne.

»Ich fotografiere eigentlich nur die Landschaft«, wand sich Killian.

»Simmer nit schön gnug? Hier sitze zwei ehemalige Weinköniginne. Glaubsch es?« Sie lachte wieder. »Bi mir isch's scho ä wing länger her, aber bi de Isabell nur zwanzig Johr. Hab i recht oder hab i recht? Isabell? Sag doch au ebis! Vielleicht glaubt dir der Herr?«

Isabella atmete tief durch und unterbrach für einen Moment ihre Arbeit. Sie blickte unverbindlich zu Killian und fertigte ihn ab: »Ja, es stimmt. Aber Sie tun besser daran, wenn Sie die Natur fotografieren.«

Dann senkte sie den Kopf wieder, um weiter nach Johannisbeeren zu fischen. Doch das zarte Lächeln, das sich flüchtig um ihre Lippen gezeichnet hatte und ihr winzige Grübchen in die Wangen schnitt, hatte Killian umgehend in jenen Sommer zurückkatapultiert, als sie sich in den Armen hielten und ihre Herzen laut pochen hörten. Und auch jetzt begann sein Herz lauter zu schlagen. Er schluckte. Er wollte wieder gehen, kam aber nicht vom Fleck.

»Du bisch einfach zu bescheide. Bescheidenheit bringt einen nit weiter. So kriegsch nie ä neue Mann«, begann Erna zu zetern.

Isabellas Kopf fuhr aus dem Johannisbeerstrauch hoch. »Ich brauch keinen neuen Mann. Und von dir lass ich mir erst recht keinen andrehen. Schon gar nicht einen Fototouristen!«

»Ä Bauer willsch jo au nit. Ich kenn ä paar, die scharf druf wäre.«

»Worauf? Auf den Hof? Oder auf ein Weib, das sich abschafft und die Beine breit macht, wenn's ihnen passt?«

»Isch au nit's Schlechteschte. Ich hätt manchmol gern eine, wo nit lang frogt ...« Erna lachte donnernd und zwinkerte Killian zu, der noch immer dastand wie ein Pennäler und den Blick nicht von dem bezaubernden Gesicht Isabellas wenden konnte.

Es war ihm klar, dass es auch das Abendlicht war, das ihrem Teint schmeichelte. Ihre Haut glänzte zart braun, einige winzige Falten fächerten sich aus den Augenwinkeln. Sie war gertenschlank, und die Muskulatur ihrer Arme war fein und straff gezeichnet. Das kurzärmelige karierte Baumwollhemd gab ihr etwas Burschikoses, aber die geschwungenen Lippen und das warme Blau ihrer Augen erzählten von verträumter Weiblichkeit. Ein Traum, der anscheinend nicht gelebt wurde, wie Killian dem Dialog der beiden Frauen entnahm.

»Haben Sie nichts Besseres zu tun?« Isabella sah ihn auffordernd an, und langsam dämmerte offenbar auch in ihr die Erinnerung. Killian hielt ihrem Blick stand, und gemeinsam projizierten sie die Bilder jenes Sommers in die Erinnerung des anderen.

Isabella schüttelte erst den Kopf, dann hielt sie sich die Hand vor die Augen und lachte, ehe sie sich, stumm feixend und mit den Schultern zuckend, ergab.

Erna sah dem Schauspiel wortlos zu, sie verstand nun offenbar überhaupt nichts mehr. Als der Blick zwischen Isabella und dem fremden Fotografen aber für ihren Geschmack zu lange gehalten wurde, mischte sie sich wieder ein.

»Was lauft do für ä Film? Hallo! Mars an Erde!«

»Gotti, Erna, kennst du ihn nicht? Das ist Killian.«

»Killian? Was für ä Killian?«, fragte Erna. Dann kniff sie die Augen zusammen und musterte ihn.

»Ah, dä Killian! Häjo, kenn ich dich, du alte Lusbu. Je, des isch aber au scho lang her. Wo triebsch du dich rum?«

Es war eine jener Fragen, mit der man überfordert war, wenn man wie Killian viel unterwegs gewesen war und der Fragesteller nur eine einzige konkrete Antwort wollte, mit der er die Person dann etikettiert in seinem Archiv ablegen konnte.

»Ich wohne in Oberrottweil und mache Fotos«, antwortete er und war zufrieden, sein Dasein so rasch zusammengefasst zu haben.

»Do war ich au scho lang nimmi. Sin au a paar Kilometer. Weisch, wenn de immer uffm Feld schaffsch, kummsch kaum noch weg.«

Sie musterte ihn, wohl auch in Funktion als Kupplerin, und schätzte seine Schaffenskraft.

»Häsch dich gut ghalte; jedefalls häsch kei Ranze wie all die andere in dienem Alter.« Sie ließ ein donnerndes Lachen aus tiefem Bauch und zwinkerte Isabella zu.

Die verdrehte die Augen und ergriff das Wort, ehe Erna Killian noch direkt fragte, ob er sie nicht zur Frau nehmen wolle: »Was machst du hier? Fotografierst du das Weinfest?«

Killian fiel mit einem Schlag ein, dass er sich längst mit Ulli in der Tennis-Klause hätte treffen sollen. Es war ihm unangenehm, die Wahrheit zu sagen. In jenem Sommer war auch Weinfest gewesen, und damals hatten sie bewusst andere Musik gehört: Neue Deutsche Welle und die Bluegrass- und Pop-Liedermacher der Woodstockgeneration. Deutsche Folklore und Schlager hatten sie abgelehnt, kategorisch. Killian glaubte nicht, dass Isabella plötzlich darauf stand. Sie sah jedenfalls nicht danach aus. Ihr klarer Blick und die energische körperliche Erscheinung ließen eher auf eine Frau schließen, die nach Erkenntnis strebte, anstatt sich mit den Phrasen eingedickter Lebenslügen zu besaufen.

»Ja, ich möchte ein paar Fotos schießen. Ich war lange nicht mehr auf dem Weinfest. Es sind bestimmt schon zwanzig Jahre. Damals habe ich auch fotografiert. Jetzt möchte ich eine Serie schießen und sie in Vergleich zu den früheren Bildern setzen.«

»Na, da wünsche ich dir viel Vergnügen«, sagte Isabella, und ein Hauch von Zynismus schwang mit. Killian notierte die Nuance und hakte ein.

»Wieso? Ist es so schlimm?«

»Nur noch Rummelplatz. Touristenmarkt, du kommst kaum vorwärts. Es geht nur noch ums Geschäft.«

»Ging es das nicht immer?«

»Weniger offensichtlich, es war charmanter, unschuldiger«, lächelte Isabella.

»Oder wir waren jünger?«

Isabella ging auf die Einladung zur Zeitreise ein und atmete tief durch. Dann wischte sie die romantische Erinnerung mit einem Seufzer weg und lachte.

»Kann gut sein.«

»Mir gfallt's noch immer. Ich geh jedefalls uff ä Vierteli. Am beschte isch's bim Hausfrauebund. Do isch am wenigschte los, und es gibt gute Kuche und Waffle. Wenn dä vorbeikummsch, gibt's ä Ration Extra-Puderzucker – oder Nutella, denn bisch wieder jung.« Erna lachte.

»Mich kriegt da keiner hin«, sagte Isabella entschlossen, und Killian hoffte inständig, dass sie sich daran halten würde. Es wäre ihm zu peinlich, wenn sie ihn »Rosamunde« spielend zwischen schunkelnden Feuchtfröhlichen sehen würde. Immerhin hatte er ein Bild bei ihr hinterlassen, so wie auch Isabella bei ihm eines hinterlassen hatte. Und ihr Bild glänzte in ihm noch immer so sehr wie damals. Die schöne Kluge, die sich mit dem Geist der Natur vereinte. Klare Vernunft und Mystik der Urgewalten, dachte Killian und musste über so viel pathetische Verklärung selbst lachen.

Sein Handy klingelte. Er ahnte bereits, wer es war.

»Ja, bin unterwegs. In zehn Minuten bin ich da.«

VIER

Der Spiegel zeigte eine fein herausgeputzte Biggi. Sie konnte stolz auf sich sein. Alle hatten ihr einen Jojo-Effekt prophezeit, aber sie war auch nach der Diät schlank geblieben. Manchmal kostete es schon Disziplin, aber sie brachte sie auf; auch weil der Spiegel sie dafür belohnte. Und Bello schien aufmerksamer als früher. Er war stolz auf seinen Besitz, obwohl sie wusste, dass er ihr die Willensstärke auch neidete.

Sie hatte sich sehr auf das Weinfest gefreut. Zwar gab es überall am Kaiserstuhl Weinfeste, und die Saison hatte erst begonnen, aber das Ihringer war für Biggi das wichtigste. Es hatte die längste Tradition, und dafür putzte man sich gerne raus; auch wenn man kaum mehr gesehen wurde bei all den Menschen.

Früher kannte man auf den Festen noch jeden, heute reisten die Leute sogar mit Bussen aus dem Rheinland an. Es war beinahe wie Karneval. Das hatte auch seinen Reiz; man konnte jemanden kennenlernen, den man dann auch wieder vergessen durfte. Aber Biggi war nicht nach einem flüchtigen Abenteuer. Sie wollte sich an der Seite ihres Bello zeigen und allem Gerede, das ihnen eine Krise andichten wollte, ein Ende setzen. Sie fühlte sich beinahe wie Bruni und Sarkozy. Ja, sie waren keine Unbekannten, die Belledins. Und da war das Ihringer Weinfest, auf dem man für Klarheit sorgen konnte, von Bedeutung.

Aber ihr Gatte hatte einen Mord aufzuklären, da war keine Zeit für Promenade und Öffentlichkeitsarbeit. Außerdem hatte Biggi den toten Robert Düster gefunden; ein Umstand, der ihr zu schaffen machte. Begräbnisse schreckten sie nicht, da lagen die Toten bereits im Sarg, und man durfte sich an dem edlen Holz erfreuen. Aber wenn so ein leerer Blick einen anstarrte, dann konnte man schon das Grauen kriegen.

Biggi sah sich selbst in die Augen. Ihr Blick war noch nicht leer, aber er könnte es sein, mit einem Schlag. Der Tod war nur ein Fliegenschiss entfernt. Und das ängstigte sie plötzlich. Nein, sie würde nicht aufs Weinfest gehen. Was sollte sie dort ohne ihren Mann?

Die Leute würden reden und das Bild sich weiter verzerren. Und irgendwann wäre es so verdreht, dass Biggi keine Chance mehr hatte, es geradezurücken.

Ihr Spiegelbild verschwamm, und dann sah sie wieder Robert Düster, wie er mit eingeschlagenem Schädel auf dem Klo hing. Sie sah, wie sie den Mund aufriss, und begann zu schreien. Es war der gleiche Schrei, den sie tags zuvor auf dem Weinfest ausgestoßen hatte. Jetzt durchdrang er das große Haus, in dem sich nur Biggi allein befand.

Panik überkam sie. Sie rannte zur Haustür und verschloss sie zweimal. Dann überprüfte sie die Fenster. Es war wieder ein heißer Tag gewesen, und sie hatte sämtliche Fenster geöffnet, um mit kühler Abendbrise durchzulüften. Jetzt verriegelte sie alle wieder. Auch die Terrassentür. Einen Moment verharrte sie davor. War jemand im Garten, der sie beobachtete? Sie riss die Gardinen vor die Tür und bemerkte, wie sie viel zu schnell atmete. Ihr wurde schwindlig, und es gelang ihr gerade noch, sich aufs Sofa zu schleppen, wo sie nur noch den Kronleuchter an der Decke sah, der sich wie ein Karussell im Kreis zu drehen begann.

»Bello!«, rief sie, ehe ihr schwarz vor Augen wurde.

***

Belledin musste zweimal hinsehen, um zu glauben, wer da in der Tennis-Klause auf der kleinen Bühne stand und mit Ulli Heldt verhandelte: Killian! Ausgerechnet.

Was hatte der hier zu suchen? Schon zweimal war ihm der Kerl in die Quere gekommen, und nie hatte Belledin dabei gut ausgesehen. Entweder hatte Killian den besseren Riecher gehabt oder die höheren Kontakte. Mittlerweile war es Belledin gelungen, nähere Informationen über die Tätigkeiten zu bekommen, die Killian neben seiner Kriegsfotografie betrieb. Er war wohl so eine Art Geheimagent, der hinter den Kriegslinien Fotos und Informationen für das BKA beschaffte und angeblich sowohl zum Mossad als auch zur CIA ausgezeichnete Verbindungen hatte. Mehr war allerdings nicht herauszufinden gewesen, obwohl Belledin selbst zwei Freunde in Wiesbaden sitzen hatte. Killian selbst schwieg sich darüber aus, er hatte wohl seine Gründe.

Belledin genügte, was er wusste, und es schmeckte ihm nicht, dass Killian schon wieder in der Nähe eines seiner Mordfälle umherschlich. Beim ersten Mal hatte es sich um den mysteriösen Tod von Killians und seinem Schulfreund Bernd Ambs gehandelt, beim zweiten Mal um den Mord an einem Heilpraktiker, der Pläne einer Regenmaschine an die rumänische Mafia hatte verhökern wollen. Diesmal mochte Belledin keinen Bezug zwischen dem toten Robert Düster und Killian entdecken; es sei denn, Düster hätte ebenfalls für irgendeinen Geheimdienst gearbeitet. Was wusste man schon? Wäre schließlich eine optimale Tarnung: Alleinunterhalter und Spion ihrer Majestät.

Belledin grunzte, er fand die Vorstellung komisch. Dennoch war der Grundtenor seiner Stimmung weiterhin Misstrauen.

Er schritt auf die beiden zu.

»Mir reicht's, wenn du nur ab und zu emol was spielsch, damit ich nit immer singe muss. Weisch, mei Stimm packt des nimmi ä ganze Abend lang. Dä Rescht vum Programm mach ich dann scho. Hauptsach, du spielsch stimmungsvolle Sache. Polka, kleine Märschle oder Potpourri.«

Killian nickte, wobei sich ihm jetzt schon die Zunge an den hinteren Gaumen rollte. Er würde keinen Ton herausbringen.

»Hallo, die Herrschaften«, unterbrach Belledin. »Killian, was treibt dich unter fröhliche Menschen? Ich dachte, du bist eher der reflektierende Typ?«

»Keine Sorge, Belledin, dein Toter interessiert mich nicht.«

»Das will ich hoffen.«

Sie sahen sich in die Augen. Freunde würden sie wohl nie werden. Sie waren es nicht als Kinder, sie waren es nicht als Jugendliche, warum sollten sie es jetzt erzwingen.

»Kann ich einen Moment mit dir reden, ich hätte da noch ein paar Fragen«, wandte sich Belledin nun an Ulli.

»Kei Problem.«

»Unter vier Augen.« Belledin lächelte Killian lediglich mit den Mundwinkeln an und verzog sich mit Ulli an den Ausschank, hinter dem die feschen Mädchen des Tennis-Clubs bereits für den langen Abend vorsorgten.

»Machsch ma grad ä Weißweinschorle?«, rief Ulli einem der Mädchen zu, das die Order umgehend erfüllte. »Für dich au?« Er sah Belledin an.

Der schüttelte verneinend den Kopf. Es war ein verdammt heißer Tag gewesen, und nichts löschte den Durst so wohlig wie eine gut gemischte kühle Weißweinschorle. Aber Belledin wollte den Fall so rasch wie möglich gelöst haben, und dazu benötigte er einen klaren Kopf. Am einfachsten wäre es, wenn Ulli gleich hier und jetzt ein Geständnis ablegte. Dann hätte Belledin doch noch das Vergnügen, drei Abende durchzustarten.

»Warst du es?«, fragte er daher unvermittelt, mehr als Wunsch denn als geplante Überraschungstaktik.

Ulli fiel beinahe das Schorleglas aus der Hand. »Was?«

»Ich muss dich das fragen. Hattest du Grund, Robert zu töten?«

»Bisch du noch ganz sauber? Mir ware Freunde!«

»Manchmal bringen sich auch Freunde um. Sogar Eheleute lassen sich gegenseitig über die Klinge springen. Alle Liebe hat einmal ein Ende.«

»Sprichsch von dir daheim?«

Belledin kniff die Augen zusammen. Er mochte es nicht, wenn man ihm persönlich kam. »Wir gehen wohl besser aufs Revier. Vielleicht nimmst du meine Fragen dann ernster, und deine Antworten bekommen einen freundlicheren Ton.«

»'tschuldigung. Aber deine Frage sin au nit grad freundlich.«

»Ich bin auch nicht der lustige Alleinunterhalter, sondern der scharfe Bulle.«

Es entstand eine kalte Pause, in der Ulli wohl vier Takte zählte, ehe er das Wort ergriff.

»Ich hab dä Robert gwiss nit umbrocht. Selbscht wenn ich Gründ ghät hät, wie hätt ich's denn mache solle? Ich war doch die ganz Zeit hier. Mir hän Pause gmacht, un ich hab hier eine graucht un ä Schorle trunke. Des kann jeder bezeuge. Manuela, stimmt's?«

Er sah zu dem blonden sportlichen Mädchen mit dem viel zu engen T-Shirt, unter dem sich pralle Brüste in Belledins Blick drängten. Dass sie nickte, erkannte Belledin daran, dass ihre Brüste für einen Moment ebenfalls wippten.

Belledin entschloss sich spontan, auch mit Manuela ein kurzes Interview zu führen.

»Hatten Sie gestern den ganzen Abend Dienst?«

Wieder wippten die Brüste.

»Ist Ihnen irgendwas aufgefallen?«

Kein Wippen, dafür Text.

»Hier geht's zu. Da fällt einem nichts mehr auf. Da ist man froh, wenn man alle Kunden bedienen kann.«

»Sie kommen nicht von hier?«

»Sie sind ein guter Kommissar«, sagte Manuela lächelnd, und Belledin strich sich geschmeichelt über seinen Schnurrbart. »Ich komme aus Bremen, studiere aber in Freiburg. Und das Studium finanziere ich mir hier durch Trainerstunden und als Spielerin in der ersten Mannschaft.«

»Verstehe. Und was studieren Sie?

»Medizin.«

»Na ja, Weiß steht Ihnen jedenfalls.«

Sie lachte und drehte sich zu einer Frau, die gerade mit einem Karton Weinflaschen hinter die Theke kam, die Manuela einsortieren sollte.

»Du scheinst also ein Alibi zu haben«, wandte sich Belledin wieder Ulli zu.

»Die Kleine kannsch vergesse. An der hät sich sogar dä Robert d' Zähn usbisse.«

»Ach. Robert war an der dran?«

»An welcher nit? Wenn du mich frogsch, war es entweder ä Mann oder ä Frau.«

»Danke, das merk ich mir«, grunzte Belledin.

»Weisch scho, wie ich mein. Us Eifersucht. Du glaubsch gar nit, wie oft ich mich hab vor den stelle müsse, weil sie ihn hän verwamse welle.«

»Und wie ist es mit dir? Hattest du auch Grund zur Eifersucht?«

»Des war bei uns nie ä Problem.«

»Sondern?«

»Was?«
»Sondern? Was war das Problem zwischen euch?«
»Was soll des jetzt? Willsch mir was uffschwätze? Es gab kei Problem. *Jetzt* hab ich ä Problem. Jetzt muss ich mit eme Klarinettist spiele, wo kei Bock hät, Stimmung zu mache.«
»Und warum ausgerechnet er? Kennt ihr euch? Hat er sich dir angeboten?«
»Quatsch. Notlösung. Ich hab dä Hilpert gfrogt, weisch, mir kenne uns noch von früher, vom Musikverein. Aber die hän negscht Woche große Auftritt beim Fünfundsiebzigjährige von de WG z' Bötzinge. Und do muss er probe. Und als Ersatz hät er mir dä Killian empfohle.«
»Verstehe. Dann gute Unterhaltung.«
Ulli trank seine Schorle aus und ging in Richtung Podium, Belledin nickte Manuela zum Abschied zu und stellte sich vor, wie sie im weißen, großzügig aufgeknöpften Arztkittel sein Herz abhorchte.

***

Belledin war ein rücksichtsloses Arschloch, der Job war rücksichtslos und das Leben im Allgemeinen und Besonderen ebenfalls!
So fluchte Wagner, als er von Wasenweiler kommend einen Parkplatz suchte. Die Autos standen bereits einen guten Kilometer vor der Ortseinfahrt an den Seitenstreifen; manche drohten in die Äcker zu kippen, so eine Schieflage hatten sie.
Ihre Fahrer würden sie später auch haben, dachte Wagner bitter, und ihm graute bereits davor, das Weinfestgelände zu betreten. Warum kannte Belledin kein Erbarmen? Warum ließ er ihn antanzen, wo er doch wusste, wie es um seinen Mitarbeiter stand?
Weil Belledin eben nur den Mitarbeiter in Wagner sah und nicht den Menschen dahinter. Belledin interessierte es einen Scheißdreck, wie es anderen Menschen ging, wenigstens solange sie noch lebten. Erst die Toten weckten sein Interesse. Auch um Wagner würde er sich erst Gedanken machen, wenn er tot im Toi-

lettenwagen läge; aber nur wenn auch Verdacht auf Gewalteinwirkung bestünde.

Hatte ihn der Beruf erst zum Metzger gemacht oder musste man Metzger sein, um diesen Job überhaupt machen zu können? Wagner war kein Metzger, er war zu sensibel; weder konnte er schlachten noch Erlegtes verarbeiten. Er aß gerne Fleisch, aber nur wenn es paniert war und nicht mehr nach Kuh oder Schwein aussah. Aber noch lieber trank er, da hatte seine Entziehungskur wenig bewirkt. Es war die Flüssigkeit, die Gaumen und Seele belebte und Wagner als willkommenes Schmiermittel diente, mit dem er den düsteren Alltag bewältigte.

Aber jetzt trank er Cola light. Ohne Alkohol und ohne Zucker. Bei jedem Schluck, den er aus der Anderthalbliterflasche nahm, erinnerte er sich daran, wie sie als Jugendliche immer die Cola mit Asbach gedopt hatten, um sich schnell auf einen gewissen Fröhlichkeitspegel zu hieven. Damit war jetzt ein für alle Mal Schluss. Wagner durfte sich keinen Ausrutscher leisten, dann wäre die ganze Qual umsonst gewesen.

Aber wie vernünftig konnte er sein? Er hatte keine Frau daheim, die ihn daran erinnerte, und schwul war er auch nicht. Die Schwulen sollen sehr fürsorglich miteinander umgehen, hatte Wagner irgendwo gelesen. Aber er konnte jetzt ja nicht einfach schwul werden, nur weil er keinen Alkohol mehr saufen durfte, das wäre absurd; außerdem konnte er es sich nicht vorstellen, mit einem Mann zu leben. Am Ende wäre es so ein Arschloch wie Belledin. Er und Belledin ein Paar!

Wagner lachte und spuckte dabei den Schluck Cola, den er gerade trinken wollte, gegen die Fensterscheibe.

»Scheißdreck«, fluchte er und versuchte die braune Limonade mit dem Ärmel seines Hemds abzuwischen. Doch sie klebte und zog Schlieren.

»Leck mich doch am Arsch!«, brüllte Wagner, und es entlud sich seine gesamte angestaute Wut in einem langen und lauten Schrei.

Am liebsten hätte er jetzt das Blaulicht aufs Dach gesetzt und wäre mit hundertzwanzig Stundenkilometern in die Ihringer Hauptstraße gebrettert. Auseinandergeflattert wären sie, wie die

Hühner! Vielleicht hätte er den ein oder anderen sogar auf die Kühlerhaube geschaufelt und durch die Luft gewirbelt. Und dann wäre er mit Vollgas in die Tennis-Klause geprescht und hätte Belledin zu Brei gefahren!

»Ja!«, schrie Wagner und trat das Gaspedal im leeren Gang dreimal bis zum Anschlag durch. Dann parkte er den Wagen am Straßengraben und ging zu Fuß in Richtung Weinfest.

Er würde diesen Fall zu seinem Fall machen. Er würde ermitteln, wie er noch nie ermittelt hatte. Und diesmal wäre er es, der den Mörder überführte. Ermittlung als Therapie, warum nicht?

***

Die Tennis-Klause war bereits gut angefüllt. Ulli hatte kein Wort über den Tod seines langjährigen Partners verloren, sondern direkt mit ein paar deftigen Kalauern begonnen, ehe er das erste Medley von der Orgel hämmerte.

Killian saß wie Falschgeld daneben auf einem kleinen Hocker, starrte in das feuchtfröhliche Publikum und klammerte sich an seiner Klarinette fest. Erinnerungen stiegen auf.

Er war zwölf gewesen, als er mit dem Musikverein über die Weinfeste gezogen war. Vor allem in Breisach waren sie Stammgäste gewesen. Mit zwölf zum ersten Mal, mit sechzehn zum letzten. Und das Jahr darauf war der Sommer mit Isabella gekommen. Und jetzt saß er wieder hier, mit der Klarinette in der Hand, und er hatte Isabella wiedergesehen.

Besaßen die kleinen Lebensepisoden ihre eigene Dramaturgie? Musste alles irgendwann zu Ende erzählt oder auf einer höheren Ebene neu verhandelt werden?

»Und jetzt zu unserem Special Guest, direkt eingeflogen aus New York. Mein alter Freund Big Daddy Killian!!!«, riss es ihn plötzlich aus seinen Gedanken. Er blickte auf und sah in das aufgesetzte Grinsen von Ulli, der ihn mit einladender Hand zum Spiel aufforderte.

Da Killian zögerte, plärrte Ulli ins Mikrofon.

»Mit der allseits beliebten Polka ›Rrrrrrrrosamunde‹!!!« Gleich darauf begann er in C-Dur das Vorspiel, und Killian setzte ein. Die

Strophen verzierte er mit ein paar Schnörkeln gegen den Lauf, beim Refrain nahm er sich zurück, da er dem Volk gehörte.

Einmal ins Spielen gekommen, schaltete er seinen Widerstand ab und blies eine Polka nach der anderen, ob Heino oder Maria Hellwig, Karel Gott oder Rudolph Schock. Die meisten Lieder hatte er ohnehin noch im Ohr, die restlichen improvisierte er zu Ullis E-Piano. Je länger der Abend wurde, umso mehr ließ sich Killian darauf ein; und Ulli ebenso. Über die Musik näherten sie sich einander an.

Killian merkte bald, dass Ulli mehr draufhatte, als nur den Ordner mit den üblichen Schlagern herunterzududeln. Wenn Killian mal in eine Impro rutschte, nahm Ulli sie sofort auf, antwortete ihm mal schnippisch, mal ironisch mit dem Piano und zog dann wieder auf die Spur, die der Abend brauchte.

Vielleicht war Ulli gar nicht so übel, wie er sich immer gab? Vielleicht gehörte das Gehabe einfach nur zum Geschäft, in dem er seit vierzig Jahren zu überleben versuchte? Killian dachte an Klara. Was sie wohl sagen würde, wenn sie ihn jetzt mit Ulli an Roberts Stelle sehen würde? War alles ein Reigen? Konnte jeder die Position des anderen einfach so übernehmen? Killian störte dieses Gefühl der Austauschbarkeit. Er glaubte noch immer an das Recht individueller Selbstverwirklichung, auch wenn die global uniformierte Welt ihn täglich eines Besseren belehrte. Er saß hier stellvertretend für den toten Robert Düster. Ein Mensch, der anders nicht hätte sein können. Und dennoch füllte Killian gerade dessen Platz. Es begann ihn zu interessieren, ob außerdem noch eine Ähnlichkeit zwischen ihnen bestand. Sicher hatte auch Robert etwas mit Klara gehabt. Aber wenn man allen Männern ähnlich wäre, die mit denselben Frauen geschlafen hatten, wo käme man da hin?

»Wir machen eine kurze Pause, dann geht es weiter mit den Memorieees!«, rief Ulli ins Mikrofon und schmetterte einen Jingle, den er auf »Ain't she sweet« getextet hatte: »Memories, das Leben ist so süß, wer macht die Welt zum Paradies, die Memories – und alle!«

Das Publikum sang und klatschte den Jingle noch mal mit, dann hauchte Ulli: »Danke schön, zehn Minuten Pause.«

»Was trinksch du? Au ä Schorle?«, fragte er Killian und sprang von der Bühne. Killian folgte ihm, das genügte als Antwort.

Ulli bestellte bei Manuela per Handzeichen zwei Weißweinschorlen, die diese trotz des starken Andrangs an der Theke umgehend brachte.

»Superstimmung«, lächelte sie. »Piano und Klarinette, ist mal was anderes. Zum Wohlsein. Könnt ihr auch Jazz?«

»Mir scho, aber s' Publikum nit«, antwortete Ulli trocken und prostete Killian zu.

Manuela lachte und verschwand wieder hinter den Ausschank.

»Jazz. Des mache mir doch scho dä ganze Abend. Jazz, die wenigschte wisse, was Jazz überhaupt bedeutet. Die meischte verbinde damit nur Dixie oder Miles Davis oder schräge Harmonie. Aber was Jazz isch, des wisse sie nit. Ma kann au Lieder vom Monk spiele, des heißt noch lang nit, dass es Jazz isch. Was mir mache, mir zwei, des isch Jazz. Mir höre zu, nehme voneinander ab und unterhalte uns mit und über die Instrumente, des isch Jazz. Die Musikrichtung isch egal. Jazz isch kei Musikstil, sondern ä bestimmte Art zu kommuniziere ... hab ich recht?«

Killian nahm einen großen Schluck und nickte. Ulli hatte recht, obwohl Killian auf die Keule des ein oder anderen Gassenhauers hätte verzichten können. Es gab Songs, die boten sich einfach weniger an als andere, da musste man sich zum Dialog zwingen. Und Ullis Kladde war voll davon.

»Wollen wir nach der Pause nicht ein paar Jazz-Standards mit reinnehmen?«, fragte er hoffnungsvoll.

»Isch noch z' früh. Des kannsch erscht bringe, wenn sie scho gnug im Tee hän. Jetzt müsse sie sich noch austobe dürfe. Isch wie mit Kinder in dä Schul. Wenn die immer nur uffm Stuhl hocke müsse und sich nit bewege, lerne sie au nix.«

Ulli sprach es und leerte sein Schorleglas.

»Auf geht's in die nächste Runde«, zwinkerte er Killian zu, und Killian hatte den Eindruck, es sei ehrlich gemeint. Diese unverhoffte Verbindlichkeit rührte ihn und erinnerte ihn daran, dass Ulli gestern seinen langjährigen Partner, vielleicht sogar Freund, verloren hatte.

Und er verstand, dass Ulli spielen musste. Auch er hatte auf der

Klarinette gespielt, nachdem Rohina von der versteckten Bombe in tausend Stücke gerissen worden war. Vieles konnte man nicht analytisch fassen, man tat es einfach. Und ob es das Richtige war, wusste man nie, man wusste nur, dass etwas getan werden musste, wollte man nicht in Edward Munchs stummem Schrei erstarren.

»Hier sind wir wieder, die Memorieeees! Und alle!«, rief Ulli ins Mikrofon.

Die Tennis-Klause grölte: »Memories, das Leben ist so süß, wer macht die Welt zum Paradies, die ... Memories!!!«

Dann haute Ulli in die Tasten und begann »Fiesta Mexicana« zu schmettern, bis das Zelt kochte. Plötzlich fror sein Gesicht ein.

Killian merkte es, ohne hinzusehen; er hatte sich derart auf Ulli eingestellt, um jede Nuance und Richtung musikalisch zu antizipieren, dass er den Energiewechsel sofort spürte.

Er blickte zu Ulli hinüber. Der war bleich, als habe er ein Gespenst gesehen, und war nicht mehr in der Lage, das nächste »Hossa!« zu singen. Das Publikum tat es eigenständig, Ullis Finger glitten mechanisch über die Tastatur seines Pianos und pflückten die abgedroschenen Akkorde aus dem Rückenmark. Dann brachte er das Lied zu Ende und wandte sich Killian zu.

»Ich glaub, ich hab ä Verabredung. Spiel irgendwas, könnt e weng länger daure.«

Er stieg vom Podium, bahnte sich hastig einen Weg durch die Menge und verschwand aus der Klause.

Killian nutzte die Gelegenheit umgehend und änderte vorsichtig die Musikrichtung. Er wusste, dass er nicht zu abrupt in Anspruchsvolleres springen durfte, sondern das Publikum erst mit Traditionals einlullen musste. »Oh when the Saints« und »Glory Halleluja« gingen immer, danach würde er mal »Pink Panther« und »Elephant Walk« wagen, bis er endlich über »Take Five« bei »Freddy Freeloader« oder »Miles Ahead« landen würde. An John Zorn wollte er gar nicht erst denken. Nicht nur weil er diese Art von Musik eher auf dem Mars als hier hätte geben können, sondern weil es ihn an das Konzert in Tel Aviv erinnerte, zu dem Moshe ihn letzten Oktober eingeladen hatte. Und an Moshe wollte er erst recht nicht denken.

Moshe verhielt sich momentan zum Glück auch ruhig. Killian vermutete, dass der Mossad gerade genug damit zu tun hatte, die Dubai-Affäre geschickt zu lösen.

Ein paar Klezmer-Triller rissen ihn aus seinen Gedanken. Kaum hatte er an Moshe gedacht, schon wirkte es sich auf die Musik aus. Gospel mit Klezmer-Trillern! Killian musste bei dem Gedanken lachen und verlor für einen Moment den Ansatz. Ein Geräusch, das dem Furz eines Wurmes glich, so unbeschreiblich war es, kroch aus der Klarinette und riss das Publikum zu einem Lacher hin. Man konnte also auch ohne Worte, nur durch geblasene Gedanken, Kalauer produzieren, dachte Killian und gab sich umgehend Mühe, wieder sauber zu spielen.

***

Ulli war sich sicher, dass er Klara gesehen hatte. Er kämpfte sich durch das Gewühl und schwitzte wie ein Eisbär in der Sahara. Sein geschwollener Knöchel, den ihm der Sprung von Roberts Balkon verursacht hatte, schmerzte bei jedem Schritt. Er mied Hitze, wo er konnte, er liebte die Frische. Deswegen litt er auch unter den sommerlichen Weinfesten. Im Gedränge der Menschen schien sich die Hitze zu verdreifachen, und er befürchtete, gleich gebacken zu werden. Aber was sollte er dagegen tun? Im Sommer verdiente er das meiste Geld. Im Winter war bis auf Weihnachten und Silvester kaum etwas zu holen, Fastnacht vielleicht noch. Er war gezwungen, sich etwas dazuzuverdienen. Er kam auch ganz gut über die Runden als Eierverkäufer.

»Ullis Naturprodukte«, so nannte er sein bescheidenes Gewerbe. Die Eier holte er vom Hühnerhof, es machte ihm nichts aus, dass die Hühner dort in Batterien lebten und die Eier weniger glücklich sein sollten als die von freilaufendem Geflügel. Dafür durfte er seine Ware auch nicht »Bio« nennen. Der gemeine Kunde kaufte aber dennoch bei ihm. »Naturprodukte« klang gesund und lag dicht bei »Bio« – und es war nicht gelogen.

Ulli unterstellte dem Verbraucher, dass er den Unterschied gar nicht schmeckte. Es war wie bei der Musik: Die Leute richteten sich nach der Etikettierung; was Musik war, wussten nur die wenigsten.

Trotzdem kam sich Ulli mit einem Mal wie eines der Hühner in der Legebatterie vor. Eingequetscht zwischen Artgenossen, weder nach vorne noch nach hinten noch zur Seite könnend. Gerne hätte er zu seiner Befreiung ein Ei gelegt, aber er war kein Huhn, er war ein Gockel! Und zwar einer vom alten Schlag. Und Klara war seine liebste Henne gewesen, selbst wenn sie ihm nie ein Küken ausgebrütet hatte. Aber daran wollte er jetzt nicht denken. Er hatte sie gesehen, und ihre Blicke hatten sich getroffen. Es gab nur eine Frau auf der ganzen Welt, deren blauer Strahl ihn jemals so gebannt hatte. Da konnte sie sich noch so sehr in der Masse verstecken, er würde dieses Glitzern aus Tausenden von Augenpaaren herausfiltern. Vor ein paar Jahren hatte er aus einer Stammtischlaune heraus sogar an »Wetten dass …« geschrieben. Aber die Wette war nicht angenommen worden. Wahrscheinlich konnten das viele Männer, und es war nichts Besonderes. Wer einmal richtig geliebt hat …

Der Gedanke ertrank im Sumpf der Menge. Sie war fort, verloren, für immer.

Vielleicht hätte er ihr doch nachreisen sollen. Aber wie hätte er auf die Insel gelangen können? Auf dem Meer wurde er seekrank, er konnte nicht schwimmen, und er litt unter panischer Flugangst. Er hätte sich schon mächtig besaufen müssen, um in einen Flieger zu steigen. Aber er fürchtete sich davor, dass er im Rausch einschlafen und nie mehr erwachen würde, weil der Flieger, in den er stieg, mit Sicherheit abstürzte. Und wenn man schon mal daran dachte, konnte es auch passieren. So wie es mit ihr und Robert passiert war und alles zerstört hatte, was hätte sein können.

Vier Jahre war alles gut gegangen. Sie waren ein infernales Trio gewesen. Da sie keine Kinder hatten, war Robert so etwas wie ein Ersatzsohn geworden. Aber Robert war kein Sohn, sondern ein geiler Bock, dem die Sinnlichkeit Klaras nicht entgangen war, und so war es nur eine Frage der Zeit gewesen, bis es zwischen den beiden weit über das Freundschaftliche hinaus gefunkt hatte. Ulli dachte an die Haarsträhne und das Datum, mit der Robert Klara wie einen Beleg im Ordner abgelegt hatte. Der Gedanke machte ihn wütend.

Er wilderte auch gerne, und es gab kaum einen Rock, der vor

ihm sicher war. Aber als sich Klara dann ernsthaft in Robert verliebt hatte und obendrein ein Kind von ihm erwartete, was Ulli immer verwehrt geblieben war, war es zu viel für ihn geworden. Für Robert dagegen war es nur eine datierte Locke in Folie gewesen.

Der Knöchel pochte und stach. Es war kaum auszuhalten. Ulli gab auf und ließ sich vom Strom der Vergnügungssüchtigen treiben. Er wusste nicht, wo er landen würde, und es war ihm auch egal. Killian würde die Sache auch ohne ihn schmeißen. Der brauchte sein E-Piano nicht. Der spielte in einer anderen Liga. Er musste nur aufpassen, dass er das Publikum dadurch nicht verlor.

Er hatte Klara gesehen, das wusste er; so wahr er ein Cis von einem Des unterscheiden konnte. Und Killian hatte ihm auch gesagt, dass sie hier war.

Vielleicht konnte man es nicht erzwingen. Vielleicht durfte man sich einfach nicht mehr treffen. Aber warum kam sie dann? Sogar in sein Zelt? Wegen Robert? Wollte sie ihn sehen? Wusste sie nicht, dass er tot war? Oder wusste gerade sie es nur zu gut? Ulli erschrak vor der letzten Frage. Er traute Klara alles zu. Sie war immer die Stärkste von ihnen gewesen. Robert mochte ein geiler Bock gewesen sein, aber es war Klara gewesen, die den Stab in der Hand hielt. Sie dirigierte, die Männer spielten zur Balz auf.

Er schloss die Augen. Wenn es das Schicksal wollte, würde ihn der Menschenstrom zu Klara führen.

***

»Goodbye Joe. Lotta do, me o meio …«, dröhnte »Jambalaya on the bayou« von Hank Williams durch das Zelt des Turnvereins. Der dicke Leo schwitzte und drückte seine hungrigen Lippen gegen das Mikrofon. Sein Schmelz war legendär, die Hits der Fünfziger und Sechziger sein Markenzeichen. Da Fats Domino längst gestorben war, lag es nun am dicken Leo, die Orgel mit dem Bauch vor sich her über die kleine Bühne zu schieben und dabei »Jambalaya« zu heizen.

Das Volk dankte es ihm im Chor, und Swintha hatte große Mühe, die Kamera ruhig zu halten, derart bebte das Zelt.

Reto stand neben ihr und nippte an einem Riesling. Er schien nach einer passenden Textstelle der Dramenliteratur zu suchen, die ihm diesen Moment einfangen sollte, aber er blieb stumm und nahm einen weiteren Schluck.

Swintha hatte den dicken Leo mit langer Brennweite dicht an sich herangeholt. Sie hatte nun nur seinen schwitzenden Kopf im Sucher. Es gefiel ihr nicht. Die lange Brennweite zeichnete Leo zu weich. Sie wäre gerne mit vierzig Millimetern an ihn heran, um die Schweißtropfen auf der in Falten gebrochenen Stirn schärfer gemeißelt zu kriegen; aber es war unmöglich, sich nach vorne zu kämpfen. Wenn Reto Ambitionen hätte, mal James Bond zu spielen, dann hätte Swintha vielleicht eine Chance gehabt. Aber Reto würde eher ein neuer Woody Allen werden. Swintha sah zu ihm hinüber. Er prostete ihr zu, und sie schickte ihm einen Handkuss und ein Lächeln. Dann nahm sie wieder den dicken Leo aufs Korn.

Der begann eben mit dem Vorspiel zu »Blueberry Hill«, und die Orgel schien zu dampfen.

»I found my thrill on Blueberry Hill ...«, drang es tief aus Leos dickem Bauch, und niemand aus dem Zelt konnte sich der Schubkraft entziehen, mit der er den Raum eroberte.

Swintha schoss eine weitere Serie, dann drängelte sie sich zu Reto und nippte von seinem Glas. Sie wusste, dass sie noch fahren musste, aber ein Schlückchen Wein mit anschließendem Kuss war nie verkehrt.

Reto fiel endlich die passende Textstelle ein, aber Swinthas langer Kuss ließ die Worte des Dichters weiterziehen. Sie blickte ihn verliebt an und schrie ihm dann ins Ohr:

»Nur noch ein paar Fotos, wenn die nächste Pause vorbei ist, dann gehen wir weiter, okay?«

Reto antwortete nun seinerseits mit einem Kuss. Der Kuss fiel in den Schlussakkord und ging in den Applaus der Menge über.

»Zehn Minuten Pause!«, verkündete der dicke Leo.

Swintha löste sich von Retos Lippen, zwinkerte ihm zu und kämpfte sich an der Zeltwand zur Bühne vor.

Der dicke Leo kippte eine Plastikflasche Mineralwasser in sich hinein. Das Wasser gluckerte nur so in seinem massigen Hals.

Swintha nutzte die Unteransicht und schoss einige Fotos, die nur Leos dicken Bauch, den wulstigen Hals und die fleischige Hand zeigten, die die Wasserflasche umklammerte.

Dann kletterte sie auf das Podest. Leo setzte die Flasche ab und schnaufte durch.

»Und? Sind ein paar anständige Fotos dabei?«, fragte er.

»Ich glaube schon. Das ist toll, wie Sie hier Stimmung machen. Das Zelt kocht.«

Leo lachte und wischte sich die Stirn mit einem weißen Handtuch ab. »Freut mich, dass es dir gefällt. Du kannst mich ruhig duzen. Ich bin Leo.«

»Ich weiß.«

»Der dicke Leo.«

»Nicht zu übersehen«, gluckste Swintha, und der dicke Leo grollte ein Lachen aus seinem Bauch, das Thor gut zu Gesicht gestanden hätte.

»Was soll ich machen? Stell dir vor, ich würde plötzlich abnehmen. Ich bekäme keinen Job mehr. Mein Bauch ist meine Marke. Und die will gepflegt sein.«

Er griff nach dem Teller mit Kartoffelsalat und paniertem Fischfilet, den ihm ein Schlacks vom Turnverein eben über die Rampe reichte. Aber der Bauch ließ es nicht zu, dass seine Finger ans Ziel gelangten.

Swintha gluckste wieder, nahm dem Schlacks den Teller ab und reichte ihn dem dicken Leo. Der zuckte mit den Schultern und schob sich dann mit der Plastikgabel eine ordentliche Portion Kartoffelsalat in seinen Bart umkränzten Mund.

Swintha legte an und schoss ihre Fotos. Jetzt konnte sie mit vierzig Millimetern arbeiten. Das hatte gleich eine andere Kraft. Leo kämpfte mit jedem Bissen, weil man nicht schlucken und atmen zugleich konnte. Aber sein aufgeheizter Körper rang nach Sauerstoff. Hinzu kam eine Gräte, die offenbar an Leos hinterem Gaumen ihr neckisches Spiel trieb.

Leo räusperte sich, hustete, trank Wasser, aß Brot – nichts half. Die Gräte hatte ihren festen Platz kurz vor dem Zäpfchen gefunden und dachte nicht daran, sich aus dem wohligen Milieu wieder rausschmeißen zu lassen.

»Hureseich!«, fluchte Leo, während Swintha weiter draufhielt und sich auf die Lippen beißen musste, um nicht lauthals loszulachen. Die Grimassen, die der dicke Leo bei seinen Versuchen zog, hatte Swintha weder bei Louis de Funès noch bei Jim Carrey je gesehen. Wenn ein so fleischiger Berg plötzlich in Bewegung kam, glich das Ergebnis einer Naturkatastrophe.

Endlich hustete der dicke Leo einen letzten Versuch. Die Gräte löste sich und klatschte mit einem Schleimklumpen auf Swinthas Objektiv. Das Lachen verging ihr ruckartig, Ekel machte sich breit.

Plötzlich sah sie im dicken Leo nur noch ein röchelndes Monster, begierig, alles zu verschlingen, was ihm zu nahe kam. Swintha putzte das Objektiv und wechselte es. Sie setzte wieder auf die lange Brennweite, da war sie wenigstens vor solchen Attacken sicher.

Der dicke Leo schaufelte den restlichen Kartoffelsalat in sich hinein, spülte mit Mineralwasser nach und setzte den Abend mit »Peggy Sue« von Buddy Holly fort. Aber er spielte nur eine Strophe. Mitten im Refrain hielt er inne und wechselte unvermittelt auf »Yesterday« von den Beatles. Dabei starrte er auf eine blonde Frau, die trotz ihres fortgeschrittenen Alters noch attraktiv wirkte. Swintha schätzte sie auf Ende fünfzig. Sie holte sie mit dem Objektiv näher ran. Die Musik schien sie in frühere Zeiten zu entführen. Jedenfalls erwiderte sie Leos Blick nicht, sondern schloss die Augen. Als sie sie wieder öffnete, strahlte das Blau ihrer Augen direkt in Swinthas Sucher. Swintha erschrak vor der Direktheit des Blicks und riss die Kamera runter, ohne abgedrückt zu haben.

***

Wagner hatte sich mit Belledin beim Ihringer Männergesangsverein verabredet. Sie wollten vor Ort besprechen, wer sich welche Festhöfe und Klausen vornahm. Zum Befragen und Ermitteln, verstand sich; nicht zum Prosten und Trinken. Da Belledin aber nicht erschienen war und es Wagner zu anstrengend war, jede Einladung auf ein Gläschen Wein abzuschlagen, hatte er sich auf den Weg gemacht, Belledin zu suchen.

Er vermutete, dass sein Chef in irgendeinem Festhof auf alte

Veteranen getroffen war, die einige Flaschen Wein in Händen hielten und nun nachschenkten. Eine fatale Falle, wenn man zu arbeiten hatte.

Wagner warf sich einen neuen Kaugummi in den Mund, der ihm die Lust auf Wein durch scharfen Pfefferminzgeschmack vertreiben sollte. Drei Päckchen kaute er am Tag. Manchmal schmerzten ihm die Kiefer, ein richtiger Muskelkater brannte dann in den Backen. Aber diesen Brand konnte er ertragen, solange nur nicht wieder der alte zurückkam.

»Sentimental Journey« sickerte aus der Tennis-Klause an Wagners Ohr. Die Klarinettenklänge zogen ihn hinein.

An normalen Tagen waren es schlichte Innenhöfe, die von außen durch ein großes Holztor vor neugierigen Blicken geschützt lagen. An den Festtagen aber verwandelten sie sich zu geselligen Höhlen, die Platz für jedes Gefühl bereithielten. Der Träumer konnte schwelgen, die Verliebten turteln, die Stimmungsfreudigen laut singen und der Traurige leise trinken. Weinlaub und Girlanden schmückten die für das Fest eingezogenen Querbalken, bunte Lichterketten schwangen sich in Wellen durch den Hof, und der Wein, der sich aus all den geöffneten Flaschen in die Gläser goss, schwängerte die Luft und mischte sich mit dem Schweiß feiernder Menschen. Die Stimmung, die hier herrschte, hob sich aber vom gewohnten Bild ab. Während in den anderen Höfen der übliche Hock tobte, schien das Publikum hypnotisiert von den Sirenenklängen, die der Musiker ihnen ins Ohr träufelte.

Wagner erkannte Killian. Sie hatten in zwei Fällen miteinander zu tun gehabt. Freunde waren sie keine, aber Wagner hatte im Grunde nichts gegen den Sonderling. Im ersten Fall hatte er zwar gehofft, in ihm den Mörder zu finden, aber es hatte ihm auch nichts ausgemacht, als Killian sich als unschuldig erwiesen hatte. Aber Wagner war Belledin gegenüber loyal. Belledin mochte Killian nicht, also gab es auch für Wagner keinen Grund, ihn zu mögen. Außerdem fand er es merkwürdig, dass Killian ausgerechnet dort aufspielte, wo Robert Düster tags zuvor noch musiziert hatte. Er hatte den Fall Robert Düster zu seinem Fall erkoren. Nicht einmal Belledin sollte den Mörder vor ihm erwischen; da konnte er doch nicht dulden, dass ein privater Schnüffler ihm den Rang ablief. Aber die Musik, die Killian spielte, war einnehmend. Weich, zart und nicht zu süß. Da schwang Gefühl drin, Seele.

Selbst wenn Wagner von Musik nicht viel verstand, er verstand etwas von Seele. Für ihn lag die Seele noch immer in der gekelterten Traube. Die Beere eines gesprenkelten Gewürztraminers in der Sonne des Spätsommers, der Geruch von frischem Mulch auf feuchtem Löß, der fruchtige Nachgeschmack auf den hinteren Papillen der Zunge eines jungen Weines – das war Seele. Und er hatte sie verloren, weil er zu viel davon wollte.

Ihm wurde weit ums Herz. Vielleicht konnte er es schaffen, vom Alkohol fernzubleiben. Mit Kaugummis und einer Art von Musik, die ihm Seelenersatz war.

»Wagner, wird aber auch Zeit!«, hörte er ein Brummen dicht neben seinem Ohr. Eine Alkoholfahne wehte ihm in die Nase.

Es war Belledin, und er sah angeschlagen aus.

»Alte Kameraden, scheiß drauf! Wie soll man hier in Ruhe ermitteln können, wenn man alle paar Meter jemanden trifft, mit dem man trinken soll? Das geht einfach nicht. Glaub mir, Wagner, du hast es leichter.«

Belledin winkte einer Blondine hinterm Tresen, die er mit Röntgenaugen taxierte. Belledin agierte da sehr direkt, vor allem, wenn er bereits getrunken hatte. Wagner war diese Art des direkten Angriffs zuwider.

»Jaja, der weiße Sport …«, sinnierte Belledin, nahm die Weißweinschorle entgegen und drückte der Blondine spontan seinen Schnäuzer auf die Wange.

Sie nahm es mit einem Lachen, das Belledin wohl tief in die Lenden fuhr.

»Im Dienst! Im Dienst! Im Dienst!«, murmelte er wie ein Mantra.

»Wollen Sie nicht lieber freimachen, Chef?«, fragte Wagner, der in etwa abschätzen konnte, was Belledin getankt haben musste, um in einer derartigen Verfassung zu sein.

»Pink Panther« ertönte aus Killians Klarinette.

Belledin lachte, dann kniff er die Augen zusammen und richtete seinen Blick auf Killian.

»Der Drecksack. Wagner, dieser Killian ist ein Drecksack.«

»Wieso?«

»Hörst du nicht? Der rosarote Panther.«

»Und?«

»Inspektor Clouseau! Er meint mich damit, Wagner, mich. Dieser Drecksack. Am liebsten würde ich jetzt zu ihm nach oben und ihm eine Abreibung verpassen. Die Flöte in den Arsch schieben, diesem Drecksack.«

»Chef, ich glaube, es ist wirklich besser, Sie vergnügen sich heute Abend und lassen mich das machen.«

»Einverstanden, gute Idee, Wagner. Aber nur, wenn du eins mit mir trinkst, Wagner.«

Wagner sah Belledin entgeistert an.

»Ein Scherz, Wagner. War nur ein Scherz.«

Wagner konnte darüber nicht lachen. Belledin auch nicht.

»Entschuldige, Wagner. Was machen wir hier eigentlich? Warum sind wir hier? Wir hätten gestern schon Zeugen befragen müssen, Wagner, das haben wir versäumt.«

»Was sagt Ihre Frau denn?«

»Was?«

»Ich meine, Sie hat Düster gefunden, sie ist die Hauptzeugin.«

»Wagner!«, brauste Belledin auf. »Sie ist nicht die Hauptzeugin, sie ist meine Frau! Vergiss das nicht. Und trotzdem habe ich sie befragt. Da kenne ich nichts.«

»Gibt es ein Protokoll davon?«

Belledin kniff die Augen zusammen. »Ich warne dich, Wagner. Lass meine Frau in Ruhe. Sie hat zum ersten Mal einen Toten gesehen. Du müsstest doch wissen, dass es nicht jedermanns Sache ist, alltäglich Leichen zu Gesicht zu bekommen, oder? Ein bisschen mehr Feingefühl, Wagner, gerade von dir. Das darf ich wohl erwarten.«

Wagner schluckte die nächste Frage hinunter, obwohl sie zwingend gewesen wäre. Belledin schien den Kloß zu hören.

»Bevor du ein Magengeschwür kriegst. Nein, es gab keine Untersuchung auf DNA bei ihr. Und das wird es auch nicht geben. Haben wir uns verstanden? Meine Frau ist keine Mörderin. Und wenn du auch nur das Leiseste in diese Richtung denkst, dann ersäufe ich dich in einem Weinfass! Wagner!«

Wagner erschauerte bei dem Blick, den Belledin ihm entgegenschleuderte. Jetzt holte Belledin tief Luft und schlürfte an der Weinschorle.

»Meinst du etwa, in diesem Heuhaufen finden wir den Mörder? Ist doch absurd. Wessen Einfall war das?«

»Ihrer.«

»Ich weiß, Wagner, ich weiß. Es mag Blödsinn sein, aber irgendetwas sagt mir, dass der Mörder nicht nur Robert Düster treffen wollte, sondern die Memories insgesamt. Es ist eine These, mehr nicht. Aber irgendwo müssen wir ja anfangen. Vielleicht ein neidischer Konkurrent? In der Szene herrscht ein knallharter Wettbewerb. Wir sollten uns die anderen Entertainer mal vorknöpfen, Hof für Hof. Was hältst du davon, Wagner?«

»Hof für Hof«, nickte Wagner.

»Die Tennis-Klause liegt quasi in der Mitte. Ich übernehme in Richtung Zentrum, du in Richtung Peripherie, einverstanden?«

»Einverstanden.«

»Und Wagner, guck mich nicht immer so an, als ob ich besoffen wäre. Das ist nur Tarnung.« Belledin lachte.

»Verdammt gute Tarnung, Chef.«

***

Ulli hatte lange vor der Klause gestanden und den Klängen aus Killians Klarinette gelauscht. Für ihn hätte der Abend so dahinplätschern können. Er konnte darauf verzichten, selbst noch mal in die Tasten zu hauen; alles war so sinnlos. Nicht durch Roberts Tod, sondern seitdem Klara ihn verlassen hatte. Zehn Jahre waren es bereits, seit sie das kleine Restaurant auf Mallorca eröffnet hatte; mit deutscher Küche, das lief wohl ganz gut. Obwohl Ulli nie fand, dass sie besonders gut kochen konnte. Aber sie besaß die Gabe, Teller zu garnieren. Das Auge aß mit. Klara hatte den Blick für Komposition und Arrangement. Die Farben, die sie zusammenstellte, verschlang man, auch wenn es Gift wäre.

Zwei Drittel ihres gemeinsamen Ersparten hatte sie mitgenommen. Eine Scheidung würde ihn teurer kommen, hatte sie gesagt, und sie hatte gelacht dabei, so wie sie immer gelacht hatte. Ja, lachen konnte sie, und es war kein böses Lachen, sondern ein ansteckendes.

Sie hätte auch alles mitnehmen können, solange sie nur lachte.

Ulli hatte sie geliebt und liebte sie noch immer, auch wenn sie beide viele andere Abenteuer nebenher laufen gehabt hatten; es hatte sich immer die Waage gehalten. Bis auf ein Ereignis, mit dem Ulli nicht gerechnet hatte. Und dafür hatte er sich gerächt. Mehr als er gewollt hatte. Und das hatte ihm Klara nie verziehen.

Er war sich sicher, dass er sie gesehen hatte. Diese Augen vergaß man nicht, auch nicht nach zehn Jahren.

***

Reto hatte keine Chance gehabt. Drei Männer hatten ihn gepackt und in die Knie gezwungen. Er blutete aus der Nase.

»Hät jemand de Krankewage agrufe?«, rief eine Frau aufgeregt.

»Der brucht kei Krankewage mehr, ä Leichewage wär angemessener«, erwiderte einer der Männer, die Reto im Griff hatten.

Neben seinem Wohnmobil, am hinteren Reifen, lag der dicke Leo in seinem Blut. Auch an seinem Schädel war eine Weinflasche zerborsten, diesmal handelte es sich um die Scherben eines Weißburgunders, die sich um das leblose Gesicht des wonnigen Alleinunterhalters verteilten.

Swinthas Blick irrte hilflos zwischen dem toten Leo und dem blutenden Reto hin und her. Sie war gerade von der Toilette gekommen, und nichts war wie vorher.

»Platz da! Durchgang! Polizei!«, grollte es aus dem Pulk der Schaulustigen.

Es war Belledin, der sich Bahn schuf und keuchend vor der Leiche innehielt. Er ließ den Anblick des toten Leo auf sich wirken, dann griff er zu seinem Handy, bestellte das übliche Aufgebot und informierte Wagner.

»Immerhin hämmer de Mörder!«, rief der Kräftigste von Retos Aufpassern.

Belledin drehte sich zu den drei Männern, die einen jungen Mann im Griff hielten.

»Was hat er damit zu tun? Hat jemand gesehen, wie er ihn erschlagen hat?«

»Wie er gschlage hät, nit, aber er isch überm glehnt, mit dem Flaschehals in de Händ«, erwiderte der Sprecher der drei. »Un wenn ma eins und eins zammezählt –«

»Dann sind es gleich drei, die einen halten müssen«, unterbrach Belledin harsch. Er mochte es nicht, wenn andere seine Fälle lösten. Dennoch sprach einiges für den Verdacht gegen den drahtigen Lockenkopf mit der blutverschmierten Nase.

Wagner kam mit zwei Uniformierten. Belledin ergriff die Gelegenheit und nickte den beiden zu: »Abführen.«

Die Uniformierten ließen die Handschellen um Retos Gelenk knacken; Reto wehrte sich nicht, seine Augen suchten Swintha, die sich wie gelähmt an ihrer Fotokamera festhielt und keinen Ton zu sagen wusste.

»Wagner, Sie nehmen die Aussagen der drei Zeugen auf, ich kümmere mich um den Rest.« Belledin schnaufte tief durch. Sein Blick schweifte über den Tatort und endete bei der Leiche. Aus dem dicken Leo ist der tote Leo geworden, dachte er, konnte darüber aber nicht lachen. Den dicken Leo hatte er gemocht. Nicht nur weil er die alten Hits trällern konnte wie kein Zweiter in der Region, er war einfach ein feiner Kerl. Kein Schmierlappen wie Robert Düster, auch kein Großmaul wie Ulli Heldt, sondern einfach nur der dicke Leo. Es war der zweite Festzelt-Entertainer innerhalb von zwei Abenden, der umgebracht worden war, und jedes Mal war eine Weinflasche auf dem Schädel des Toten zerborsten. Ob der Schlag auch die Todesursache war, konnte Belledin nicht glauben. Da musste mehr dahinterstecken. Ein badischer Dickschädel starb nicht an einer Flasche Wein. Die Gerichtsmedizin würde ihn bald aufklären. Noch hatte er keine Nachricht von den Leichenfledderern.

»Reto war es bestimmt nicht«, hörte er eine Stimme dicht neben sich. Er drehte sich zu ihr und sah Swintha vor sich. Sie kannten sich von einer früheren Begegnung, bei der Swintha die Geisel eines Verbrechers gewesen war. Belledin wusste auch, dass sie Kilians Tochter war, und war schon deshalb nicht begeistert, dass auch sie seinen Fall klären wollte.

»Hat dich jemand gefragt? Es reicht, dass dein Vater gerne Detektiv spielt, gewöhn dir das bloß nicht auch noch an.«

»Reto ist mein Freund, der kann keiner Fliege was zuleide tun.« Swintha war den Tränen nahe.

Belledin grunzte und atmete tief durch.

»Ach so ist das ... tut mir leid, aber wir müssen jeder Spur nachgehen. Und er wurde gerade von drei Zeugen schwer belastet.«

»Er war den ganzen Abend bei mir.«

»Auch als er sich über den Toten gelehnt hat?«

Belledin sah Swintha an, dass sie kurz davor war, zu lügen. Offenbar merkte sie aber noch rechtzeitig, dass es keinen Sinn ergeben würde.

»Nein, da war ich auf Toilette.«

»Tja, dann bist du als Zeugin nicht viel wert. Wagner, wie weit sind wir?«

»Gleich durch«, schallte es aus dem Hintergrund.

Belledin schüttelte den Kopf. »Gleich durch, sagt er. Der hat Nerven. Jetzt fängt die ganze Scheiße doch erst richtig an.« Er lächelte Swintha bitter zu, dann verließ er den Tatort und ging zu einer Gruppe Angeheiterter, die nahe der Bühne saß und Blick auf den hinteren Ausgang der Klause hatte.

»'n Abend, die Herrschaften«, sagte Belledin mit dem Timbre des Offiziellen in der Stimme und zeigte seinen Dienstausweis. »Haben Sie etwas Verdächtiges gesehen? Jemand, der dem dicken Leo vielleicht nach draußen gefolgt ist?«

Ein smarter Mann um die fünfzig, in feinen Designerzwirn gepackt, füllte eben die Gläser der Gruppe mit Silvaner. Er unterbrach den Ausschank und lächelte Belledin an. »Schaue Sie in meine Auge, Herr Kommissar. Die sehe heut nix mehr. Und Verdächtiges scho zweimal nit. Nehme Sie es nit persönlich, aber ich bin hier, weil ich eimol nix von de Welt sehe will. Mord und Totschlag, da brauchsch nur in d' Zeitung gucke. Amoklauf hier, Krieg dort, Meuchelmord im Schlafzimmer. Sobald man irgendwo hinschaut, scho isch einer tot. Für Sie isch des natürlich e gfundenes Fresse. Sie wäre ja arbeitslos, wenn's keine Mordopfer gäb. Aber für uns isch jeder Toter Sachbearbeitung. Hätt ich gwusst, wie viel Arbeit auf einen zukommt, wenn er Lebensversicherunge verkauft, ich wär lieber Polizischt gworde. Trinke sie eins mit?«

Belledin verkniff sich ein »Im Dienst« und ließ den Versicherungsphilosophen unerwidert stehen. Er wandte sich an eine Brünette, die ihm weder hübsch noch hässlich schien, und hielt auch ihr den Ausweis vor die Augen. »Wie steht's mit Ihnen?«

Sie zupfte an ihrem Kostüm und ruckte unruhig auf der Bierbank hin und her. »Ich glaub, ich steh unter Schock. Ich hab noch nie so was erlebt. Direkt bei einem Mord dabei, des kenn ich nur ausm Fernsehen. Aber Sie sehen gar nit so aus, wie man sich einen Kommissar vorstellt.«

»So?«

»James Bond ischer wahrlich nit«, tönte der Lebensversicherer und erntete damit einen derben Lacher der Kollegen.

»Geht mehr in Richtung Bulle von Tölz«, setzte ein anderer frech nach und prostete der Gesellschaft mit dem aufgefüllten Glas zu.

Belledin bewies Nehmerqualität. Er ließ auch diesen Lacher über sich ergehen, bedauerte aber, dass er nicht allein mit den beiden Vorwitzigen war. In seiner Phantasie hatte er bereits dem Mundschenk das bunte Muster seiner Krawatte ins Maul gestopft, während er dem Zweiten ein starkes Gebiss wünschte.

»Obwohl, wenn ich mir Sie etwas genauer anschau, könnte Sie au was von dem Franzose habe, aus den alte Schwarz-Weiß-Filme. Mir fallt de Name nimmer ein. Isch au scho lang her. Mit meiner Oma hab ich die immer anguckt. Wie heißt der noch?«

»›Bonsoir Mademoiselle‹«, sagte Belledin mit dem stoischen Gleichmut eines Jean Gabins in der Rolle des Inspektor Maigret, dann drehte er sich um und ging zu dem kleinen Trupp, der die Spuren sicherte und die Leiche barg.

Er wusste jetzt, warum er den Abend zuvor auf die Befragung verzichtet hatte. Außer dummen Sprüchen war aus den Feierbiestern nichts herauszuholen. Aber das konnte er nicht gelten lassen. Nur weil Weinfest war, hatte niemand das Recht, sich vom Lebensalltag auszuklinken. Er würde sie alle fünf aufs Revier bestellen. Und zwar morgen früh, wenn ihr Schädel richtig brummte.

Dann würde er aber nicht den Maigret geben, sondern den harten deutschen Kommissar im Stile eines Erik Ode. Auch schwarzweiß, aber mit der grellen Tischlampe mitten ins Gesicht des Befragten.

»Wagner, nehmen Sie die Personalien der fröhlichen Gruppe dort hinten auf. Sie sollen morgen um sieben auf dem Revier antanzen.«

Dann wandte er sich zu Reto, der in sich gesunken zwischen zwei Polizisten kauerte. »Wenn Sie gleich gestehen, können wir uns eine Menge Arbeit sparen.«

Reto sah durch Belledin hindurch.

»War nur ein Vorschlag. Ich mach ihn hin und wieder. Man soll die Hoffnung nie aufgeben«, sagte er säuerlich und murmelte ein leises: »Abführen.«

FÜNF

Verzweifelt drängte sich Swintha durch die Menschenmenge. Bislang war es ihr gelungen, auf Schleichwegen in die einzelnen Höfe zu gelangen, um ihre Fotos zu schießen. Sie hatte sich raushalten und den Platz der Beobachterin einnehmen können. Jetzt war sie mittendrin im Strudel.

Reto war kein Mörder. Er war schräg, anders, aber ein Mörder war er nicht. Er sah gern Filme, in denen es zur Sache ging, legte schon mal einen Splatter ein, bei dem sich Swintha von Anfang bis Ende Augen und Ohren zuhielt und dabei dennoch vor Angst bibberte; auch hatte sie ihn letzten Herbst auf der Bühne als Mörder gesehen. Den »Macbeth« hatte er gespielt, auf einer Off-Bühne in Berlin. Blutig und ernst war er da gewesen, so wie ihn Swintha gar nicht kannte. Aber das war gespielt gewesen, das war sein Job, er musste glaubwürdig sein.

»Wer Macbeth spielt, muss privates Unglück in Kauf nehmen«, hatte ihr Reto damals gesagt, und sie hielt es für einen Aberglauben, den sich die Theaterleute gebacken hatten. Reto hatte einige Vorfälle genannt, bei denen Mitwirkenden einer »Macbeth«-Produktion im Anschluss Unheil zugestoßen war. Aber genauso gut hätte man hundert »Räuber«-Inszenierungen nehmen können; wenn man nachgeforscht hätte, wäre man da sicherlich auch auf eine beträchtliche Anzahl ungereimter Schicksale gestoßen.

Reto würde es anders sehen. Er würde noch nicht einmal um seine Freiheit kämpfen, weil er wusste, dass sein Schicksal mit der »Macbeth«-Inszenierung verknüpft war. Er wollte es so. Es war wie eine selbst erfüllende Prophezeiung. Und immerhin begann auch Shakespeare sein Stück mit einer solchen.

Vermutlich war Reto sogar stolz darauf, dass das Schicksal ihm an den Kragen wollte. Das würde ihm beweisen, dass er den Macbeth besser durchdrungen hatte, als ihm die Kritiken einiger Berliner Feuilletons hatten bescheinigen wollen.

Swintha hoffte nur, dass Reto jetzt nicht den Geheimnisvollen mimte, um sich wichtig zu machen. Das tat er nämlich gerne. Dann schoss er ein Zitat nach dem anderen heraus, wand sich in konfuzianischen Reimen und schwieg mit dem Lächeln eines Alpen-Buddhas. Das wäre nicht nur in Südbaden fehl am Platz. Vor allem bei Belledin würde ihn das Hausieren mit Bildungsschatz direkt ins Loch schicken. Der Weinberg-Sheriff zeigte wenig Humor mit Klugscheißern; schon Killian wanderte stets nah am Grat. Aber der konnte sich das erlauben, Reto nicht.

Swintha war nahe davor, zu schreien, so langsam schien ihr das Vorwärtskommen. Wie Lemminge schoben sich die Bacchanten durch die Gasse. Fremdgesteuert, mal hoch, mal runter. Wie viele Runden sie wohl an einem Abend schafften? Ob sie die Schlaufen zählten? Oder die Gläser Wein? Oder die Bekannten und Freunde, denen sie auf dem Marsch begegneten? Irgendetwas zählten sie bestimmt; ansonsten konnte das doch keiner aushalten. Oder machte es dem Schwarm Spaß, sich in der Unendlichkeit aufzugeben? Hatte es womöglich etwas Meditatives?

Für Swintha war es eher ein Krampf, der sich hinter ihrem Brustbein verdichtete und schmerzhaft gegen die oberen Rippen drückte. Klaustrophobie stieg in ihr auf. Die hatte sie lange nicht mehr gehabt. Zuletzt bei dem Konzert von Robbie Williams im Berliner Olympiastadion. Da war sie kurz ohnmächtig geworden. Reto hatte sie damals aufgefangen und aus dem Pulk gefischt.

Aber Reto war nicht da, diesmal musste Swintha ihn herausfischen. Doch dazu musste sie erst einmal heil zu Killian kommen.

Ihr wurde schwindlig, die Gesichter um sie herum begannen zu tanzen, schnitten Grimassen, und dicke Zeigefinger schimpften mit ihr. Plötzlich wurde sie an der Hand gepackt und in die Tiefe gezogen.

»Alles ist aus, alles wird dunkel, für jeden, irgendwann«, sagte sie, und sie wünschte sich, dass sie es noch aufschreiben könnte, als letztes Gedicht.

Kaltes Wasser spritzte ihr ins Gesicht. Swintha hatte Angst, die Augen zu öffnen. Sie fürchtete sich: Entweder sie stand vor den Wächtern der Unterwelt oder vor dem Mörder des dicken Leo, der sie daran hindern wollte, Reto zu retten.

Ein weiteres Glas Wasser tat seinen Dienst, eine bekannte Stimme kam hinzu: »Swintha, alles klar?«

Ein Engel war es nicht, dazu war die Stimme zu weltlich und anpackend. Aber sie durfte gar nicht hier sein; sie sollte doch in Nicaragua sein? Doch sie war immer da gewesen, wenn Swintha sie gebraucht hatte, das wurde ihr in dem Moment klar. Auch wenn sie sich oft zankten, sie waren füreinander da, im richtigen Moment.

Swintha schlug die Augen auf.

»Mama!«, schluchzte sie, rappelte sich auf und warf sich Bärbel um den Hals.

Bärbel rang nach Atem, so eine stürmische Begrüßung hatte sie nicht erwartet. Aber sie genoss es. Es war lange her, dass sie sich so gedrückt hatten. Swintha war eine erwachsene Frau geworden, für sie nur schwer nachzuvollziehen. Und ihren Freund, den Schauspieler, hatte sie auch noch nicht gesehen. Es hatte sich noch nicht ergeben.

»Bist du schwanger?«, fragte Bärbel, weil sie Swinthas Übelkeit mit der für sie schlimmsten Möglichkeit erklärte. Bärbel ging immer vom Worst Case aus, das machte das Leben erträglicher. Besser man rechnete mit dem Schlimmsten und wappnete sich, als vom Schicksal genarrt aus dem Himmelbett zu fallen.

»Wievielter Monat?«, fragte sie weiter. Sie hatte sich die Antwort längst selbst gegeben, die Unterstellung war perfekt. »Wer ist der Vater? Der Schauspieler? Hat er ein Engagement? Wovon wollt ihr leben?«

Swintha suchte nach Worten. Sie fand keins, und wenn doch, so brachte sie es nicht heraus.

»Das Studium machst du trotzdem weiter. Ich komme die erste Zeit nach Berlin und kümmere mich um das Kind. Ich kann meine Freistellung noch mal um ein Jahr verlängern, mach dir keine Sorgen.«

»Ich muss zu Killian«, stammelte Swintha.

»Der kann in so einem Fall bestimmt am besten helfen«, erwiderte Bärbel sarkastisch.

»Ich bin nicht schwanger, Mama! Es ist wegen Reto.«

»Hat er dich sitzen lassen? Hat hier im Halbsuff eine andere kennengelernt, und du hast sie knutschend erwischt? Wie ich diese Feste hasse. Ich habe sie schon immer gehasst. Nur Vorwand zum Saufen und Fremdvögeln. Gott Bacchus heiligt alles. Mach dir nichts draus. Wenn es so ist, war er es nicht wert.«

»Mama! Still! Für einen Moment! Bitte!«

Swinthas Ton war so energisch, dass Bärbel tatsächlich augenblicklich verstummte und gespannt darauf wartete, was Swintha ihr zu beichten hatte.

»Reto steht unter Mordverdacht. Er soll den dicken Leo erschlagen haben.«

»Immerhin scheint er künstlerischen Geschmack zu haben«, entglitt es Bärbel.

»Mama! Sag mal, spinnst du jetzt völlig? Dein Zynismus ist echt nicht zu ertragen! Geh wieder in den Dschungel und rette die Welt vor dem Kapitalismus! Wieso bist du überhaupt schon wieder zurück? Wolltest du nicht erst in einem Monat wieder hier sein?«

»So zeigt sich wahre Freude, wenn man seine Mutter wiedersieht, vielen Dank. Um den Schauspieler und den dicken Leo sorgst du dich, dass ich aber von Schlangen gebissen, von Bananenrevoluzzern vergewaltigt und von der Malaria niedergestreckt wurde, das kümmert dich überhaupt nicht, was?«

Sie waren wieder mittendrin. Die Überhöhung ihrer Streitgespräche musste für Außenstehende absurd klingen, aber Bärbel konnte sich mit Swintha nur in der Theatralik der Opera buffa scharmützeln. Dieses Überziehen realer Argumente schützte sie davor, sich tatsächlich zu verletzen.

Bärbel lauerte, mit welchem Geschütz Swintha nun auffahren würde. Aber Swintha atmete nur tief durch und schien sich zu sammeln.

»Mama, ich muss zu Killian. Es ist sehr wichtig.«

»Ist der etwa hier? Seit wann geht er denn auf solche Feste?«

»Du bist ja auch hier.«

»Ich bin hier, weil ich keine Hausschlüssel habe. Man hat sie mir im Urwald gestohlen. Und ich hoffte, meine liebe Tochter hier zu treffen, damit ich in meine Wohnung komme.«

Swintha griff in die Tasche ihrer leichten Baumwolljacke, angelte die Hausschlüssel heraus und reichte sie Bärbel.

»Danke. Damit ersparst du mir auch, Killian zu sehen. Das brauche ich jetzt nicht. Eine liebevolle Begrüßung reicht mir vorerst.«

Swintha verdrehte die Augen. Dann nahm sie Bärbel in den Arm und drückte ihr einen Kuss auf die Wange.

»Schön, dass du heil wieder da bist, Mama.«

Bärbel nickte und lächelte. »Dein Reto ist bestimmt kein Mörder. Und um den dicken Leo tut es mir leid; obwohl ich ihn nie mochte.«

»Kanntest du ihn denn?«

»Muss man jeden kennen, den man nicht mag?«

Swintha atmete tief durch, schüttelte verzweifelnd den Kopf. »Bis später.«

»Warte. Ich brauche den Autoschlüssel. Um diese Zeit fährt kein Zug mehr. Dich bringt bestimmt dein netter Vater heim.«

Swintha griff instinktiv dorthin, wo bei Hosen die Taschen saßen. Aber ihr Sommerkleid hatte keine Taschen. »Reto hat den Schlüssel.« Wieder kämpfte sie mit den Tränen. Bärbel nahm sie in den Arm.

»Alles wird gut. Die Polizei braucht halt erst mal einen, den sie verdächtigen kann. Dann geht's ihnen besser«, sagte sie beruhigend.

»Und wie kommst du jetzt nach Hause?«, fragte Swintha.

»Ich bleib einfach noch ein wenig hier. Das Wasser, das ich trinken wollte, habe ich ja dir ins Gesicht geschüttet. Jetzt bestell ich mir ein neues und warte hier auf dich und deinen Vater. Ist doch gemütlich hier, oder?« Sie zeigte mit der Hand auf die schunkelnden Leute im Innenhof des Musikvereins und blies die Backen zum Bass der bayrischen Polka auf, die im Hintergrund aus dem Hof dampfte.

Swintha lachte die Tränen weg und drückte Bärbel einen Kuss auf die Wange. »Kann etwas dauern«, sagte sie.

»Ich komme gerade aus dem Busch. Da herrscht ein anderes Zeitgefühl. Weißt du, wenn man das erlebt hat, dann –«

»Ich muss los«, unterbrach Swintha Bärbels Einstieg in einen

Reisevortrag und kämpfte sich am Rand der bevölkerten Straße entlang in Richtung Tennis-Klause.

***

Ulli hatte keine Lust mehr, den Ordner mit den Schlagern und Stimmungsliedern abzuarbeiten. Ihm war nach Musik, bei der er sich ausdrücken konnte. Die verlogenen Melodien vom ewigen Glück stichelten wie eine Dornenkrone auf seiner angeschlagenen Seele.

Nachdem er »Santa Maria« von Roland Kaiser beendet hatte, begann er mit einem jazzigen Intro und fing dann an, »Les feuilles mortes« zu singen. Killian stieg sofort darauf ein, und in der Klause veränderte sich schlagartig die Stimmung. Ulli gestattete sich zwischen der zweiten und dritten Strophe ein Piano-Solo, in das er seine Trauer um eine alte Liebe legte. Mit allem Pathos, das er in sich trug, und mit den wenigen Krumen an Ehrlichkeit, die ihm die täglichen Lebenslügen noch gelassen hatten.

Killian spürte die Veränderung und nahm sie in sein Spiel auf. Er antwortete Ulli schalkhaft provozierend. Dieser ließ das E-Piano zynisch wiehern und bekräftigte seine Laune. Killians Klarinette zollte Respekt und gratulierte zu dem mutigen Schritt.

So spielten sie sich durch einige französische Jazz-Chansons. Hin und wieder sang Ulli einige Strophen, doch meist blieben sie instrumental. Es kümmerte sie nicht, dass einige Betrunkene nach DJ Özi riefen und auf die Eins in die Hände klatschten; die Mehrheit der Zuschauer genoss die Musik und die gewandelte Stimmung, die sich in ihren angeheiterten Weinseelen ausbreitete.

Irgendwann wurde es Ulli dann doch zu melancholisch, und er rief zu Killian: »Glenn Miller?«

Killian brauchte nicht lange, schon ertönte das Intro von »In the Mood«, Ulli brachte die charakteristischen Posaunen über die Tasten des Pianos aus den Lautsprechern, die erstaunlich nahe an einen echten Sound reichten.

Killian absolvierte seinen Schlusslauf, Ulli unterstrich das Finale mit einem fetten Akkord aus zehn Fingern, das Publikum war begeistert.

Killian blickte auf, er hatte den Eindruck, dass sich die Gäste der Tennis-Klause innerhalb der letzten zwei Stunden neu zusammengesetzt hatten.

Das war das Schöne am Weinfest: der ständige Fluss. Es gab nicht *das* Publikum, das sich eine Eintrittskarte kaufte und bis zum Ende des Abends Anspruch darauf hatte, das zu hören, wofür es gezahlt hatte. Es baute sich ständig aus neuen Elementarteilchen zusammen. Mal schwemmte eine Gruppe Frauen herein, die sich ohne ihre Männer einen beschwingten Abend gönnen wollten, dann waren es wieder einsame Singles, die über einen Tropfen Wein den Kontakt zum anderen Geschlecht suchten, oder aber lustwandelnde Touristen, die sich die Folklore der Region einverleiben wollten. Es waren Momentaufnahmen, Schnellschüsse, kurze Sequenzen, ohne Anspruch auf Dauer.

Aber was war schon von Dauer? Gestern hatte an seiner Stelle noch Robert zum Tanz aufgespielt. Jetzt war es Killian und morgen schon wieder ein anderer. Er blickte in die Menge. Es schien ihr einerlei, wer sie erheiterte. Robert Düsters Tod war allenfalls eine Notiz beim Frühstück wert, wenn überhaupt. Es passierte zu viel im Leben, als dass man sich um jeden Toten kümmern konnte. Die Mehrheit war selten betroffen. Ob jemand in der Meute saß, der aber sehr wohl betroffen war von Düsters Tod? Der Mörder oder jemand, der Robert mehr gemocht hatte als sein langjähriger Duo-Partner? Jemand, dem es befremdlich war, dass jetzt eine Klarinette an Stelle einer Gitarre die Klänge in den Raum warf?

Killian konnte niemanden entdecken, der ihm diesbezüglich auffiel. Er sah nur Swintha, die sich zwischen den Menschen am Eingang hindurchzwängte und ihm zuwinkte.

»Ich mach mal kurz Pause«, sagte er zu Ulli.

Swintha hatte Killian vor die Klause gezogen und ihm alles erzählt, nur von Bärbel hatte sie nicht gesprochen. Das war keine Absicht gewesen, aber Reto war ihr wichtiger.

»Du glaubst doch auch nicht, dass er einen umbringen kann, oder?«

Killian schwieg. Er hatte viel erlebt, und er wusste, dass jeder Mensch eine Mördergrube in sich trug. Es mussten nur die Umstände und die psychische Verfassung stimmen, dann konnte jeder jeden töten. Er selbst hatte auch nicht gewusst, wozu er fähig war. Aber er wollte jetzt nicht daran denken. Er sah Swinthas verzweifeltes Gesicht, das auf Antwort wartete; und zwar nicht auf irgendeine Antwort, sondern auf die, die sie hören wollte. Killian gab sie ihr.

»Nein, ich glaube nicht, dass er ein Mörder ist«, sagte er, und es klang überzeugend.

Am liebsten hätte er das Gespräch und die Angelegenheit damit abgeschlossen und wäre wieder zu Ulli aufs Podium gestiegen, um mit ihm leichte Standards zu improvisieren. Aber es war vorbei mit der Leichtigkeit. Sie verschwand immer schneller, als sie kam, und es war für Killian schwieriger geworden, einen Zipfel von ihr überhaupt zu fassen. In Swintha entdeckte er sie noch oft. Aber auch sie war gerade von ihr verlassen.

»Belledin glaubt, dass er der Täter ist.«

»Wie hat sich Reto dazu verhalten?«, fragte Killian.

»Ruhig, ganz ruhig. Er hat sich überhaupt nicht gewehrt.«

»Ist er immer so?«

»Ich weiß nicht, wie er *immer* ist. So lange kenne ich ihn nun auch nicht«, antwortete Swintha gereizt.

»Ich meine, gibt es etwas, das ihn aus der Ruhe brächte?«

»Willst du ihm ein Motiv andichten?«

»Ich will nur denken, wie Belledin denken wird. Spätestens morgen wird er ihn in die Mangel nehmen, und wenn er Retos wunden Punkt gefunden hat, wird er darin bohren, bis Reto explodiert. Und das genügt Belledin, um ihm vorläufig einen Totschlag zu unterstellen.«

Swintha sagte nichts, kramte in ihrer Erinnerung. Killian wartete geduldig, während Ulli im Hintergrund »Sieben Fässer Wein« rollen ließ.

»Er liebt die Natur«, begann Swintha. »Und er ist bei Greenpeace aktiv.«

»Heißt das, er zahlt Mitgliedsbeitrag? Oder klettert er an Schornsteinen hoch und kettet sich daran fest?«

»Das ganze Programm. Während seiner Studentenzeit in Zürich hat er auch mal Pflastersteine gegen Banken geworfen. Ein Angestellter wurde damals schwer verletzt. Aber man konnte nicht feststellen, wer den Stein geworfen hatte.«

»War Reto vermummt?«

Swintha schüttelte den Kopf.

»Also gibt es hübsches Bildmaterial. Und die Schweizer Kollegen hatten ihn schon mal vor sich auf dem Stuhl.«

Swintha biss sich auf die Unterlippe.

»Mochte er die Musik, die Leo spielte?«

»Was soll das denn? Meinst du etwa, Reto schlägt einem eine Flasche über den Kopf, nur weil ihm dessen Musik nicht gefällt?«

»Hätte er als ernsthafter Künstler und politisch extremer Mensch nicht ein Motiv, einen Barden kaltzumachen?«, provozierte Killian.

»Nein! Reto kann niemandem etwas zuleide tun. Lieber leidet er selbst, verstehst du das nicht? Außerdem, was heißt hier *politisch extrem*? Er verteidigt die Welt vor dem Raubbau der Wucherer!«

»Wie gesagt, ich versuche nur zu denken, wie Belledin denkt. Er wird auch die beiden Morde miteinander verknüpfen und einen Täter für beide Fälle haben wollen. Er sucht immer eine schnelle Lösung.«

Swintha sah Killian flehend an. »Können wir nicht den richtigen Mörder finden? Wir haben es doch schon einmal geschafft.«

Wie sollte Killian diesem Blick eine Absage erteilen können? Er merkte, dass es ihm egal war, dass zwei Festzelt-Barden ermordet worden waren. Er war kein Polizist, der Mördern nachjagte, sondern Fotograf, der den Tod in allen Facetten fotografiert hatte und der dessen Geruch endlich abschütteln wollte. Doch immer wieder schien er ihn anzuziehen.

Aber zog nicht jeder Mensch den Tod an? Früher oder später?

»Wir können es versuchen. Aber es wird verdammt schwer. Sieh dich um, hier wimmelt es von potenziellen Mördern.«

***

Belledin bewies Geduld. Der verstockte Schweizer würde bald flennend sein Geständnis unterzeichnen. Belledin hatte schon davon gehört, dass Graubündner stur sein sollten, aber er selbst kam vom Kaiserstuhl, da konnte er ohne Weiteres mithalten. Da müssten schon Basken kommen, um sich mit ihm zu messen.

»Mein Weib ist hin, nun bin ich frei, nun kann ich trinken, was ich mag …«, begann Reto Bielmann auf einmal zu sprechen.

Belledin und Wagner horchten auf.

»Kam blank ich heim, am Feiertag, zerschlug das Ohr mir ihr Geschrei …«

Belledin warf Wagner einen Blick zu, dieser schien die Worte des Schweizers aber auch nicht zu begreifen.

»So kommen Sie nicht durch, Bielmann. Wenn Sie denken, Sie können hier auf geistig verwirrt machen, sind Sie bei uns völlig verkehrt.«

Reto sah Belledin verdutzt an.

»›Der Wein des Mörders‹, von Baudelaire, kennen Sie das nicht? Es ist aus den ›Blumen des Bösen‹.«

»Ene mene miste, es rappelt in der Kiste, ene mene meck, und du bist weg. Woraus ist das?«, konterte Belledin trocken.

Er kannte die Gedichte Baudelaires nicht, ahnte nur, dass es ein dekadenter Franzose war und dass der Schweizer ihm etwas vorspielen wollte.

»Wir wissen ja, dass Sie Schauspieler sind. Allzu gut scheinen Sie allerdings nicht zu sein, aus dem Fernsehen kenne ich Sie nämlich nicht. Und heutzutage schaffen es sogar die Schlechten ins Fernsehen. Also hören Sie auf mit Ihrer Schmiere und erzählen Sie uns, warum Sie Leo Borchert getötet haben. Und wenn Sie schon dabei sind, dann können Sie uns auch gleich noch verraten, weshalb Robert Düster sterben musste.«

»Das ist Suggestion, was Sie machen. Sie fragen mich nicht, Sie unterstellen mir etwas. Eigentlich bräuchte ich gar nichts zu sagen ohne Anwalt. Sie haben mich noch nicht einmal auf meine Rechte hingewiesen. Ich spiele zwar nicht im Fernsehen, aber ich gucke gerne Krimis. Und dort werden die Verdächtigen immer auf Ihre Rechte hingewiesen.«

»Sie schauen die schlechten Krimis. Kennen Sie ›Dirty Harry‹? Da fängt der Krimi an. Alles andere ist Sesamstraße.«

Reto schwieg. Belledin grollte.

»Also gut. Ich mache Sie hiermit auf Ihre Rechte aufmerksam. Wollen Sie einen Anwalt?«

»Nein.«

»Warum dann der Spuk?«

»Weil es ums Prinzip geht. Außerdem bin ich Schweizer. Ich habe auch das Recht, mit dem Konsulat zu sprechen.«

Belledin kniff die Augen zusammen. Dieser Ziegenbock vor ihm wollte ihn wohl zum Narren halten. Zu gerne hätte er jetzt seine Magnum gezückt, den Hahn gespannt und dem Großmaul vor ihm etwas Angst eingejagt. Aber er besaß keine Magnum. Seine Walther erfüllte zwar auch ihren Zweck, aber die Manneskraft einer Magnum hatte sie nicht.

»Wagner, übernehmen Sie, sonst schlage ich dem Kerl womöglich noch die Zähne ein.«

»Jetzt zitieren Sie aber aus einem schlechten Krimi«, erwiderte Reto furchtlos, und Belledin ballte die Faust und spielte mit den Kiefermuskeln.

Wagner schien zu wittern, dass Belledin tatsächlich kurz davor stand, dem Verdächtigen eins auf die Nase zu geben, und versuchte sich als Mediator.

»Gut, Chef, ich übernehme. Sie sind schon lang auf den Beinen.«

Belledin löste die angespannte Faust und gab auch den Druck auf seine Backenzähne auf.

»Ich komme wieder«, sagte er ruhig und bestimmt. Dann verließ er den Verhörraum.

»Was war das für ein Gedicht, das Sie vorhin zitiert haben?«, begann Wagner den Faden aufzunehmen.

»Sind Sie jetzt der *good cop*? Ihr Bullen seid einfach zu billig, und eure Strategien kennt mittlerweile jedes Kind.«

»Kann gut sein. Aber wir sind keinem Dichterhirn entsprungen, uns gibt's wirklich. Und wir sind unberechenbar.«

Reto lachte. Wagner knallte ihm Fotos auf den Tisch.

»Und wir haben gute und schnelle Kontakte zu unseren Nachbarn.«

Reto blickte auf das oberste Foto. Es zeigte ihn, wie er neben vermummten Demonstranten mit einem Pflasterstein in der Hand zum Wurf ausholte.

»Warum hat man Sie dafür eigentlich nie belangt? Nur weil Ihr Vater zufällig der Vorstandsvorsitzende der Bank Leu ist? Hatte man die Angelegenheit als Rebellion im Kinderzimmer verbucht und Sie deswegen laufen lassen?«

Reto verzog abschätzend den Mund.

»Haben Sie den Mann je gesehen, den Sie mit dem Stein getroffen hatten? Er wäre froh, wenn er sich noch an ein Gedicht erinnern könnte. Er kennt noch nicht einmal mehr die Namen seiner Kinder.«

»Ich habe ihn nicht getroffen, das war ein anderer! Und das ist auch bewiesen!«, brauste Reto auf. Er war aufgesprungen und haute mit beiden Händen auf die Tischplatte.

Wagner erschrak nicht. Er hatte in Emmendingen ganz andere Ausbrüche erlebt. »Aber den dicken Leo haben Sie getroffen. Hat er Ihre Freundin belästigt? Hat er Reime gesungen, die Ihnen nicht passten? Baudelaire ist nicht Ralph Siegel. Da kann einem schon mal die Hand ausrutschen. Besonders wenn man zur Gewalt neigt.« Er deutete auf die Fotos.

Reto setzte sich wieder und starrte auf die Bilder. »Kam blank ich heim am Feiertag, zerschlug den Nerv mir ihr Geschrei …«

***

Killian packte den Betrunkenen an den Schultern und wirbelte ihn mit Schwung gegen einen Biertisch. Die Trinkseligen, die zur Polka klatschten, kreischten kurz auf, dann versetzten sie ihm ebenfalls einen Schubs, sodass er auf dem Boden landete. Dort blieb er auch. Es war ihm zu anstrengend, sich wieder aufzurappeln und sich erneut seiner Beute zu widmen.

Bärbel schob sich das zerzauste rote Haar aus dem Gesicht.

»Ich wär schon allein mit ihm fertig geworden«, sagte sie.

Killian und Swintha blickten sich vielsagend an.

»Braucht gar nicht so zu glotzen. Im Busch bin ich ganz anderen Gefahren begegnet. Der Kerl war noch nicht einmal Mückenspray wert. Fahren wir? Ich halte es hier nämlich nicht mehr aus.«

Sie leerte das Mineralwasser und stellte es ab, dann wandte sie sich Swintha zu. »Ich könnte deinen Freund verstehen. Jeder mit einem halbwegs künstlerischen Anspruch muss hier Amok laufen.«

»Hör auf! Reto ist nicht Amok gelaufen!«, schrie Swintha gegen die laute Polka an.

Killian schwieg. Er hatte keine Lust, sich das Maul zu verbrennen. Wenn Bärbel in Fahrt war, barg jeder Dialog ein Minenfeld. Er sah noch einmal zu dem besoffenen Lüstling am Boden. Von dem war keine Gefahr mehr zu erwarten. Er begnügte sich damit, lallend die Töne der geblasenen Musik zu treffen.

»Wo hat du deinen Wagen?«, fragte Bärbel.

»In Richtung Steinhof«, antwortete Killian, während er die Bahn nach außen freizuschieben begann.

»Hattest du nicht mal was mit der Stein? Wie hieß sie noch ... Isabella?«, fragte Bärbel.

»Das war vor deiner Zeit.«

»Und während meiner Zeit? Lief da nie was mit einer anderen?«

»Wenn wir hier rechts gehen, kommen wir hinter dem Anglerverein vom Hauptstrom weg. Dann sind wir schneller draußen.«

Bärbel stellte sich ihm in den Weg. »Ich habe dich etwas gefragt.«

»Ich hätte dich nie betrügen können, das weißt du.«

Sie durchbohrte ihn mit ihren grünen Augen und hoffte offenbar den Zipfel einer Lüge in seinem Gesicht zu erheischen. Aber sie fand nichts. Das machte sie wütend. »Du lügst, und zwar perfekt. Du lügst so gut, dass es gar nicht wahr sein kann.«

»Können wir das lassen?«, fragte Swintha genervt. »Ich habe ganz andere Probleme, und ihr diskutiert, was vor zwanzig Jahren vielleicht gewesen sein könnte.«

»Das ist typisch Jugend. Denkt nur an sich und ans Jetzt. Dabei hat die Vergangenheit gerade auf das Jetzt und das Morgen Auswirkungen«, dozierte Bärbel.

»Das weiß ich auch. Sonst wäre ich ja nicht auf der Welt«, patzte Swintha.

Killian unterdrückte ein Grinsen. Er war froh, dass er aus dem Scharmützel draußen war. Sollten die beiden sich doch balgen.

»Mit dieser billigen Art von Polemik kommst du mir nicht durch. Wenn dein Vater etwas mit einer anderen hatte, während er mit mir zusammen war, hatte das Auswirkungen auf mein unbewusstes Handeln. Auch wenn er noch so perfekt lügt, mein Unbewusstes hätte es registriert. Und das wiederum könnte der Grund sein, warum ich dir nicht schon viel früher gesagt habe, dass er dein Vater ist.«

»Hier entlang«, sagte Killian und schob zwei Halbstarke zur Seite, die sich nur noch gegenseitig aufrecht halten konnten.

Sie ließen den Lärm des Festes hinter sich und gingen durch die dunklen Gassen Ihringens, bis sie an den Dorfrand gelangten. Keiner sagte mehr ein Wort. Mit der leiser werdenden Musik schien auch ihnen der Ton genommen. Nur die Grillen waren zu hören. Niemand wagte, ihr Konzert mit einem billigen Wort zu stören. Jeder hatte seine eigenen Assoziationen. Bärbel mochte sich an die Nächte im Urwald erinnern, Swintha an verliebte Momente mit Reto, und Killian fragte sich, warum er Bärbel noch immer nicht gestehen konnte, dass er sie damals mit Klara betrogen hatte.

Sie stiegen in den Defender. Swintha nahm auf der hinteren Bank Platz, Bärbel auf dem Beifahrersitz. Die Türen knallten, der Motor zündete, der Wagen fuhr auf die Landstraße in Richtung Breisach. Noch immer schwiegen sie. Killian und Bärbel hatten die Fenster geöffnet. Die laue Nacht wehte ihnen den Duft von vergangenen Sommern ins Gesicht. Killian traute sich nicht, irgendeine Musik spielen zu lassen. Er wollte den Moment nicht manipulieren, wie er es sonst gerne tat, wenn ihm etwas zu nahe kam. Er wollte die Nähe ertragen. Neben ihm seine einstige große Liebe, hinter ihm seine Tochter. Es war das erste Mal, dass sie gemeinsam in einem Auto zusammensaßen. Und sie fuhren dorthin, wo für sie alle einmal eine Art von zu Hause gewesen war. Zur Dachwohnung des Breisacher Bahnhofs. Fast wie eine richtige Familie, dachte Killian, und es wurde ihm eng ums Herz. Er wollte das Fenster runterkurbeln, um nach Luft zu schnappen, aber es war bereits bis zum Anschlag geöffnet.

Er umkrampfte mit der Rechten den Schalthebel. Alles wurde ihm mit einem Schlag zu nah, zu eng. Plötzlich spürte er die kühle zarte Hand Bärbels auf seiner Rechten. Er stieß sie nicht weg, aber er konnte sie auch nicht annehmen. Endlich fuhren sie in Breisach ein, und Killian durfte seine Rechte zum Schalten, Blinken und Lenken gebrauchen.

Vor dem Bahnhof parkte er, ließ den Motor jedoch an. Er wollte erst gar nicht den Verdacht aufkommen lassen, dass er noch mit nach oben käme. Bärbel notierte es mit einem enttäuschten Lächeln.

»Danke fürs Taxi«, sagte sie und schlug die Tür lauter zu, als es notwendig gewesen wäre.

Swintha kam noch neben Killian zur Fahrertür. »Kannst du Reto helfen?«

Killian nickte und kassierte dafür einen Kuss auf die Wange. Dann legte er mit der Rechten, die noch immer Bärbels Wunsch auf dem Handrücken fühlte, den Gang ein und fuhr davon.

***

Ungeduldig hockte Belledin in seinem Büro und wartete darauf, dass Wagner den bockigen Schauspieler endlich weichgekocht hatte. Um sich die Zeit zu verkürzen, hatte er damit begonnen, in dem Hemingway-Band zu lesen, den er aus Robert Düsters Wohnung mitgenommen hatte. Er würde Wagner noch ein wenig Zeit gestatten, um Bielmann zu bearbeiten, dann würde er selbst den Hebel ansetzen.

Er war kein großer Leser, aber in dieser Geschichte war er sofort drin. Das war seine Welt. Der Charakter von Harry Morgan gefiel ihm auf Anhieb. Er wusste, dass Bogart ihn im Film gespielt hatte, und identifizierte sich sofort mit ihm. Es war aber nicht nur Bogart, es war die Art, wie Harry Morgan dachte und sprach, die Belledin in Bann zog. Den Säufer verniedlichte er zum »Süffel«, weil er etwas Liebenswertes hatte.

Belledin dachte an Wagner. Auch Wagner war kein Säufer, sondern ein Süffel, ein Ex-Süffel. Auch er hatte etwas Liebenswertes. Belledin überlegte kurz, was es wohl sein könnte, ließ dann aber davon ab, weil er nicht gleich darauf kam.

Belledin gefiel, dass Harry Morgan ein Boot besaß und etwas vom Fischen verstand. Er hatte immer von einem Boot geträumt, aber wo sollte er es hinlegen? In die Möhlin? In den Burkheimer Baggersee? Auf dem Rhein schippern? Da war das Meer zwischen Kuba und Florida schon etwas anderes. Aber Belledin verstand auch etwas vom Fischen. Er war ein Fischer, ein ziemlich guter obendrein. Er wusste, bei welchen Fischen man sofort ziehen und welchen man noch Leine geben musste, damit sie mit ihrer Gegenwehr nicht die Angelschnur zerrissen. Den Schweizer müsste man sofort ans Trockene ziehen, aber er weigerte sich noch, einen Köder zu schlucken. Oder war das Bild besser, dass Belledin ihn bereits im Netz hatte, aber befürchten musste, dass er ihm durch die Hände glitt? Es war doch nicht so einfach mit der Fischerei. Ein Fehler, und alles war dahin. Dann konnte man wieder von vorne beginnen.

Belledin wurde unruhig. Plötzlich traute er Wagner nicht mehr zu, dass er den Fisch allein einholen würde. Wagner war ein Ex-Süffel. Harry Morgan wusste, dass man sich auf einen Süffel nicht verlassen konnte, auf einen Ex-Süffel schon gar nicht. Wie sollte es dann Belledin?

Er legte den Hemingway zur Seite, erhob sich von seinem Drehstuhl und verließ sein Büro.

***

Wagner war beeindruckt. Reto Bielmann hatte ihm soeben das ganze Gedicht von Baudelaire aufgesagt. »Der Wein des Mörders« besaß genau die Melodramatik, die den sensiblen Wagner anrührte. Zwar hatte er kein Weib, das er im Suff getötet hatte, aber sein Alkoholismus hatte sicherlich damit zu tun, dass er gar kein Weib hatte, das er hätte töten können. Auch eine Beziehung hatte er in den letzten zwanzig Jahren nicht gehabt. Und er war nun auch schon Mitte vierzig.

Er notierte auf seinem Block »Die Blumen des Bösen«. Vielleicht gab es von dem Franzosen noch andere Gedichte in dem Band, die ihm Trost spenden konnten?

Die Tür öffnete sich, und Belledin betrat das Verhörzimmer.

»Und? Hat er gestanden?«

Wagner schüttelte den Kopf.

»Tja, Herr Bielmann, vermutlich war mein Kollege zu nett zu

Ihnen. Aber wenn Sie die Freundlichkeit von Herrn Wagner nicht zu schätzen wissen, dann müssen Sie eben mit meinem Stil zurechtkommen. Ich mag keine Spielchen, vor allem nicht mit Zweifachmördern. Wagner, lassen Sie uns doch bitte für einen Moment allein.«

Wagner machte Belledin Platz und verließ den Verhörraum.

»Typen wie Sie haben meinen Kollegen ruiniert, verstehen Sie? Er ist ein tüchtiger Kerl, aber zu gut für den Job. Er hätte Sozialarbeiter werden sollen. Ein Gutmensch geht drauf, wenn er erkennen muss, dass der Mensch dem Menschen ein Wolf ist. Der menschliche Abschaum, dem er mit einem Mal begegnet, macht ihn fertig, radiert ihm die Illusionen. Typen wie Sie. Verstehen Sie, was ich meine?«

»Was ist menschlicher Abschaum? Hat nicht jeder Mensch Abgründe in sich, die ihn zu einer Bestie werden lassen können?«

»Mag sein, aber die Beherrschung, sich nicht davon verführen zu lassen, trennt die Spreu vom Weizen. Der Abschaum erliegt dem Reiz des Dunklen.«

»Sie machen es sich einfach. Gerade Schwarz-Weiß-Denker wie Sie bereiten doch erst den Boden für die Untaten der Menschheit. Leute, die Wasser predigen und Wein saufen, die kleine Knaben während der Beichte am Schwanz packen, die sind doch der Abschaum. Würde man seinen Abgründen offen begegnen und sie offensiv angehen, käme eine solche Doppelmoral gar nicht erst zustande.«

»Sie reden dummes Zeug! Nur dadurch, dass eine Perversion öffentlich diskutiert wird, wird sie noch lange nicht beseitigt. Bei den meisten Typen, die Kinder misshandeln, erwächst der Lustgewinn gerade aus dem Wissen um das Verbot. Die Heimlichkeit, die Doppelmoral, das ist gerade der Kick für diese perversen Arschlöcher. Aber auch die werden mir nicht entkommen; ebenso wenig wie es Ihnen gelingen wird, mich in moralische Allgemeindiskussionen zu ziehen. Ich weiß, was Recht und Ordnung ist, und es liegt mir wenig daran, ein Menschenfreund zu sein; das wird einem nie gedankt. Die harte Linie gewinnt. Respekt und Autorität sind nachhaltiger als Beliebtheit.«

»Hoppla, da hat einer seinen Machiavelli gelesen.«

»Nein, mein Freund, ich habe ihn nicht gelesen, ich erlebe ihn täglich, und das ist es, was zählt. Gedichte auswendig zu lernen ist eine Sache, das Leben zu akzeptieren und darin Position zu beziehen eine andere. Mörder spielen mag lustig sein, Mörder sein hingegen wird bitterer Ernst, vor allem wenn man es mit mir zu tun kriegt.«

Belledin war in Fahrt. Den Wichtigtuer würde er auseinandernehmen wie ein Rennauto von Lego-Technik.

»Ich war es nicht«, beteuerte Reto Bielmann. »Ich habe den dicken Leo nicht ermordet. Ich habe ihn dort liegen sehen und bin zu ihm hingelaufen.«

»Und warum hatten Sie dann die Flasche in der Hand, mit der er erschlagen wurde?«

»Das war ein Reflex. Ich wollte mich neben ihn knien, dort lag die Flasche. Dann habe ich sie in die Hand genommen, damit ich mich hinknien konnte.«

»Blödsinn!«, brüllte Belledin ansatzlos. »Wenn Sie mich für dumm verkaufen wollen, dann haben Sie sich gewaltig geschnitten. Und es kann ganz schnell passieren, dass Sie hier auf ihren abgelaufenen Absätzen ausrutschen und mit dem Kopf mächtig auf den Boden schlagen!«, setzte er nach und schnaufte. Zu gerne hätte er ein Geständnis von Bielmann erzwungen. Für beide Morde. Aber er wusste noch gar nichts. Er musste Fragen stellen. Scheinheilig beginnen, die Angel auswerfen. Wie Harry Morgan, Geduld beweisen. Er war einfach ein Hitzkopf. Er mochte keine Bankierssöhne. Die durften sich alles leisten, weil der Papa ihnen dann fünf Anwälte schickte und beste politische Verbindungen besaß. Und schwupp, waren Typen wie Bielmann unschuldig, auch wenn sie einen einfachen Familienvater mit einem Pflasterstein zum Idioten gedroschen hatten. Nur aus Langeweile oder weil man sich gegen den Reichtum des Elternhauses stemmen wollte, von dem man am Ende doch immer profitierte. Belledin kotze es an. Es kotzte ihn auch an, dass er Bielmann nicht vorurteilsfrei betrachten konnte. Belledin wusste, dass es Sozialneid war, der ihn so wütend auf Bielmann machte, aber er wusste auch, dass es ihm nur gelingen würde, den Schweizer zu überführen, wenn er ihm sachlich begegnete.

»Wir haben zwei tote Musiker innerhalb von zwei Tagen, im Raum von etwa einem Quadratkilometer. Das ist ein Schnitt, den sich die Polizei nicht gerne gefallen lässt. Und wir werden alles tun, um den Mörder zu finden«, versuchte er Sachlichkeit zu erzwingen. »Sie wurden von drei Männern gesehen, wie Sie sich über den dicken Leo gebeugt hatten. Mit der Tatwaffe in der Hand, das macht Sie erst einmal verdächtig. Verstehen Sie das?«

»Selbst wenn ich zugeschlagen hätte: Von so einem Schlag stirbt doch keiner«, wehrte sich Reto.

»Sie müssen es wissen, deswegen werfen Sie sonst wohl auch lieber Steine«, schoss Belledin.

»Das eine hat mit dem anderen nichts zu tun. Ich wiederhole: Da ich dem dicken Leo nicht auf den Kopf geschlagen habe, kann ich ihn auch nicht getötet haben.«

Belledin schürzte die Lippen und schwieg für einen Moment. »Wo waren Sie die Nacht zuvor? Auch auf dem Weinfest?«, fragte er dann.

»Ja, warum?«

»Gegen dreiundzwanzig Uhr?«

»Das weiß ich nicht mehr. Ich bin zum ersten Mal hier. Da weiß ich weder Zeit noch Raum. Wer kennt sich als Fremder auf so einem Fest aus?«

»Sie waren also an beiden Abenden auf dem Fest, stimmt das?«

»Machen wir jetzt ein Quiz?«

»Sie hätten die Möglichkeit gehabt, beide Musiker zu töten.«

Reto schüttelte heftig den Kopf und lachte. »Ich fasse es nicht. Wenn Sie jeden, der zweimal auf dem Fest war, verdächtigen, dann wünsche ich Ihnen viel Vergnügen mit den Verhören.«

»Nicht alle davon wurden mit einem abgebrochenen Flaschenhals über einem der Toten gesehen«, schnaubte Belledin, dem es nicht passte, dass Bielmann begann, sich über ihn lustig zu machen.

»Hat mich denn auch jemand bei dem ersten Toten gesehen?«

Belledin schwieg und dachte nach. Biggi! Biggi hatte doch jemanden gesehen. Vielleicht war es tatsächlich Bielmann? Er würde nicht umhinkommen, sie noch einmal näher zu befragen.

Die Tür öffnete sich. Wagner kam mit einem Mann herein, der

sein Haar sauber gescheitelt trug, formtreu mit den feinen Nadelstreifen, die seinen dunkelblauen Anzug durchzogen.

»Herr Belledin, ich bitte Sie, meinen Mandanten nicht weiter zu verhören. Wir haben zwei Uhr morgens, und wir sind hier nicht in Guantanamo. Dr. Alberts, Rechtsanwalt, ich vertrete Herrn Bielmann.«

Belledin stutzte, dann nickte er.

»Er bleibt trotzdem in Untersuchungshaft. Wir haben allen Grund, Ihren Mandanten hier festzuhalten.«

Dr. Alberts lächelte kalt. »Sollte ich von meinem Mandanten auch nur eine Beschwerde gegen Sie hören, werden Sie um eine interne Untersuchung nicht herumkommen, und das wird für Sie ganz bitter werden, das verspreche ich Ihnen.«

Nun war es an Belledin, kalt zu lächeln. »Wagner, bringen Sie Herrn Bielmann in seine Unterkunft.«

Wagner führte Bielmann ab, Dr. Alberts und Belledin standen sich stumm gegenüber. Dann brach Dr. Alberts das Schweigen.

»Es ist nichts gegen Sie persönlich, aber mein Auftraggeber möchte einfach, dass die Spielregeln eingehalten werden.«

»Ihr Auftraggeber? Wer ist das?«

»Können Sie sich das nicht denken? Er sagte, Sie würden von allein darauf kommen. Gute Nacht, Kommissar.«

Belledin grunzte und wartete, bis Alberts den Raum verlassen hatte. Dann ließ er das Wort aus seinem Mund fallen.

»Killian.«

SECHS

»Danke«, sagte Killian und legte das Handy auf den kleinen Tisch, der vor dem Barocksofa stand. Dann nahm er einen Schluck heißes Wasser und blickte auf die alte Küchenuhr, die noch vom Vorgänger des Ateliers übrig geblieben war. Halb drei Uhr morgens, und er konnte noch immer nicht schlafen.

Es freute ihn, dass Alberts noch ins Präsidium gefahren war. Nicht nur weil Reto dadurch wenigstens einen Minimalschutz vor Belledin erhielt, sondern es zeigte Killian auch, dass sein Netzwerk noch funktionierte.

Alberts war nicht irgendein Wald-und-Wiesen-Anwalt, sondern er arbeitete auch in kniffligen Fällen für das BKA. Das BKA wiederum spann seine Fäden über den Globus und tauschte sich gelegentlich auch mit dem Mossad aus, für den Moshe arbeitete. Und Killian wiederum kannte Moshe bereits seit Jahren und hatte diesen mit Fotos beliefert, die weit über die Kriegsreportage hinausgingen. Angefangen hatte es mit den Grundrissen eines Reaktors, den die Ägypter geplant hatten. Das war in den Neunzigern gewesen. Mittlerweile waren einige Geschäfte den Jordan hinuntergeschippert, und Killians Weste war längst nicht mehr so weiß, wie er sie zu halten gedacht hatte, als er mit der Kriegsfotografie begann.

Man konnte einfach nicht im weißen Smoking durch den Morast der Welt waten und den Zeigefinger im Glacéhandschuh heben. Noch ehe man sich's versah, stand man inmitten der globalen Kriegskloake, und bald wusste man nicht mehr, ob ein Teil des Latrineninhalts nicht auch von einem selbst stammte.

Er lebte immerhin noch, und das war ein Wunder. Aber sie verfolgten ihn, die Toten, denen er begegnet war. Und sie luden ihn ein, da er doch näher bei ihnen stünde als bei den Lebenden. Aber Killian brachte es nicht fertig, sich selbst ein Ende zu setzen. Er hatte Kopf und Kragen riskiert, um den Tod herauszufordern. Doch statt seiner waren immer die anderen dabei draufgegangen.

Killian hatte sich oft gewünscht, dass er statt Rohina wie Gehacktes im Wüstensand verteilt worden wäre; aber er hatte nicht abdrücken können, als er sich den Lauf der Walther in den Mund geschoben hatte. Vielleicht hätte er es getan, wenn Moshe nicht hereingekommen wäre.

Moshe, immer wieder Moshe. Er sei verflucht! Dämon und Freund. Ein Mephisto, und Killian war ein erbärmlicher Faust, den längst nicht mehr nach Erkenntnis dürstete. Aber der Pakt war geschlossen und nicht mehr rückgängig zu machen. Wer einmal in das Netz der Geheimdienste geraten war, den ließ es nicht mehr entkommen. Dafür konnte es aber auch großzügig sein, wie jetzt.

Reto hätte keine Chance, heil aus der Sache rauszukommen. Belledin würde die Indizien so zurechtlegen, dass er seinen Täter hatte, um sich dann die restlichen zwei Tage auf dem Weinfest die Schultern klopfen zu lassen. Aus Belledins Perspektive betrachtet, war das sogar gerechtfertigt: der Verdächtige mit der Tatwaffe über dem Toten, drei Männer in relativ nüchternem Zustand als Zeugen. Das wog schwer.

Aber warum sollte Reto den Barden erschlagen haben? Nur weil er Lebenslügen von sich gab? Dann müsste er ja in der Welt Amok laufen.

Was für Motive gab es noch? Wer konnte ein Interesse daran haben, die beiden Entertainer aus dem Weg zu räumen? Und warum immer mit einer Weinflasche? War es derselbe Täter? Es sah danach aus.

»Was will uns der Mörder mit seiner Tat sagen?«, murmelte Killian und merkte, wie er allmählich Lust daran fand, den Spürhund zu geben. Vermutlich war es das richtige Elixier, um ihn aus seinem Wachkoma zu rütteln. Es würde ihn obendrein von seinen existenziellen Fragen über sich und das Leben ablenken.

Er nahm noch einen Schluck Wasser und rollte sich dann auf dem Barocksofa ein. Er war zu faul, um ins Bett zu gehen.

***

Belledin lag wach neben Biggi. Er verfluchte Killian. Warum musste der sich wieder einmal einmischen? Klar, er hätte sich denken können, dass Swintha gleich zu ihrem neuen Daddy rennen würde, um sich bei ihm auszuweinen.

Der Schweizer gefiel ihm nicht. Dass er nun einen Anwalt hatte, war sein gutes Recht, aber Belledin nervte die Verzögerung. Er war kurz davor gewesen, Bielmann zu einem Geständnis zu drängen. Jeder Tag war wichtig, vor allem weil das Weinfest nur noch zwei Tage dauerte.

Wie hätte er es genossen, sich auf dem Weinfest als Superkommissar feiern zu lassen. Zwei Morde innerhalb von zwei Tagen aufgeklärt, und das an einem Ort, an dem es schier unmöglich war, Spuren zu sichern. Und jetzt bekam dieser kleine Fisch einen Anwalt, und ein Geständnis war in weite Ferne gerückt. Ein leugnender Tatverdächtiger war das Gegenteil eines geständigen Mörders.

Er würde keinen Schlaf finden, das wusste er. Also drückte er sich an Biggi in der Hoffnung, dass sie ihn im Halbschlaf zu sich lassen würde. Aber Biggi wehrte ab. Da nutzte es auch nichts, dass Belledin zu fummeln begann und ihr seine Zunge ins Ohr drückte. Einen Versuch war es wert gewesen, auch wenn er bereits geahnt hatte, dass er mit seinem nächtlichen Annäherungsversuch scheitern würde.

Er knipste seine Nachttischlampe an und begann, in »Haben und Nichthaben« zu lesen. Keine zwei Sätze, da fühlte er sich geborgener, als er es in Biggis Schoß je sein würde. Harry Morgan war ein Bruder im Geiste, ein Seelenverwandter. Nie zuvor hatte Belledin in der Literatur ein solches Erlebnis gehabt. In Filmen ja, aber im geschriebenen Wort noch nie. Da er das Fenster geöffnet hatte, wehte eine laue Brise durchs Zimmer, die es ihm leicht machte, zu Harry Morgan ins Boot zu steigen, um mit ihm ein paar Fässer Alkohol zu schmuggeln.

Aber er durfte nicht zu Harry Morgan, er durfte kein Schmuggler werden. Noch nicht. Erst hatte er diesen verdammten Fall zu lösen. Er legte den Hemingway wieder zur Seite und griff dafür nach Düsters Fotoalbum. Er blätterte bis zu der Stelle mit dem Bild, das die schwangere Klara zeigte. Er wurde nervös. Warum hatte er nicht gleich daran gedacht? Wo war das Kind? Belledin hatte nie davon gehört, dass Ulli und Klara ein Kind hatten.

Er stieß Biggi an. »Ich hab kei Luscht«, maulte sie und zog sich zum Schutz die Decke über den Kopf. Er riss sie mit einem heftigen Ruck runter.

»Aber ich hab ä paar Froge an dich«, sagte er streng. Die Strenge in seinem Ton hatte bestimmt etwas damit zu tun, dass er von Biggi abgewiesen worden war. Aber die Dringlichkeit, im Fall weiterzukommen, spielte ebenso eine Rolle.

Biggi stützte sich auf die Ellbogen und blinzelte. Ihre Augen waren verquollen, als hätte sie geweint. Aber Zeit für Mitleid war ein andermal. Belledin wusste jetzt keine Fragen zu Biggis Befindlichkeit, ihn interessierten andere Dinge.

»Lug emol do hi«, sagte er, und zeigte Biggi das Fotoalbum. »Kennsch die?«

»Häjo kenn ich die. Des isch d' Klara. Die *Künschtlerin vom Kaiserstuhl.* Häsch du nit au emol ä Bild vu ihr kaufe welle?«

»Was hät die do?«

»Ä dicke Bauch. Schwanger wird sie sie.«

»Und? Kennsch du des Kind? Isch es vum Ulli oder vum Robert?«

Biggi lachte. »Woher soll ich des wisse? War ich däbie?«

Belledin brummte ungeduldig. »Wo isch des Kind bliebe? Klara isch erscht vor zehn Johr nach Mallorca. Des Bild isch älter. Des Kind war do schu zwanzig.«

»Vielliecht ischs gar nit uf d' Welt kumme? So ebis gibt's au.« In Biggis Stimme klirrte plötzlich Eis. Belledin fror sofort. Er wusste, was Biggi damit meinte. Auch sie hatten einmal ein gemeinsames Kind abgetrieben. Zwei Jahre, bevor ihre Tochter Annette geboren wurde. Belledin war noch Anwärter bei der Polizei, Biggi auch von anderen Männern heiß umworben gewesen. Er hatte Angst gehabt. Die Sicherheit einer Festanstellung hatte zwar in Aussicht gestanden, aber unterschrieben war noch gar nichts. Belledin war nie ein Zocker gewesen, und er war sich auch sicher gewesen, dass er bei Biggi aufgepasst hatte. Er hatte insgeheim daran gezweifelt, dass das Kind von ihm gewesen war, und er hatte keine Lust gehabt, für ein Kuckucksei seine Freiheit zu verlieren. Sie hatten sich schnell geeinigt. Belledin hatte damit gedroht, zur Fremdenlegion zu gehen, falls Biggi das Kind behalten würde. Noch vor Ablauf des dritten Monats war das Kind abgetrieben. Alles regulär, da konnte er sich nichts vorwerfen lassen.

Aber Klaras Bauch sprach von deutlich mehr als drei Monaten. Das sah mindestens nach dem achten Monat aus. Belledin war sich nicht so sicher, aber die Kollegen vom Gesangsverein scherzten beim Anblick seiner Wampe auch immer mit der Frage, ob er bereits im achten Monat sei. Und Klaras Bauch war nicht minder gewölbt als sein eigener.

»Warum frogsch nit d' Klara? Die musses am beschte wisse«, sagte Biggi, und das Eis wehte noch immer aus ihren Stimmbändern.

»Dienschtreise nach Mallorca. Warum nit?«, spottete Belledin.

»Do muss ich dich leider enttäusche. So weit musch gar nit gehe. Die isch nit uf Mallorca. Jedefalls war sie's geschtern nit.«

»Was? Wo häsch du die gsehe?«

Biggis Eis schmolz unter einem Schluchzen. Ihr Körper zuckte, und sie zog sich die Decke vors Gesicht. Belledin war unfähig, sie an sich zu drücken, sondern zog ihr die Decke wieder von den Augen.

»Hallo. Ich hab dich was gfrogt.«

Biggi riss sich zusammen und sah Belledin an. Ihr Gesicht schien nur noch eine einzige Träne zu sein.

»Geschtern, in de Nähe vum Klo isch sie gwese.«

»Was? Und des sagsch erscht jetzt?«

»Warum? Do ware viele. Dä Brenn Gustl au. Ich kann doch nit alle uffzähle, wo in de Nähe vum Klo ware. Außerdem hab ich dringend müsse!«, schrie sie ihn an. »Und dort hab ich s' Gsicht vum tote Robert gsehe. Und des hät alle andere Gsichter erscht emol usradiert. Ich sieh gar nix anders mehr, verstehsch des nit? Nit emol mei eigenes Gsicht kann ich agucke, ohne dass ich de Robert sieh!«

Wieder riss sie die Decke an sich. Diesmal ließ ihr Belledin den Fetzen Stoff zum Trost. Er selbst war in hellster Aufregung.

Klara Heldt! Die Frau von Ulli, Roberts Duo-Partner! Das lag nahe. Warum auch nicht? Da lauerten Motive an allen Ecken. Und mit ein wenig Phantasie konnte sich Belledin auch die nicht zu

Ende gebrachte Schwangerschaft mit in den Plot reimen. Er dachte an die Kälte, die ihm von Biggi entgegenschlug, wenn sie an ihren Schwangerschaftsabbruch dachte, der immerhin früh erfolgt war, und wollte sich nicht ausmalen, wie eine Frau reagierte, die im achten Monat wie auch immer ihr Kind verlor. Vielleicht zu viel Spekulation. Aber es gab das Foto mit Ulli, Robert und der schwangeren Klara. Und es gab kein passendes Kind dazu. Jedenfalls keines, von dem er wusste. Dafür würde es Klara wissen. Und Klara war da. Und nicht nur das. Biggi hatte sie am Tatort gesehen, kurz bevor sie Düster tot gefunden hatte!

Er schnappte sein Handy und rief die Zentrale an. Eine Fahndung nach Klara Heldt schien ihm zwingend.

Als er wieder zum Bett kam, tat Biggi so, als würde sie schlafen. Er ließ sie gewähren. Sie jetzt zum Sex zu nötigen empfand selbst er als unangebracht. Obwohl es sie einander bestimmt wieder näher bringen würde.

Er atmete tief durch und ließ sich auf die Matratze sinken. Dann griff er zum Hemingway. Harry Morgan entführte ihn wieder in die Welt der Schmuggler, und Belledin sog den Duft des salzigen Meeres in sich ein.

Irgendwann glaubte Belledin sogar, den Seegang unter seiner Matratze zu spüren. Da war er aber bereits mit dem Buch im Gesicht eingeschlafen.

***

Da Killian schon vorzeitig gegangen war, hatte Ulli den Abend allein zu Ende gespielt. Er zog den Stecker seines Instruments und deckte die Tastatur mit dem Schutzüberzug ab. Das Piano würde bis morgen auf ihn warten. Ein paar Schnapsdrosseln, die sich ein letztes Mal zuprosteten, ehe sie mit den Schädeln auf den Biertischen ihren Rausch ausschliefen, starteten noch einen mageren Versuch mit »Wir machen durch bis morgen früh und singen Bumsfallera ...«, dann war es ruhig.

Ulli blickte auf seine Armbanduhr. Kurz nach vier. In einer halben Stunde würde der Hahn krähen. Er hoffte auf einen erholsamen Schlaf. Erst allmählich wurde ihm bewusst, dass er sich in einem Schockzustand befand. Robert war tot, ermordet – und er selbst spielte zum Tanz auf.

Was hätte er aber tun sollen? Das Ihringer Weinfest brachte ihm drei Monatsgehälter, er konnte es sich nicht leisten, auf sie zu verzichten, nur weil Robert tot war. Er hatte es sich nie geleistet, einen Auftritt abzusagen, egal was war. Er hatte mit Fieber gespielt, mit gebrochenem Unterarm und auch an dem Tag, an dem Klara ihr Kind verloren hatte. Wieso sollte er das Weinfest also sausen lassen, nur weil Robert erschlagen worden war?

Wie oft hätte Ulli ihn selbst erschlagen können in all der Zeit, in der sie als Die Memories durchs Land getingelt waren? Vierundzwanzig Jahre, das war eine lange Zeit, da war nicht alles Sonnenschein, da flogen schon mal die Fetzen. Vor allem wenn Weiber und Alkohol im Spiel waren. Da hatten sie sich nichts geschenkt. Um die gruseligsten Frauen hatten sie sich gezankt. Nicht weil sie sie schön fanden, sondern um ihrem Jagdinstinkt zu frönen. Schon wenn Ulli sah, dass sich Robert eine leichte Beute ausgeguckt hatte, hatte er alles daran gesetzt, sie ihm auszuspannen, ehe dieser auch nur ein Wort hatte an sie richten können. Es war ein Spaß gewesen, der die Abende erträglicher gemacht hatte. Die Musik, die sie spielen mussten, hatten sie beide nicht gemocht. Während Ulli ein verhinderter Jazzer war, hatte Robert zu Hause die Gitarrenriffs von Jeff Beck und Joe Satriani gerockt. Ein Jazzer und ein Rocker schlüpften gemeinsam in das Kostüm des volkstümlichen Schlagers; da konnten sich nur Aggressionen stauen. Ein Wunder, dass sie es überhaupt so lange geschafft hatten.

Wäre nicht Isabella in das infernale Trio gestoßen, alles wäre schnell wieder vorbei gewesen. Sie war es gewesen, die mit der Leichtigkeit ihres Seins für neuen Wind in der Truppe gesorgt hatte. Robert hätte sie heiraten sollen. Vielleicht wäre dann alles anders gelaufen. Ulli hätte es sofort getan, wenn er an Roberts Stelle gewesen wäre. Isabella. Ob sie wusste, dass Robert tot war? Früher hätte er nicht gewagt, ihr eine solche Nachricht zu bringen. Jetzt hatte er keine Angst. Was hatte er noch zu verlieren? Er würde zu ihr gehen und es ihr sagen. Er war allein, wo sollte er sonst auch hin?

Aber erst würde er sich noch einen genehmigen. Ein wenig Mut aus dem Schorleglas brauchte es schon, um sich Isabella nach all den Jahren zu zeigen.

Ulli setzte sich an einen abgefeierten Biertisch und goss sich ein Glas Silvaner ein. Er blickte in das zarte Gold des Weines und nippte davon.

»Und mir bietest du nichts an?«, hörte er eine ihm bekannte Stimme fragen.

Er blickte auf und sah in ein Gesicht, das ihm einmal vertrauter gewesen war als die schwarzen Tasten seines Piano.

»Klara«, stieß er aus und starrte auf das blonde Haar vor ihm. »Hast du dir die Haare gefärbt?«

»Das Blond ist echt, und ich heiße Manuela«, lachte die kesse Medizinstudentin, die sich ihm gegenüber gesetzt hatte.

Ulli erschrak. »Entschuldige, ich muss geträumt haben.«

»Das ist wohl der Weingeist. Mir ist auch danach. Ich hab den ganzen Abend nichts getrunken.«

Manuela schenkte sich ebenfalls ein Glas Silvaner ein und prostete ihm zu. Dann trank sie und blickte ihn dabei in einer Art an, die Ulli nur zu gut kannte. Wenn man so lange unterwegs gewesen war wie er, wusste man die Blicke der Frauen einzuordnen. Manuela mochte Ende zwanzig sein, er selbst war vierundsechzig. Aber warum nicht? Eine schnelle, unverbindliche Nummer im Morgengrauen, anschließend in Tiefschlaf sinken; das wäre Zeitgewinn, da durften die bewussten Gedanken pausieren. Und wenn er Glück hatte, erinnerte er sich nicht mehr an seine Träume. Er erwiderte den Blick.

Manuela redete nicht lange um den Brei, sie wollte offenbar schnell zur Sache kommen.

»Hast du Kondome?«

Ulli schüttete sich den Silvaner in den Schlund, dann beugte er sich über den Biertisch und begann Manuela zu küssen. Sie entwand sich kokett und zog ihn an der Hand mit sich fort.

»Komm, wir gehen hoch. Ich hab hier ein Zimmer«, gurrte sie, und Ulli folgte ihr gehorsam ins Obergeschoss des ehemaligen Stalls. Er war dankbar, die Begegnung mit Isabella einmal mehr vertagen zu können.

SIEBEN

Wagner saß allein im Büro des Polizeipräsidiums. Es war schon Mittag, und Belledin war noch nicht erschienen. Vermutlich würde er seinen Rausch ausschlafen, um dann verkatert den Verdächtigen im Beisein des Anwalts in die Mangel zu nehmen.

Wagner glaubte wie Belledin daran, dass Reto auf den dicken Leo eingeschlagen hatte. So wie der den »Wein des Mörders« rezitiert hatte, mit diesem Wahn im Blick, war ihm alles zuzutrauen. Auch die Fotos aus der Züricher Anarchoszene sprachen für Retos Bereitschaft zur Aggression. Aber ob der Schlag ausgereicht hatte, um den dicken Leo zu töten, war fragwürdig. Es sei denn, es war dem Stimmungsmacher durch den Schlag etwas im Gehirn geplatzt, das ohnehin schon angeschlagen gewesen war. Oder er war unglücklich gefallen. Wagner wartete auf den Bericht der Gerichtsmedizin. Sollte der seine Vermutung bestätigen, traute er Reto auch den Mord an Düster zu. Aber Reto hatte behauptet, er wäre den ganzen Abend mit seiner Freundin zusammen gewesen. Ein mageres Alibi. Vielleicht konnte es die DNS-Analyse widerlegen?

Da er sich seit seinem Entzug vermehrt mit Psychologie befasste, meinte er, bei Reto eine schizophrene Verschiebung erkannt zu haben, die die Grenzen zwischen Spiel und Realität aufgehoben hatte. Es war dasselbe Phänomen, das man bei Jugendlichen entdecken konnte, die plötzlich zu Amokläufern mutierten. Sie hatten alle durchweg vorher an Spielkonsolen geübt. Irgendwann wurde das Spiel zur Realität, und erst wenn »Game over« auf dem Bildschirm aufleuchtete, ließen sie ihre Knarren fallen.

Bei Reto Bielmann lag der Fall seines Erachtens ähnlich, der Unterschied bestand nur darin, dass er sich das Hirn mit lyrischen und dramatischen Leichen befrachtet hatte, während die Killerkids ihren Reaktor mit Explosionen und zerfetzten Animationstoten angereichert hatten. Das eine nannte man Kunst, das andere Trash. Was war nun gefährlicher?

Alles war gefährlich, solange man nicht in der Lage war, die gesunde Dosis zu finden; das wusste Wagner nur zu gut. Bei dem Gedanken bekam er Durst. Aber nicht irgendeinen Durst, sondern Durst auf Spirituosen, ihn dürstete nach Mirabellenschnaps.

War es denn noch immer nicht vorbei? Kamen die Teufel wieder und wieder? Wagner dachte an Baudelaires Gedicht, das Reto während des gestrigen Verhörs rezitiert hatte. »Der Wein des Mörders«, murmelte er und begann, die Schubladen der Schreibtische und Büroschränke zu durchsuchen. Irgendwann hielt er inne und wurde sich gewahr, wonach er suchte. Zum Glück war alles leer geräumt. Seine frühere Minibar gähnte ihn dunkel an, selbst die Pralinen mit der Rumfüllung hatte man entsorgt. Wagner begann zu zittern. Verflucht, er war doch schon durch! Warum kam das jetzt wieder? Waren es etwa auch bei ihm die eingebrannten Tropfen, die ihn immer wieder in Versuchung brachten, so wie der psychopathische Serienmörder zum Töten verdammt war, sobald der Trigger ihn dazu anspornte? Konnte man eine Straße verlassen, die sich als Tunnel erwies?

Wagner stürzte sich auf den Schreibtisch und räumte ihn mit einer einzigen großen Armbewegung ab. Dann sank er schluchzend zu Boden.

Die Tür flog auf, Belledin trat ein.

»Wagner, du hast doch nicht etwa gesoffen?«, fragte er, und in seiner Stimme schwang eher der Ton einer Unterstellung als Besorgnis mit.

»Und wenn schon, würde es Sie interessieren? Ich meine wirklich, als Mensch?«

Belledin zog die buschigen Augenbrauen nach oben und blies die Backen auf.

»Wagner, solche Gespräche reichen mir mit meiner Frau, die brauche ich nicht auch noch mit dir. Was du tust und lässt, ist deine Sache, solange du hier deine Arbeit erledigst. Der Rest geht mich nichts an.«

»Der Rest geht Sie nichts an, verstehe. Ich bin also ein Bürogerät wie dieser Locher hier, was?«

»Nein, Wagner, sag nicht so etwas.« Belledin machte eine kurze Pause. »Ich sehe dich eher als Sicherheitsnadel.« Er lachte laut über seinen Witz, Wagner fand es nicht komisch.

»Hat sich der Anwalt unseres Mimen schon gemeldet?«, kam Belledin zur Sache.

»Um eins soll die Vernehmung sein. Soll ich mich um einen Haftbefehl kümmern?«

»Vierundzwanzig Stunden sind noch nicht um. Da haben wir noch ein wenig Zeit.« Belledin zog den Hemingway aus der Tasche, hockte sich hinter den Schreibtisch und begann die Seite zu suchen, auf der er gestern aufgehört hatte.

»Chef, einen Besseren als mich können Sie gar nicht kriegen. Ich bin wirklich Ihre Sicherheitsnadel«, sagte Wagner leise.

Belledin erschrak. Wie es sich deckte mit dem, was er gerade las!

»Ich bin der Richtige für dich. Ich gehe mit dir durch dick und dünn.« Ich sah ihn da vor mir, lang und triefäugig und tatterig, und ich sagte kein Wort.

Belledin klappte das Buch zu und sagte sehr wohl etwas: »Wir haben eine neue Verdächtige: Klara Heldt.«

Er warf Wagner das Fotoalbum auf den Tisch.

»Sie war mit Düster enger befreundet. Vielleicht war die Freundschaft noch enger, als es auf den ersten Blick scheint, und Eifersucht das Motiv.«

»Soll ich eine Fahndung nach Klara Heldt rausgeben?«, fragte Wagner.

»Wo lebst du eigentlich? Wie soll der Rest der Polizei von einer Fahndung wissen, die ich anberaumt habe, wenn es mein engster Mitarbeiter nicht mitkriegt?«

Wagner platzte der Kragen. »Weil Ihr engster Mitarbeiter auch irgendwann einmal Schlaf braucht! Und weil Sie nicht in der Lage sind, Ihren engsten Mitarbeiter über wichtige Schritte zu informieren! Wozu brauchen Sie eigentlich einen engsten Mitarbeiter, wenn Sie nicht mit ihm kommunizieren?«

»Du erinnerst mich schon wieder an meine Frau«, entgegnete Belledin trocken.

»Das ist ja fein. Vielleicht sollte ich mich mal mit ihr unterhalten? Vielleicht hat sie ein paar Tipps für mich, wie man es mit Ihnen so lange aushält?«

»Ich glaube, das weiß sie selbst nicht. Manche Dinge muss man nicht wissen, man tut sie einfach«, sinnierte Belledin.

»Ich werde sie trotzdem aufsuchen und danach fragen. Und nebenbei auch, ob sie etwas Auffälliges bemerkt hat, als sie Robert Düster tot in der Toilette gefunden hat. Vielleicht werde ich sie sogar noch fragen, wie sie zu dem Toten stand. Ich habe nämlich noch nirgends einen Bericht darüber gefunden, dass dies schon von jemandem getan worden wäre.«

Belledin nickte anerkennend. »Nur zu, Wagner, nur zu. Du wirst ja zum richtigen Profi. Respekt. Aber die Nummer kannst du dir sparen. Meine Frau hat Klara Heldt in der Nähe des Toilettenwagens gesehen, in dem sie Düster gefunden hat. Sie hat es mir heute Nacht gesagt. Deswegen läuft auch die Fahndung. Der Bericht folgt. Nicht nur du musst ab und zu schlafen, auch ich.«

Wagner druckste an einer Entschuldigung, die aber nicht rauskommen wollte. Stattdessen fragte er: »Und was machen wir mit Bielmann?«

»Den behalten wir, bis die Kollegen mit ihren Analysen rüberrücken. Zwei Tote, zwei Mörder. Könnte doch sein, rein rechnerisch, oder?«

Wagner nickte, und ehe Belledin wieder nach dem Hemingway greifen konnte, setzte er nach: »Übrigens, die Versicherungsleute, die gestern im Zelt des Turnvereins waren, warten seit sieben Uhr nebenan.«

Belledin grinste vergnügt. »Dann werde ich mich mal für die Verspätung entschuldigen.«

Er steckte den Hemingway in die Jackentasche und verließ das Büro.

»Das tut mir leid, dass Sie warten mussten, aber es ist gestern noch etwas spät geworden«, trällerte Belledin scheinheilig und laut, als er den Raum betrat, in dem die vier der gestrigen Gesellschaft verkatert auf den harten Stühlen vergebens eine bequeme Haltung suchten. Einer davon, derjenige, der am Vorabend den Anführer markiert hatte, hielt sich bei Belledins lauter Begrüßung den Schädel. Belledin registrierte es mit Genugtuung.

»Wurden Ihre Personalien schon aufgenommen?«, fragte er und dachte gar nicht daran, seine Lautstärke hinunterzufahren.

»Ja«, stöhnte der Anführer. »Können wir zur Sache kommen? Uns geht es nicht besonders, das sehen Sie doch. Und wir haben nichts getan.«

»Doch, Sie haben sehr wohl etwas getan. Sie haben gestern den Zirkusdirektor gemimt und wollten mich zum Affen machen. Aber ich will Sie lehren, wer die Peitsche schwingt. Haben Sie mich verstanden?« Belledins Stimme war leise geworden, dafür aber schärfer.

»Können wir Kaffee haben?«

»Ist das ein Bistro? Oder die Klause des Turnvereins? Wie wäre es mit Riesling zur Feier des Tages?«, polterte Belledin. »Was glauben Sie denn, wer Sie sind? Meinen Sie etwa, ich lasse Sie hier antanzen, weil ich Langeweile habe? Das Thema hätten wir gestern schon erledigen können, aber Sie haben gemeint, auf dicke Hose machen zu müssen. Sie werden so lange hier hocken, bis Ihnen die Zunge trocken am Zäpfchen pappt oder mir endlich gesagt haben, was Sie gesehen haben.«

»Wir haben nichts gesehen. Wir haben gefeiert. Da achtet man auf nichts, was drum herum passiert«, sagte der verkaterte Anführer kleinlaut.

»Wie heißen Sie?«

»Billig. Bodo Billig. Billig wie Günstig«, er lächelte leicht.

»Den Scherz können Sie sich für den nächsten Deppen aufsparen, dem Sie Ihre Versicherung aufschwatzen; aber ich versichere Ihnen eins, Billig, es wird Sie teuer zu stehen kommen, wenn Sie mir jetzt nicht gleich etwas erzählen, was mir weiterhilft.«

»Soll ich lügen?«

»In Ihrem Job doch keine Seltenheit, oder?«

Billig schluckte den Brocken und schwieg. Belledin war zufrieden. Er hatte sich zur Genüge revanchiert. Jetzt wandte er sich der koketten Frau zu, die ihn gestern mit Maigret verglichen hatte. Seine Stimme wurde wärmer. Für einen Moment konnte er sich einen Nachmittagsspaziergang an der Seine mit ihr vorstellen.

»*Bonjour Mademoiselle*«, sagte er. »*Comme vous vous apellez?*«

»Nadine.«

»Vous-avez vu quelque chose hier soir, Nadine?«

Sie blickte ihn verdattert an. Ihre grünen Augen schwammen noch im Restalkohol. *»Seulement une femme exitée. Elle était blonde.«*

Belledin katapultierte es vom zehnten Arrondissement wieder in den ersten Stock des Polizeipräsidiums Freiburg zurück. »Blond? Was genau ist passiert?«

»Nichts Großes. Ich wollte Wein nachschenken, da rempelte sie mich an, und ich goss alles über Uwes Hose.« Beim Namen Uwe nickte sie zu einem Gesellen, der schlafend auf dem Stuhl hockte und in seinen spärlichen roten Oberlippenbart schnarchte. Belledin klatschte zweimal mit den Händen dicht an Uwes linkem Ohr. Der zuckte erschrocken aus dem Nickerchen und suchte nach Orientierung, indem er mehrmals hintereinander die Augen weit aufriss. Belledin blickte auf Uwes beige Sommerhose, die tiefrot mit Spätburgunder gefärbt war. Das genügte ihm. Er ließ Uwe wieder in Ruhe und drehte sich zu den grünen Augen.

»Wie alt war die Frau?«

»Vielleicht sechzig. Aber noch in Form.«

»Augenfarbe?«

»Das weiß ich nicht mehr. Das ging so schnell.«

»Ihre sind grün, Nadine. So grün wie die Seine«, lächelte er.

Sie strich sich verlegen eine Haarsträhne aus der Stirn.

»*Merci beaucuop.* Warum nicht gleich?«, schnurrte er wie ein fetter Kater, der endlich sein Lieblingsbüchsenfleisch gefressen hatte, nachdem man ihn zuvor vergeblich mit billigem Trockenfutter hatte abspeisen wollen. Er hatte Klara auf dem Tablett. Er musste sie nur noch serviert bekommen.

***

Killian hatte mit Swintha gerechnet, aber es war Klara, die vor dem Atelier stand und ihn anlächelte. Im Arm hielt sie eine Papiertüte, die sie jetzt präsentierte.

»Butterbrezeln, frisch vom Bäcker. Oder hast du schon gefrühstückt?«

»Es ist bereits Mittag, da sollte ich wohl schon gefrühstückt haben«, lächelte Killian.

»Du hast gestern mit Ulli in der Tennis-Klause gespielt, da wurde es bestimmt spät.«

»Stimmt. Komm rein.«

Killian machte Klara den Durchgang frei und schloss die Tür hinter sich.

»Kaffee?«

»Espresso, gerne.«

Er verschwand in die kleine Kochnische und bereitete einen klassischen Espresso zu. Für sich stellte er den Wasserkocher an. Dann kehrte er zu Klara zurück, die es sich bereits auf dem Barocksofa bequem gemacht hatte.

»Schrecklich, was mit Robert passiert ist«, sagte sie.

»Gestern hat jemand auch den dicken Leo umgebracht.«

»Was?« Klara schrak hoch.

»Irgendjemand scheint es wohl auf Entertainer abgesehen zu haben.«

»Das ist ja schrecklich. Und Ulli? Wie geht es ihm damit?«

»Warum fragst du ihn nicht selbst?«

Klara schwieg. Der Kaffee stieg bereits röchelnd in der Kanne, das brodelnde Wasser stimmte mit ein. Killian fühlte sich durch die Geräusche an ein Musikduo erinnert und grinste innerlich. Er platzierte Kaffeekanne und heißes Wasser auf einem verschnörkelten Silbertablett, schenkte Klara den Schwarzen ein, setzte sich neben sie aufs Sofa und nippte an seinem Wasser.

Klara blickte verdutzt. »Seit wann machst du das denn? Bist du krank? Hast du gestern mit Ulli zu viel gesoffen? Oder bist du etwa ein Ayurveda-Freak geworden?«

Killian lachte. »Seit dem Indien-Krieg 1971 weiß ich dieses Getränk zu schätzen.«

»Witzbold. 71 hast du noch in die Windeln geschissen. Und ich war mitten in der Blüte. ›Hey Tonight‹ von Creedence Clearwater Revival oder ›Strange Kind of a Woman‹ von Deep Purple. Verflucht, warum nennst du solche Zahlen? Willst du, dass ich mich so alt fühle, wie ich bin?«

»Sollen wir lieber über Pink reden?«

»Was ist das? Farbenlehre?«

»Na siehst du. ›Black Magic Woman‹ war übrigens auch 71. Warte.« Killian stand auf und ging in den hinteren Teil des Ateliers, wo sich seine Anlage samt Plattensammlung befand. Er glitt mit dem Zeigefinger über die Rücken der Plattencover und zog schließlich die gesuchte Scheibe heraus. Er wischte mit einem Tuch über das Vinyl, überprüfte, ob der Saphir staubfrei war, und legte die Platte auf. Noch ehe er wieder bei Klara auf dem Sofa angelangt war, ertönten die ersten Klänge der Gitarre Carlos Santanas.

»Gibt es gleich Stehblues?«, fragte Klara und lächelte schelmisch.

»Ist hier die Möhlinhütte?«, konterte Killian, und sie erinnerten sich beide für einen Moment an jene Nacht, die sie genossen und dann verschwiegen hatten.

»Wieso machst du mit Ulli Musik? Kennt ihr euch denn?«, fragte Klara.

»Wir fahren jeden Sommer gemeinsam in Urlaub nach Fuerteventura«, antwortete Killian trocken.

Klara musste laut lachen. »Das wüsste ich aber. Der steigt doch in keinen Flieger. Und seekrank wird er auch. Deswegen bin ich ja vor ihm sicher auf Mallorca. Also, raus mit der Sprache. Spielst du Klarinette oder recherchierst du für ein Fotoprojekt? Falls du einen Titel dafür brauchst, wie wäre es damit: ›Lügen hinter der Tastatur‹? Oder ›Rosa Träume aus dem Weinzelt‹? Oder ›Ausgeschunkelt‹?«

»›Weinselig‹ wäre auch nicht schlecht«, sagte Killian.

Klara lachte. »Ist das nicht schön, wie zynisch das Leben einen macht? Manchmal die einzige Möglichkeit, um dem Wahnsinn zu entkommen.«

»Aber tödlich für die Kunst.«

»Schön gesagt.«

»Ist von dir.«

»Wirklich?«

»Jedenfalls habe ich es mir gemerkt, als du es gesagt hattest. Danach habe ich erst begriffen, was es heißt, ehrliche Fotos zu schießen.«

Klara sah ihn verloren an. Sie versuchte die aufsteigenden Tränen wegzulachen. Es gelang ihr.

»Warum beherzigt man die eigenen Sprüche nur am wenigsten?«, versuchte sie zu scherzen.

Killian zuckte mit den Schultern, er wusste darauf keine Antwort.

»Wirst du heute Abend wieder mit Ulli spielen?«, fragte Klara. »Oder hat dir die gestrige Recherche gereicht?«

»Ich soll ihm über die Tage aushelfen, weil er sich ohne Robert allein fühlt.«

Klara konnte ein spöttisches Schnauben nicht unterdrücken. »Wieso kommt er da ausgerechnet auf dich?«

»Ein Gefallen für einen Freund, der wiederum Ulli einen Gefallen schuldet.«

»Na wunderbar! Ich bin wieder zu Hause! Es geht doch nichts über badische Männerfreundschaft«, stichelte sie.

Killian atmete tief durch. Klara wusste wohl, dass sie ihn damit an einem wunden Punkt getroffen hatte.

»Eigentlich wollte ich heute aussteigen. Schon gestern dachte ich, ich müsste mich bei all der trunkenen Glückseligkeit übergeben.«

»Und, warum machst du es trotzdem? Sind die badischen Bande doch dicker als Wasser?«

»Nein, Blut ist dicker als Wasser. Dadurch, dass der Fall nun auch mich selbst betrifft, werde ich wohl auch den Detektiv geben.«

»Wieso betrifft er dich selbst?«, fragte Klara.

»Weil der Freund meiner Tochter unter dem Verdacht steht, den dicken Leo erschlagen zu haben.«

»Du hast eine Tochter? Seit wann?«

»Seit einundzwanzig Jahren, aber erst letztes Jahr habe ich es erfahren.«

Klara lachte laut und hysterisch, dann kippte ihre Stimmung ins Bittere.

»Als Mann kann einem so etwas passieren; wir Frauen dürfen auf solche Überraschungen nicht hoffen. Wenn die Uhr mal abgelaufen ist, dann ist es vorbei.« Sie kippte die Espressotasse, sodass der flüssige Restzucker in ihren Mund gleiten konnte.

»Hast du schon ein paar Fotos gemacht?«, wechselte sie das Thema.

»Ja, aber ich muss sie noch sichten und bestimmt etwas nachbearbeiten. Magst du sie knalliger als die Originale oder entsättigt?«

»Ich möchte sie möglichst so haben, dass sie die Bilder exakt wiedergeben.«

»Damit wären wir beim Konstrukt des Betrachters. Schon das Urbild allein hat so viele Facetten, wie es Betrachter gibt. Wie sollte da das Abbild exakt wiedergeben können, was das Urbild sendet? Müssen wir nicht vielleicht bewusst Farbe herausnehmen, weil in unserem Eindruck der bereits vorhandenen Sättigung des Urbilds ein noch satteres Abbild entsteht?«

»Hör auf damit! So etwas habe ich nie gesagt, oder? War ich so eine verkopfte Lehrerin?«

»Du warst eine wunderbare Lehrerin, Klara. Die beste, die ich je hatte.«

Klara schien leicht zu erröten.

»Trotzdem war ich froh, dass ich dich nur in Kunst und nicht in Chemie hatte.«

Klara lachte. »Aber meine alkoholischen Zauber-Cocktails hast du auch gerne gesoffen.«

»Solange ich nicht wusste, was drin war.«

Sie sahen sich an. Santana zupfte nun »Samba Pa Ti«. Nein, es ging nicht. Killian konnte jetzt nicht mit Klara die eine Nacht an der Möhlin aufwärmen. Das wäre absurd. Aber er war schon immer anfällig gewesen für wunde Herzen, die aus blauen Augen seufzten. Und wenn ihn jetzt nicht irgendein Telefon oder ein klopfender Besucher aus Klaras Sog riss, wäre es um ihn geschehen.

Es rief niemand an, und es klopfte auch keiner. Killian war drauf und dran, sich der alternden Circe zu ergeben.

Plötzlich jaulte es aus den Boxen. Der Saphir hatte sich wohl in einem Staubknäuel verfangen, den Killian beim Säubern übersehen haben musste, und war über die Rillen der Platte gerutscht. Killian schreckte hoch und eilte zum Plattenspieler, um die Scheibe und sich zu retten.

Klara erhob sich vom Sofa, während Killian im Hintergrund die Platte wegräumte. Er legte nichts Neues auf, die Party war zu Ende.

»Meinst du, bis morgen kann ich die Bilder sehen?«, fragte sie kühl.

»Ich spiele heute Abend wieder. Und vorher wollte ich noch meine Tochter treffen. Ich versuch mein Bestes, versprechen kann ich es allerdings nicht. Du kannst mir deine Telefonnummer geben, dann rufe ich dich an.«

»Ich habe nur Festnetz, und das ist in Santanyi. Bin altmodisch geworden, das müsstest du doch auf meinen Bildern erkannt haben.«

»Stillleben sind nicht altmodisch, sondern zeitlos.«

»Habe ich das auch gesagt?«

»Bestimmt.«

Klara lächelte milde.

»Kannst du dir vorstellen, wer Stimmungsmacher tötet? Du kanntest sie doch beide«, fragte Killian unvermittelt.

»Ja, ich kannte beide, wenigstens habe ich das einmal geglaubt. Aber wann kennt man einen Menschen wirklich.« Klaras Blick suchte in Erinnerungen und hielt sich mit einem Mal an einem Fetzen fest, den sie gefunden zu haben schien. Sie atmete tief durch und ließ das Stück Erinnerung wieder dort abtauchen, wo es zeitlich hingehörte; dann suchte sie mit ihren Augen die Gegenwart und sah Killian direkt an.

»Frauen wie ich könnten sie töten«, lächelte sie kalt. »Nimm dich in Acht vor Ulli«, sagte sie dann tonlos und verließ das Atelier.

Killian goss sich heißes Wasser nach und betrachtete Klaras Bilder. Er konnte darin keine Verbitterung lesen. Die Zitrusfrüchte strotzten vor Leben und erhellten das Auge des Betrachters. Die Gemälde strahlten hemmungslos Leben aus; Klara hingegen musste sich stets zügeln, um nicht in Verbitterung zu fallen.

Warum hätte sie Grund, Robert und den dicken Leo zu töten? Warum sollte er sich vor Ulli in Acht nehmen? Glaubte Klara etwa, dass er Robert umgebracht hatte? Aber Ulli hatte ein Alibi.

Manuela hatte Belledin gesagt, dass er während der Pause, in der Robert ermordet worden war, bei ihr am Ausschank gestanden hatte; Killian hatte es gehört. Was war dieses Alibi wert? Und wie erging es Reto? Hatte Alberts ihn schon rausgehauen?

***

Da war er so siegessicher in die Vernehmung gegangen, und nun konnte er nichts dagegen tun, dass sein Hauptverdächtiger für den zweiten Toten gleich das Polizeigebäude verlassen würde. Belledin kochte. Nur er konnte so ein Pech haben!

Er starrte auf den Bericht, den Alberts ihm über den Schreibtisch zugeschoben hatte, und las zum wiederholten Mal den Tatbestand. Belledin hatte schlicht zu wenig gegen Bielmann in der Hand. Da hätte es keines öligen Anwalts bedurft, das wusste er auch so. Wenn die drei Zeugen wenigstens ausgesagt hätten, dass sie Bielmann gesehen hatten, wie er mit der Flasche auf den dicken Leo eingeschlagen hatte. Aber der Flaschenhals in der Hand reichte bei Weitem nicht aus, um Bielmann als Täter durchzudrücken.

Belledin knurrte in seinen Schnäuzer. Der Schweizer war ihm nicht sympathisch, aber er hatte keine andere Wahl, er musste ihn ziehen lassen. Es schmerzte nicht so sehr, weil er mit Klara Heldt nun eine weitere Verdächtige hatte, die er nur noch vor die Flinte kriegen musste. Aber zwei Verdächtige waren besser als einer. Einer konnte sich rasch in Rauch auflösen. Außerdem hatte er Klara noch nicht vor der Flinte.

»Was mich wundert, Herr Kommissar, ist die Tatsache, dass ich in Ihrem Bericht nichts davon lesen kann, wie Sie die drei Zeugen befragt haben. Und das haben Sie doch, oder? Ich meine, protokollierte Einzelaussagen.«

Belledin sah Alberts kalt an. In seiner Phantasie hatte er bereits die Faust in das Gesicht des Anwalts gegraben. Er hasste es, wenn man ihn auf Nachlässigkeit ansprach. Es ging einfach nicht, alles zu protokollieren, wenn man gleichzeitig an der Front zu ermitteln hatte. Und wenn die Fronten obendrein bis ins eigene Schlafzimmer reichten, wäre ein Protokoll sogar fahrlässig. Denn dann konnte man ihm Befangenheit unterstellen und ihm den Fall entziehen.

Sollten sie doch, dachte er für einen Moment trotzig. Aber schon im nächsten Augenblick verbat er sich diese Schmach. Er ließ sich weder einen Fall nehmen noch würde er jemals einen freiwillig abgeben, selbst wenn Ihringer Weinfest war. Trotz seiner Schludrigkeiten pflegte er im Innersten die Seele eines Profis. Und wenn Bielmann nun freikam, so basierte es auf rechtlichen Grundlagen, und die würde Belledin immer respektieren. Da mochte er noch so ein harter Hund sein, er schätzte den Rechtsstaat, auch wenn er ihn gerne am rechten Rand der Legalität auslegte.

»Ich unterstelle Ihnen nicht, dass Sie nicht Ihre Arbeit machen. Aber solche Flüchtigkeitsfehler erwecken den Eindruck, als seien Sie leicht überfordert.«

»Schwätzer wie Sie überfordern mich leicht, da haben Sie recht. Halten Sie einfach den Mund und nehmen Sie Bielmann mit. Aber wir werden an ihm dranbleiben. Versprochen.« Das war bei Weitem kein Faustschlag in die Fresse, aber Belledin hatte das Gefühl, sich wenigstens ein wenig Luft verschafft zu haben.

»Warum bleiben Sie nicht auch an den drei Zeugen dran? Die hatten übrigens gestern Nacht noch eine handfeste Schlägerei im Zelt der Freiwilligen Feuerwehr. Und anschließend sind sie mit einem gestohlenen Audi Q5 zwischen Ihringen und Merdingen in ihrem Suff in eine Obstplantage gebrettert«, sagte Alberts. Er ließ es kurz stehen, damit Belledin es verdauen konnte.

»Das weiß ich aus dem Bericht Ihrer Kollegen. Die arbeiten länger und schreiben schneller. So was gibt es.«

Belledin schluckte es und schwieg.

»Vielleicht sollten Sie Ihre drei Zeugen auch mal auf Tatverdacht befragen? Falls Sie es noch nicht getan haben. Es ist ja leider nirgendwo vermerkt«, schlug Alberts süffisant vor.

Wie Belledin das alles ankotzte. Selbst wenn diese drei Idioten nicht gesoffen hätten, selbst wenn sie den Audi nicht geknackt hätten, um ihn dann in den nächstbesten Acker zu fahren – er hätte sie ebenso abklopfen müssen, wie er es mit Bielmann getan hatte. Aber was sollte er denn noch alles tun? Die Versicherungshengste hatten ihm schon gereicht. Er hatte darauf gehofft, dass Wagner so schlau wäre. Aber Wagner war ein Süffel, ein verdammter Ex-Süffel obendrein. Wagner würde statt Alberts die Faust in die Fresse bekommen, mit Sicherheit. Der würde sich nicht wehren, und er hätte auch kein Recht dazu. Wagner hatte es verbockt. Aber der Fisch stank vom Kopf. Wenn Wagner nicht spurte, dann fiel es auf Belledin zurück.

»Wir werden sie befragen, seien Sie versichert. Und ziemlich genau.«

»Nur einer ist vernehmungsfähig, die anderen beiden sind schwer verletzt«, erwiderte Dr. Alberts.

Belledin blickte erst jetzt auf Bielmann der bislang nur schweigend dabeigesessen war und sich offenbar darüber wunderte, wie rasch er vom elektrischen Stuhl wieder in die Freiheit durfte.

»Einen schönen Tag noch. Und ich hoffe, dass Sie den tatsächlichen Mörder bald finden werden. Ich möchte mir mit meiner Frau und ein paar wichtigen Freunden aus Wiesbaden nämlich morgen in Ihringen einen schönen Abend machen.«

Alberts nickte Bielmann zu und stand auf. Bielmann tat es ihm gleich und verließ Belledins Büro.

Wagner rechnete wohl mit einem Wutausbruch seines Chefs und hatte sich in ausreichender Entfernung neben dem Kleiderständer postiert. In der Hand hielt er verkrampft eine Zeitung.

Belledin schaute zu ihm herüber. Niemals könnte er so einen erbärmlichen Wurm schlagen. Seine Wut schlug in Mitleid um. Da war er anfällig. Außerdem gestand er sich längst ein, dass er sich selbst ohrfeigen musste. »Ist das die Badische? Was steht drin?«

»Soll ich es vorlesen?«

»Mach schon.«

»Der Bote wird gerne mit der Botschaft verwechselt«, wusste Wagner. »Außerdem wollte ich noch zur Spurensicherung. Vielleicht haben die endlich etwas, was uns den Hamlet wieder ins Netz treibt.«

»Dann gib schon her, Feigling.«

Wagner warf Belledin die Zeitung aus sicherer Distanz zu. Belledin fing sie auf und starrte auf die Titelseite.

»Die haben sie doch nicht alle! Ist das Sommerloch so groß, dass sie die Kiste auf die erste Seite bringen müssen? Da will mich wohl wieder jemand in den Schwitzkasten nehmen! Diese Arschlöcher! Wenn ich den Schmierfink in die Hände kriege, mache ich Hackfleisch aus ihm. Wagner, ruf die Redaktion an, ich muss mit denen reden.«

Aber Wagner war nicht mehr da. Er hatte das Büro bereits verlassen, wohl ahnend, dass sich das Gewitter nicht verziehen würde.

»Der Weinflaschen-Mörder geht um! In Ihringen, dem wärmsten Ort Deutschlands, geht es heiß her. Innerhalb von zwei Tagen wurden auf dem Ihringer Weinfest zwei Menschen ermordet. Dabei handelte es sich jedes Mal um Entertainer. Ob wohl jemand etwas gegen diese Zunft hat? Oder ist es gar ein politischer Akt, der gegen die uferlose Kommerzialisierung der Dorffeste ein Zeichen setzen will? Die Polizei tappt noch im Dunkeln. In Wettlokalen wurde bereits die Liste der heute und morgen aufspielenden Musiker verbreitet, und es laufen Wetten, wer als Nächstes sterben muss.

In Zeiten, in denen die Quote und der Umsatz das Diktat führen, könnten die Morde dem Ihringer Weinfest sogar mehr nutzen als schaden. Es darf auf Krimitouristen gehofft werden, die mit dabei sein wollen, wenn der nächste Alleinunterhalter erschlagen zwischen Dixi-Klo und Hammondorgel liegt. Wer wird es sein? Wir werden berichten.«

Belledin zerknüllte das Blatt und schimpfte laut. Er hasste diese Polemik, die sich als Satire verstehen wollte. Es war geschmacklos, nicht lustig, und vor allem auf seine Kosten. Belledin kannte den Journalisten. Er war nicht aus der Gegend und maß sich deswegen an, einen kritisch-objektiven Blick auf das hiesige Geschehen zu haben. Und um dies ständig aufs Neue zu beweisen, übertrieb er es und fand sich witzig dabei. Sollte er doch Kishon-Geschichten nachäffen, dieser Volldubel, von Belledin bekäme er kein Interview mehr. Es war kein sachlicher Artikel, sondern ein nicht kenntlich gemachter Kommentar, suggestiv und hinterhältig. Die Leser würden ihren Spaß haben und Belledin Druck von oben bekommen.

Als ob er sich nicht schon selbst genug Druck machte.

Auch wenn er gepatzt hatte, er würde an Bielmann dranbleiben. Wer Pflastersteine warf, konnte auch zuschlagen.

***

Swintha wartete am Steig des Breisacher Bahnhofs auf den einfahrenden Zug. Sie hätte auch vom Küchenfenster aus warten können, wozu wohnte sie schließlich in der Bahnhofswohnung?

Aber sie konnte es nicht erwarten, ihren geliebten Reto in die Arme zu schließen. Er sollte sehen, dass sie auf ihn gewartet hatte – wie eine Trümmerfrau auf ihren aus russischer Gefangenschaft heimkehrenden Soldaten.

Sofort stiegen Bilder in ihr auf. Reto im Gulag. Mit dem Spaten bewaffnet die Gräber der an Hunger und Fieber gestorbenen Kameraden aushebend; sich selbst immer wieder auf den Stiel des Spatens stützend, um zu verschnaufen, das Gleichgewicht zu behalten, sich fürchtend, vor Schwäche hineinzufallen in den eigenen Aushub. Seine trockene Zunge klebt am Gaumen, er blickt in die Morgensonne, verdreht die Augen, taumelt und ruft: »Swintha!«

»Swintha!«

Swintha schreckte aus ihrer Phantasie. Reto stand lächelnd vor ihr. Sie fiel ihm schluchzend um den Hals und übersäte ihn mit einer gefühlten Hundertschaft an Küssen, sodass er wohl tatsächlich ohnmächtig geworden wäre, hätte ihn nicht ein weiteres »Swintha!« gerettet.

Es war Bärbel, die aus dem Küchenfenster hinunterrief und sich ein Fernglas vor die Augen hielt.

Swintha löste sich von Reto, der schnappte nach Luft und sah ebenfalls zu Bärbel hinauf.

»Geh ein Stück zur Seite, damit ich ihn besser sehen kann.«

Bärbel schrie vor Lachen. War ihre Mutter jetzt total durchgeknallt oder versteckte sie nur ihre Unsicherheit hinter dem absurden Scherz?

»Mama, hör auf damit!« Swintha wurde es peinlich.

»Im Theater habe ich auch immer mein Opernglas dabei. Für mein Geld will ich die Stars doch auch sehen«, rief Bärbel hinunter.

»Du nervst.«

»Der Held hat noch nichts gesagt. Er soll was sagen, damit ich prüfen kann, ob er auch bis in den obersten Rang kommt.«

»Mama!«, schrie Swintha. »Schluss jetzt!«

Sie zog Reto an der Hand zum Haus. Von oben hörte man ein Kichern, dann öffnete der Summer die Tür.

»Sie ist ein bisschen durchgeknallt, aber sonst ganz lieb. Okay?«, versuchte Swintha Reto zu beruhigen.

Reto zuckte gelassen mit den Schultern und lächelte.

Swintha war froh, dass er jetzt kein Gedicht rezitierte. Sie gab ihm einen zarten Kuss auf den Mund, dann zog sie ihn in den Hausflur.

Für längere Liebelei war keine Gelegenheit mehr. Bärbel war das Treppenhaus hinuntergekommen und besah sich Reto genauer.

»Hat Belledin also eingesehen, dass du kein Mörder bist? Nein, so sieht kein Mörder aus. Als Caster hätte Belledin wohl danebengegriffen«, sagte Bärbel und lachte. Sie lachte als Einzige. Swintha kannte das Besetzungsthema von unzähligen Diskussionen mit Reto und fürchtete ein Aufwärmen des Lamentos. Sie sah Reto flehend an, nicht auf das Thema anzuspringen, aber der scherte sich keinen Deut darum.

»Jeder kann alles spielen. Es ist die Phantasielosigkeit der Caster, die immer nur nach Typen besetzen. Der Kommissar hat also immerhin Phantasie bewiesen. Das macht ihn sympathisch. Mein Vater hat in mir immer nur den braven Internatsschüler sehen wollen. Der kannte nur die eine Rolle für mich. Aber ich habe ihm dann gezeigt, dass mein Repertoire viel größer ist.«

»Aha«, sagte Bärbel.

»Aha. Mehr kommt nicht? Haben Sie keine Meinung dazu? Swintha sagte mir, Sie hätten zu allem und jedem sofort eine Meinung.«

Swintha errötete. Bärbel streifte sie mit einem humorlosen Blick.

»Die habe ich doch schon abgegeben. Für mich sind Sie kein Mörder.« Bärbel blieb gelassen.

»Und wieso nicht?«

»Ich würde es nicht glauben. Zumindest nicht im Fernsehen

oder auf der Theaterbühne. Sie haben Kinderaugen. Die können nicht töten.«

Reto schluckte. Noch ein paar Sätze in diese Richtung, und er würde Bärbel wohl mit dem Übertopf des Asparagus erschlagen, dachte Swintha. Der brauchte übrigens Wasser, fiel ihr ein. Woran man ausgerechnet in sich anbahnenden dramatischen Situationen dachte.

»Seien Sie doch froh, dass man Sie wieder hat laufen lassen. Warum wollen Sie unbedingt ein Mörder sein?«

»Weil Mörder ehrlicher sind.«

»Ehrlicher als was?«

Reto schwieg. Entweder er wusste keine Antwort, oder die Antwort war so erschütternd, dass sie ihn selbst umreißen würde.

»Den Werther sollten Sie spielen, den würde ich Ihnen sofort abnehmen«, sagte Bärbel trocken und ohne Rücksicht auf Verluste.

»Mama!«, schrie Swintha. »Es reicht!«

Bärbel zuckte mit den Schultern. »Wer sich in den Ring wagt, muss auch einstecken können.« Sie drehte sich um und ging die Stufen zur Wohnung hoch.

Swintha sah zu Reto. Der war nicht ansprechbar. Seine Erinnerung suchte wohl Textfetzen aus Goethes Werther. Swintha hoffte inständig, dass er sie nicht fände. Der Gedanke, einen Mörder zum Geliebten zu haben, war ihr schon unerträglich gewesen, aber einem Selbstmörder wäre sie zweimal nicht gewachsen.

***

Der Tag ging einfach zu schnell um, wenn die Nächte so lang waren. Killian kam kaum zu seiner Fotografie. Es hatte ihm gefallen, Isabella mit der alten Erna in den Johannisbeeren zu fotografieren. Das bodenständige und direkte, trotz harter Arbeit frische und unverbrauchte Wesen Isabellas hatte ihn beeindruckt. Er hatte sich entschlossen, von ihr und ihrem Hof eine Serie zu schießen. Nur Erntefotos, nur die Früchte und die Menschen bei der Ernte dessen, was sie angebaut hatten. Vom Säen und Ernten, von Ursache und Wirkung sollte die Serie handeln, und im Zentrum sollte Isabella stehen, als eine Art Königin des Obstanbaus.

Ein wenig kitschig wäre es schon, aber es wäre die beste Art, wieder Licht auf die finstere Seelenplatte zu bekommen. Killian wollte Leben ablichten und keinen Tod mehr. Isabella und das Ernteprojekt versprachen pralles Leben.

Er klopfte wiederholt an die Haustür des offenen Dreikanthofes, aber es öffnete niemand. Dann sah er sich auf dem Hof um. Ein in die Jahre gekommener Traktor stand in der Einfahrt, so als würde er gleich von allein losfahren wollen. Killian fotografierte ihn. Dann wanderte sein Blick zum hinteren Stall, auf dessen Dachboden unterschiedlichstes Hartholz bis unter die Ziegel gestapelt lagerte. Er ging näher ran, um eine steile Untersicht zu haben, und stellte sich so, dass nur ein paar Sonnenstrahlen über das Dach blitzten. Dann knipste er.

Ein paar Hühner liefen verschreckt hinter einem im Stall abgestellten Anhänger hervor. Der Hahn gockelte wichtig hintendrein und stellte sich an, die Weiberschar zu überholen. Killian schoss gleich eine Serie und lief dem Federvieh dabei hinterher. Plötzlich hatte er ein paar grüne Gummistiefel im Sucher, in denen zwei schlanke, nackte bronzen gebräunte Beine steckten. Killian fing auch dieses Bild ein, dann schwenkte er nach oben und landete auf Isabellas fragendem Gesicht. Er kroch beinahe ins Gehäuse, um so nah wie möglich an sie heranzukommen. Das war das Verführerische an der Fotografie. Man konnte alles über Zoom heranholen und sich doch in Sicherheit wiegen – ein Trugschluss, wie Killian schon gleich zu Anfang seiner Reportagen erkannt hatte. Aber gefeit war er davor noch immer nicht. Er erlag dem Wunsch nach distanzierter Nähe noch immer, ein Paradoxon, das nicht zu vereinen war. Entweder man kroch durch das Objektiv in die Menschen hinein – dann musste man auch aushalten, was deren Seelen zu erzählen wussten – oder man blieb auf innerer Distanz – dann war es besser, man drückte überhaupt nicht ab; das war jedenfalls Killians Meinung. Er war Nahkämpfer und würde es immer bleiben, auch mit dem Risiko, von den Abgründen seiner Objekte verschlungen zu werden.

In Isabella konnte er keinen Abgrund erkennen, obwohl er sich sicher war, dass die Untiefen der Seele in jedem Menschen schlummerten. Sie strahlte pure Schaffenskraft aus. Isabellas rundes Gesicht mit dem markanten Kinn und der fein gebogenen Nase adelte die Arbeit in Gummistiefeln. Sie war keine Bäuerin, sondern glich einer Gräfin; sie schuftete nicht auf dem Hof, sondern hielt Hof. Dies aber mit einer solchen Selbstverständlichkeit, dass sich Killian vorkam, als fotografiere er die Standbilder eines Kinostreifens, der einen Blixen-Roman erzählte.

»Nimm den Apparat endlich weg«, sagte sie lachend. »Ich komme mir schon vor wie ein Fotomodell.«

Killian umkreiste sie, wie es Modefotografen gerne taten, und übertrieb dabei maßlos. Er legte sich auf den Rücken, robbte um Isabellas Gummistiefel herum, sprang wieder auf, um sich im nächsten Moment tief ins Hohlkreuz zu biegen, und rief dabei: »Ja, Baby, zeig's mir, Baby, gib alles, ja, so ist's fein ...!«

Isabella hatte Spaß an dem Spiel, dachte aber nicht daran, nur passiv daran teilzuhaben. Sie ging ein paar Schritte nach vorne, sodass sie in die Nähe eines Beckens kam, in dem Regenwasser gesammelt wurde. Da Killian weiterhin nur durch den Sucher linste und sich als Modefotograf verausgabte, bemerkte er nicht, wie er sich dem Beckenrand näherte. Als er direkt davor stand, vollführte Isabella eine dynamische Halbdrehung, nahm dabei ihr Kopftuch ab, schüttelte ihr langes schwarzes Haar und lächelte in Killians Kamera, dass dieser einen Satz nach hinten machte, um diesen Impuls einzufangen. Dabei stolperte er über den Beckenrand der Wassergrube und platschte rücklings hinein. Es gelang ihm gerade noch, die Kamera in die Höhe zu halten. Er selbst versank in der Brühe.

Isabella nahm ihm lachend die Kamera ab und zog ihn an der Hand heraus. Zumindest hatte sie das vor. Aber Killian ließ es sich nicht gefallen, dass man ihn leimte, und zog Isabella ebenfalls in das Becken. Kreischend klatschte sie neben ihn, während er ihr die Kamera wieder abnahm und vor dem Nass rettete.

Sie hockten nebeneinander und sahen sich mit nassen Gesichtern an.

»War ein heißer Sommer damals«, sagte Killian.

»Dieser wird auch heiß«, erwiderte Isabella und lächelte verschmitzt. Dann gab sie ihm einen Kuss auf die Wange und stieg aus dem Becken.

»Wir mähen gerade zwischen den Obstbaumreihen. Wenn du ins Schwitzen kommen willst, bist du herzlich willkommen.«

»Ich war doch schon damals keine richtige Hilfe«, kokettierte Killian.

»Stimmt. Ein Schaffer warst du nicht gerade. Aber du hattest einen anderen Blick auf die Natur als ich.«

»Wer nicht davon leben muss, kann es sich leisten, auch in Unkräutern Schönheit zu entdecken.«

»Ich leiste es mir mittlerweile auch, und ich kann trotzdem davon leben. Es ist alles eine Frage des Mutes. Was sollte uns schon passieren? Mehr als Sterben können wir sowieso nicht.« Ihr Blick verlor sich für einen Moment in Unschärfe. Dann fokussierte sie wieder und sagte:

»Komm rein, ich geb dir was Frisches zum Anziehen.«

ACHT

Belledin zupfte an seinem buschigen Schnauzer. Der Obduktionsbericht von Robert Düster verhieß nichts Gutes. Laut Leichenfledderer Dr. Selinger war Düster nämlich nicht an dem Schlag mit der Weinflasche gestorben, sondern am Zusammenbruch des Herzkreislaufes. Selinger hatte daraufhin Düsters Herz untersucht. Aber das hatte keine pathogenen Befunde aufgewiesen. Hätte Selinger seinen Labrador vergangene Woche nicht selbst mit Kaliumchlorid eingeschläfert, er wäre dem Rätsel wohl kaum auf die Spur gekommen. Da der Kaliumchloridspiegel nach dem Ableben eines Menschen ohnehin auf das Dreifache der normalen Menge anstieg, war eine Vergiftung durch das Salz nicht direkt nachzuweisen. Aber Selinger hatte einen Nadeleinstich an Düsters Unterarm gefunden. Damit war noch nichts bewiesen. Wenn aber der dicke Leo ebenfalls durch einen kollabierenden Kreislauf bei gesundem Herzen getötet worden war und er ebenfalls einen Nadeleinstich aufwies, hatte man beinahe so etwas wie eine Statistik. Belledin wartete ungeduldig auf den Anruf des Forensikers. Bis dahin studierte er die Liste der Dinge, in denen Kaliumchlorid alltäglich vorkam.

Zunächst einmal war es als Düngemittel zu haben, jeder Bauer hatte somit Zugriff darauf. Man verwendete es als Streusalz, und es war Bestandteil schmerzhemmender Zahncremes. Und man benutzte es bei Hinrichtungen durch die Giftspritze; in hoher Dosis führte es zum Herzstillstand durch Hyperkaliämie. Es schauderte Belledin, als er las, dass es sogar zur Verhinderung von Lebendgeburten bei späten Schwangerschaftsabbrüchen genutzt wurde.

Das Telefon klingelte.

»Kripo Freiburg, Belledin«, brummte er in den Hörer, obwohl er auf dem Display bereits gelesen hatte, dass es sich um Dr. Selinger handelte. »Ja, gut. Danke.«

Mehr war nicht zu sagen. Belledin wusste Bescheid, und das stimmte ihn nicht froher. Auch der dicke Leo war nicht durch den

Schlag auf den Kopf gestorben. Auch bei ihm hatte plötzlich der Herzkreislauf ausgesetzt. Sein Herz war zwar verfettet, aber funktionierte wohl noch einwandfrei. Doch der wichtigste Hinweis war, dass auch der dicke Leo einen Nadeleinstich am rechten Unterarm aufwies. Das ließ eindeutig auf ein und denselben Mörder schließen.

Belledin rätselte, ob der Täter mit seinen Morden eine Botschaft vermitteln wollte. Ein Rätsel, das die Hinterbliebenen zu lösen hatten. Die Morde würden dann also nicht nur den Toten, sondern den Überlebenden in ihrer Nähe gelten. Aber wer waren diese Nächsten? Ulli, der Partner von Robert? Das wäre logisch, wenn nicht der dicke Leo auch noch hätte dran glauben müssen. Die Entertainerszene? Oder die Gegner der Weinfest-Kommerzialisierung, wie der polemische Artikel der Badischen spekulierte?

Es gab einige »Bodenständige«, die in der Kommerzialisierung der Dorffeste den Verlust traditioneller Werte sahen. Aber bislang waren sie nie militant in Erscheinung getreten. Leserbriefe und Gegenveranstaltungen mit badischem Brauchtum waren ihre Mittel gewesen, um sich zu artikulieren. Ausschließen durfte er sie dennoch nicht. Es könnte sich auch um einen Einzeltäter handeln, dem die Bodenständigen zu moderat waren. Und wenn es doch jemand aus der Musikantenszene war? Und was war mit Angehörigen, Freunden und Bekannten der Opfer?

Belledin kramte seinen speckigen Block aus der Schublade, den er in diesem Fall noch gar nicht angesehen hatte. Teils weil er nicht hatte wahrhaben wollen, dass er ihn während der Weintage tatsächlich auspacken musste, teils weil sich die Ereignisse einfach überschlagen hatten. Es war noch nie vorgekommen, dass seine eigene Frau Part eines seiner Kriminalfälle gewesen war. Er hatte den Tod immer aus dem Eigenheim raushalten wollen. Verbrecher hatten in den gewienerten vier Wänden der Belledins nichts zu suchen. Und nun war Biggi Hauptzeugin in einem Mordfall geworden. Das musste er erst einmal verkraften. Belledin hasste es, wenn feste Größen schwankten.

Er kritzelte den Namen »Klara Heldt« in großen Druckbuchstaben auf den Block. Die Fahndung nach ihr war bislang negativ verlaufen. Man wusste zwar, dass sie vor einer Woche von Mallorca nach Deutschland gekommen war. Wo sie sich aber im Moment aufhielt, war unklar. Er konnte aber nicht nur auf sie setzen. Selbst wenn sie es tatsächlich gewesen war, die Biggi in der Nähe des Klos gesehen hatte, hieß das noch lange nicht, dass sie die Täterin war. Sie hätte ebenso wie Biggi einfach nur dringend die Blase leeren wollen und war deswegen aufs Herrenklo gegangen. Und dann hatte sie dort, ebenso zufällig wie Biggi, den toten Robert Düster angetroffen. Aber ausgerechnet Düster? Der langjährige Partner ihres Mannes? So viel Zufall konnte nicht sein. Er würde sie danach befragen, sobald sie in den Maschen der Fahndung hing.

Er blätterte um und sah auf ein weißes Papier. Robert Düster war nicht verheiratet und hatte keine Geschwister. Seine Mutter war bereits vor fünf Jahren gestorben, sein Vater lebte noch in Merdingen. Belledin überlegte, welchem seiner Kollegen er angetragen hatte, dem alten Düster auszurichten, dass Robert tot war, und errötete. Er hatte es verschwitzt. Düster hatte es vermutlich aus der Zeitung oder von Nachbarn erfahren.

Belledin fluchte. Er hatte einfach zu wenig Leute, die selbstständig dachten. Er würde selbst noch vorbeigehen, heute nach Dienstschluss. Schließlich wohnte der alte Düster auch in Merdingen.

Belledin schwang sich aus seinem Sessel und ging zur abwaschbaren Magnettafel, die er seit seiner letzten Fortbildung im Büro hatte aufstellen lassen. Ihm gefiel die chaotische Übersicht, die sich auf der Tafel ausbreitete. Mindmapping passte ihm gut in die Arbeitsweise, und da er einen Hang zu Comics hatte, erfreute er sich auch an den Skizzen, die er zeichnete.

Jetzt wischte er die Tafel sauber und schrieb mit Rot »KCL«, die Abkürzung für Kaliumchlorid, an die Tafel. Dann begann er sternförmig darum herum aufzuschreiben, was ihm gerade einfiel, und verband das ihm sinnig Erscheinende mit Strichen, sobald es eine innere Logik für ihn darstellte. Wer hatte Zugang zu KCL? Praktisch jeder. Da es Düngemittel war, hatte es jeder Bauer im Stall stehen. Man konnte sich frei bedienen. Wozu diente KCL noch? Zur Hinrichtung. Ihn schauderte. Dann schrieb er: »Abtreibung« – und ihn schauderte noch mehr. Er dachte an Biggi, dann an die schwangere Klara und an ihren dicken Bauch auf dem Foto. Er schrieb »Klara Heldt« an die Tafel und zog von ihrem Namen Striche zu den Clustern »KCL«, »Robert Düster« und »Abtreibung«. Hier lag eindeutig ein Motiv. Wenn Düster der Vater war, der darauf bestanden hatte, dass Klara ihr Kind noch im achten Monat abtrieb, schwor Belledin auf ein weibliches Rachemotiv.

Er trat einen Schritt zurück, nahm einen grünen Stift und setzte Fragezeichen an Stellen, die er zu hinterfragen gedachte: War Klara von Robert schwanger gewesen? Hatte sie das Kind auf Druck abtreiben müssen? Sann sie deswegen auf Rache? Zwanzig Jahre später? Und wie passte der dicke Leo ins Bild? Mit einem schwarzen Stift wagte er wilde Hypothesen, die jenseits aller kriminalistischen Logik waren, ihn aber auf scheinbar Unmögliches bringen sollten. Nun klebte er mit Magneten noch einige Schriftstücke an die Tafel. Sogar der zerknüllte Zeitungsausschnitt aus der Badischen war dabei. Er wollte nicht außer Acht lassen, dass die Öffentlichkeit ebenfalls auf die Morde reagierte. Vielleicht war dem Mörder auch die Aufmerksamkeit der Medien wichtig?

Belledin setzte sich an seinen Schreibtisch zurück und ließ das Gesamtwerk seines nach außen abgebildeten Gedankennetzes auf sich wirken. Das Weinfest hatte er für sich endgültig abgehakt, aber er grollte nicht mehr deswegen. Er war plötzlich wieder der Sportsmann, der einen Wettkampf gewinnen wollte. Wie Harry Morgan in »Haben und Nichthaben« wollte er siegen, auch wenn er dabei einen verfluchten Arm verlöre.

***

Mit nur einem Arm die Stufen der Remigiuskirche zu fegen glich einem Zirkuskunststück. Aber der alte Düster hatte es sich wohl über die Jahre draufgeschafft. Wagner sah ihm eine Weile zu, ehe er zu ihm nach oben in den Schatten stieg. Er hatte Belledin nicht gesagt, dass er zu Roberts Vater fahren würde. Da Belledin es nicht selbst tat, ging Wagner davon aus, dass dieser Gang automatisch an ihn übertragen worden war.

»Tag, Herr Düster.«

Düster hielt mit dem Fegen inne und sah zu Wagner auf. Er stützte sich mit dem Stumpen des fehlenden Arms auf den Besen und wischte sich mit einem Taschentuch, das er mit der anderen Hand aus der Gesäßtasche seiner Arbeitshose zog, den Schweiß von der Stirn.

»Ja?«, schnaufte er.

»Wagner, Kriminalpolizei Freiburg.«

Düster lachte grimmig. »Ich weiß scho Bscheid. Do miehner frieher kumme.«

»Tut mir leid, aber wir haben viel zu tun. Und da müssen wir Prioritäten setzen. Sie wollen doch sicher auch, dass wir den Mörder Ihres Sohnes schnell finden.«

»Des bringt mir dä Robert au nimmi zruck. Mir isch grad egal, wer's war. Der Herr gibt's, der Herr nimmt's.«

Er fegte weiter. Wagner blieb und sah ihm zu, wie er mit Stumpen und gesundem Arm einige Lindenblätter von den Stufen kehrte, die der letzte Gewittersturm vom Baum gerissen hatte.

»Ich hätte da trotzdem noch ein paar Fragen«, sagte Wagner nach einer Weile.

Düster dachte gar nicht daran, das Fegen erneut zu unterbrechen. »Die hän mir alle. Am beschte gehen Sie in d' Kirch un froge ihn.« Er deutete mit dem Stumpen gen Himmel. »Der weiß Antwort. Ma muss es nur höre«, lachte er schnarrend und fegte weiter.

Wagner ging noch immer nicht. Nicht weil er plötzlich Hartnäckigkeit an den Tag legte, ein Charakterzug, der ihm von jeher fremd gewesen war. Nein, der Ort gefiel ihm. Die Remigiuskirche, der Sonnenschein, die Linde und der einarmige Besenmeister zeichneten ein Bild der Ruhe, die Wagners innerem Hetzhund guttat. Er setzte sich auf eine der Stufen, lehnte sich zurück und blickte zum Kirchturm hoch.

»Spätbarock. Johann Caspar Bagnato. In nur drei Johr errichtet. Mei, die hän gschafft. Merdinger halt. Vor zwei Johr hämma ä neue Orgel kriegt. Die haut dich direkt in de Himmel«, sagte Düster und stellte das Fegen ein. Seine Augen glänzten. »Dä Robert hät sie spiele könne, wie kei anderer. Der hät alles spiele könne.

Aber was hät er druss gmacht? Halligalli, sonscht nix. Un schuld isch nur seller Heldt, des Arschloch. Der hät de Robert verdorbe. Wenn der nit gsie wär, alles wär anderscht kumme.«

Wagner schwieg. In solchen Situationen fragte man am besten nichts. Er fühlte, dass Düster von allein erzählen würde, jede Frage würde ihn nur wieder daran erinnern, dass Wagner von der Polizei war. Und Polizisten erzählte man generell nichts. Man erzählte es der Welt. Wenn dann zufällig ein Polizist mithörte, war das etwas anderes.

»Aber es kummt immer anderscht, als ma denkt.« Düster lehnte den Besen an die Kirchenmauer. »Hän Sie e wing Ziet? Ich zeig Ihne d' Kirch.«

Wagner hatte Zeit. Er roch, dass Zeit es war, die er jetzt investieren musste, wenn er etwas über Robert Düster erfahren wollte, was ihm dessen Mörder näherbrachte.

Er folgte dem alten Düster. Vor dem Portal blieb er stehen und deutete auf die Immaculata.

»Eines der schönschte Marienbildnisse in ganz Südbade. Vom Johann Christian Wentzinger.«

Wagner sah sich die Maria an. Sie war wirklich schön. Er zückte sein Handy und fotografierte sie. Dann folgte er Düster in die Kirche.

»Seit über zwanzig Johr kumme sogar Lourdes-Pilger hierher, nur wege derre Maria«, verriet Düster stolz und stieg die Stufen voran, die hinauf zur Orgel führten.

»Isch des ä Prachtstück oder nit? Wenn Sie mich froge, die Orgel isch dä pure Wahnsinn. Wenn Sie uf d' Maria gucke und die Orgel höre, denn isch alles egal. Denn wisse Sie, dass es mehr gibt als Lebe und Tod.«

Er setzte sich vor die Orgel und begann mit der rechten Hand zu spielen. Ein paar Takte aus einem Oratorium, das Wagner nicht kannte. Aber Wagner kannte ohnehin keine Oratorien.

»Der ›Messias‹, von Händel. Au sehr schnell komponiert, un isch zur selbe Zeit fertig worre wie die Kirch. 1741. Zufall oder Fügung?«

Düster beendete sein Spiel und stierte auf die Tasten. »Ich war früher hier Organischt. Bis ä Sprengung im Kalkwerk mir dä Arm weggfetzt hät. Un obwohl ich's nit verlangt hab, hät dä Robert denn agfange Orgel spiele. Und wie der gspielt hät. Wenn sie vu Lourdes kumme sin, hän sie immer erscht gfrogt, ob dä Robert an de Orgel sitzt.« Düster schluckte, atmete tief durch. »Vor zwei Johr hämmer sogar im Benedikt ä CD überreicht. A CD vu Merdinge wird jetzt vielliecht grad im Vatikan gespielt. Und die Aufnahme vom ›Messias‹ isch vum Robert.« Eine dicke Träne rann über Düsters faltige Wange. »Veilliecht wär alles anderscht kumme, wenn er seine Madonna damals ghierote hätt. Aber er hät sich nit traut. Wegem Heldt. Der isch an allem schuld.« Düster schlug mit der ganzen Hand auf die Orgel. Dissonanzen brüllten durch das Kirchenschiff.

Wagner wollte fragen, wer Roberts Madonna denn gewesen sei, aber Düster begann wieder einhändig zu spielen, und sein Gesicht verschloss sich zu zerknittertem Pergament, das nur lesen ließ, was es selbst gestattete. Wagner stieg die Treppen hinunter und lauschte den Orgelklängen. Es mochte aus Händels »Messias« sein. Das wusste Wagner noch immer nicht. Als er aber auf die Maria am Portal sah, wusste er, dass er Düsters Madonna finden musste, wenn er den Fall lösen wollte.

***

Killians nasse Kleider lagen über Isabellas Gummistiefeln auf dem Holzfußboden des gemütlichen Schlafzimmers. Die Nachmittagssonne fiel durch das gardinenlose Fenster und setzte die nackte Isabella ins Licht. Killian war ebenfalls nackt, allerdings traf ihn der Sonnenstrahl nicht, da er ein Stück von Isabella abgerückt war, um sie wie ein Bildhauer zu betrachten.

»Guck nicht so, das macht mich nervös«, sagte Isabella und kroch unter die Decke.

»Du bist einfach schön, da muss man so gucken«, flirtete Killian und kroch ebenfalls unter die Decke.

»Schleimer«, lachte Isabella und biss Killian in die Nase. Der schrie auf und begann einen Ringkampf, der in einem weiteren Liebesspiel münden sollte, aber von einer Stimme auf dem Hof jäh unterbrochen wurde.

»Isabella! Isabella!«

Es war eindeutig Erna, die zum geöffneten Fenster hinaufbrüllte.

Isabella löste sich aus Killians Ringergriff und zog sich rasch ein T-Shirt über, dann beugte sie sich aus dem Fenster. Killian zog die Decke über den Kopf, damit er nicht auf Isabellas Beine und Hintern starrte, die sich ihm entgegenreckten.

»Häsch Bsuch?«, fragte Erna neugierig und nickte zu Killians Defender.

»Er hat nur den Wagen hier abgestellt und fotografiert auf der Kirschplantage.«

»Verschteh. Wenn du ihn siehsch, kannsch ihm ausrichte, dass er mit mir ruhig au emol Kirsche esse kann«, rief Erna und setzte ein Lacher hinterher. »Ich wart unte in de Küche.« Sprach's und verschwand im Haus.

Isabella drehte sich zu Killian um. »Das wird Dorfgespräch«, seufzte sie.

Killian war wieder unter der Decke hervorgekrochen und schmolz beim Anblick von Isabellas Silhouette dahin, die das Gegenlicht vom Hintergrund abhob und so heilig in den Raum stellte, als wäre sie eine Madonna, die ohne Prozessionsschmuck auskam.

»Kommst du noch mal zu mir ins Bett oder muss ich über den Balkon abhauen?«

»Über den Balkon.«

»Das hab ich schon lange nicht mehr gemacht. Das letzte Mal vor fünfundzwanzig Jahren, erinnerst du dich?«

»Was denkst du denn? Die Schläge meines Vaters werde ich nie vergessen.«

»Er hat dich geschlagen? Das hast du mir nie erzählt.«

»Dass er mich nicht noch zum Arzt geschleppt hat, um meine Jungfräulichkeit zu überprüfen, war alles. Erna hat mich davor bewahrt. Sie hat so getan, als würde sie mich untersuchen, und hat grünes Licht gegeben.«

»Aber es war doch auch nichts passiert.«

Isabella schwieg und lächelte. Dann ging sie zu Killian ans Bett und setzte sich neben ihn auf die Kante.

»Zwischen den Beinen nicht, aber hier drin«, sie deutete mit dem Zeigfinger auf ihr Brustbein, »hier drin, ganz tief, hattest du mich entjungfert.«

Killian schluckte. Plötzlich war ihm alles zu nah.

»Warum hast du nie etwas gesagt? Ich dachte, du wolltest nicht mehr.«

»Ich hatte Angst. Angst vor meinem Vater. Angst davor, dass ich nur eine von vielen sein könnte, die du als Trophäe abschießen wolltest. Und als ich dann doch meinen ganzen Mut zusammengekratzt hatte, sah ich dich mit Bärbel Engler knutschen.«

Killian schwieg. Er konnte dazu nichts sagen. Es war, wie es war. Teenager-Geschichten, wie sie das Leben eben schrieb, dachte er. Aber es gelang ihm nicht, das Gefühl zu ignorieren, das ihn mit einem Mal beschlich. Vor ihm saß Isabella auf der Bettkante; wenn er wählen dürfte, wäre sie seine Miss Kaiserstuhl, Miss World, Miss Universum. Sie hatte alles, was eine Frau für ihn haben musste, und er war gerade im Begriff, sich so unsterblich zu verlieben, wie es sonst nur Teenies taten.

»Im Schrank sind ein paar frische Klamotten. Sie könnten dir passen. Mein Mann hatte in etwa die gleiche Statur.«

Sie stand auf und schlüpfte ebenfalls in frische Klamotten. Dann band sie sich ihr mit Margeriten bedrucktes Kopftuch um den schwarzen Schopf und ging zur Tür.

»Nimm den Balkon«, sagte sie. »Es ist besser.« Damit verschwand sie aus dem Zimmer.

Killian kniff fest die Augen zusammen, schüttelte heftig den Kopf und stieg dann aus dem Bett. Im Schrank fand er ein kariertes Baumwollhemd und eine jägergrüne Cordhose, die er sich notgedrungen anlegte. Da seine Boots ebenfalls durchnässt waren, zog er es vor, barfuß zu bleiben.

Erna goss Isabella einen frisch gebrühten Kaffee ein und schielte listig zu ihr hinüber. »Ich sag nix. Vu mir erfahrt keiner ebbis.«

Isabella blickte sie so unschuldig, wie sie konnte, an und nippte an dem Kaffee. Erna lachte und nahm sie dann in den Arm, als hätte sie sich selbst frisch verliebt.

»De Hof brucht ä Mann. Un des isch ä Mann, des sag ich dir,

des glaubsch du mir. Un was für einer. Bruch dich nur agucke, denn weiß ich Bscheid.« Sie lachte donnernd.

Isabella erschrak. »Sieht man mir das so an?«

»Man nicht, aber ich«, nickte Erna.

»Du hast recht. Er ist ein Mann, aber er ist kein Bauer und kein Winzer. Er kommt, wühlt auf, geht und verschwindet. Er erntet noch nicht einmal.«

Erna sah an Isabella vorbei auf den Bauern, der die Treppe hinunter in die Stube kam. Die Klamotten, die Killian aus dem Nachlass des Verstorbenen ausgewählt hatte, waren zwei Nummern zu groß.

Erna lachte. »Ich tät sage, er muss halt ä wing niewachse.«

Isabella drehte sich um und sah Killian in der ungewohnten Kluft. Auch sie konnte sich ein Lachen nicht verkneifen. Allerdings weniger darüber, wie Killian aussah, sondern vielmehr aus Freude, dass er nicht den Weg über den Balkon gewählt hatte.

***

Allmählich schwang sich die Ihringer Hauptstraße mit ihren dekorierten Höfen und Buden wieder in weinselige Stimmung auf. Die Sonne verschwand weit hinter dem Rhein, Zwiebelkuchenteige wurden auf Vorrat geknetet, Schupfnudeln in Mengen vorbereitet und heiße Waffeln mit Puderzucker an Kinder verteilt, die mit ihren Eltern noch Weinfestluft schnuppern durften, ehe der große Andrang anrollen sollte.

Es war Samstag, da war das Fest traditionell am besten besucht. War es schon an den vorangegangenen Abenden ein Wunder gewesen, wie sich der Menschenbrei durch die Straßen geschoben hatte, würde Bacchus heute einen besonderen Zauber finden müssen, um die bevorstehende Welle an Menschen zu dirigieren.

Belledin genoss die Stimmung der Dämmerung und biss in eine Waffel. Dabei atmete er durch die Nase aus, sodass der Puderzucker von der Waffel stäubte und sich auf Biggis dunkelblauer Seidenbluse verteilte.

»Ach, Bello, du bisch wie ä Kind«, entfuhr es Biggi genervt.

Als er den Puderzucker mit einer Serviette entfernen wollte, fuhr sie ihn in ungewohnt scharfem Ton an: »Bisch du verrückt? Du riebsch es nur noch mehr in de Stoff.«

Belledin schrak zurück, zuckte mit den Schultern und biss ein weiteres Herz der Waffel ab.

Biggi hatte erst gar nicht auf das Fest gehen wollen. Noch immer steckte ihr der tote Robert Düster in den Knochen. Dass der dicke Leo nun ebenfalls tot war, hatte sie zwar erschüttert, aber sie hatte ihn nicht tot gesehen, das war gleich etwas anderes. Den toten Robert aber, den hatte sie gesehen. Und es schien ihr, als ob er auch sie gesehen hätte. Denn er starrte sie unentwegt an mit seinen leeren Augen. Sie dachte, es würde ihr besser gehen, nachdem sie sich wieder erinnert hatte, wen sie in der Nähe des Klos gesehen hatte.

Nein, es ging ihr nicht besser. Fürchtete sie sich zuvor vor dem toten Blick Düsters, so war ihr nun bang, dass die Mörderin sie selbst im Visier hatte.

»Warum hän ihr d' Klara eigentlich no nit feschtgnumme?«, fragte sie Belledin.

»Weil mir sie no nit hän. Mir wisse zwar, dass sie negscht Woch ä Ausstellung in Endinge hät, aber wo sie grad wohnt, hän die au nit gwisst. 's gibt nur ä Handynummer, aber do geht keiner dra und sagt: *Ich war's.*«

»Hän ihr kei Bild vunnere in d' Zietig gmacht?«

»War scho Redaktionsschluss. Ich hoff aber, dass sie heut eins reinmache.«

Belledin streckte Biggi ein Zehntelglas mit Achkarrener Scheurebe entgegen. Sie nahm das Glas und prostete ihm versöhnlich zu. Er konnte ja nichts dafür. Im Gegenteil. Er setzte alles daran, damit dieser Spuk endlich aufhörte. Aber würde es aufhören, wenn die Mörderin geschnappt wäre? Würden damit auch die Bilder aus ihrem Kopf verschwinden?

Da ging sie schon immer aus dem Zimmer, wenn ihr Mann Kriminalfilme im Fernsehen sah, und nun kamen die Filme zu ihr! Sie kippte den Wein viel zu schnell und streckte das leere Glas Belledin hin, der ihr lächelnd nachschenkte. Biggi wusste, dass er es mochte, wenn sie sich etwas Feuerwasser gab. Normalerweise trank sie kaum, aber wenn, dann war sie den sexuellen Phantasien ihres Mannes gegenüber nicht nur aufgeschlossener, sondern steuerte eigene Kreationen der Wolllust bei. Wenn sie allerdings bei dem Tempo blieb, wäre sie bald zu gar nichts mehr fähig.

Belledin drückte seinen Schnäuzer gegen ihre rosa geschminkten Lippen und wischte sich dann mit der Serviette den Puderzucker aus den Mundwinkeln.

Biggi sah ihn plötzlich entsetzt an.

»Was isch mit dir?«, fragte Belledin besorgt.

»Ich muss uffs Klo.«

»Dann geh doch.«

»Ich kann nit.«

»Musch du nun oder kannsch du nit?«

»Beides.«

Belledin blickte auf das halb geleerte Zehntelglas. »Es isch wohl besser, du trinksch jetzt nichts mehr.«

»Ich mach mir glei in d' Hos.« Biggi biss sich auf die Lippen. »Komm mit, ich hab sonscht Angscht.«

Belledin begriff. Biggi stand unter einem schweren Schock, und er hatte es nicht bemerkt. Zu alltäglich war für ihn das Geschäft mit den Toten geworden, als dass er Biggis Trauma hätte registrieren können.

Er hakte sie unter und ging mit ihr zu den Toilettenwagen. Der Publikumsandrang war noch leicht zu umschiffen. So war es angenehm, so war es früher gewesen, als die Weinfestkultur begonnen hatte. Zu Anfang waren es sowieso nur Protestanten gewesen, die das Weinfest besucht hatten. Die Katholiken waren aus Protest nicht gekommen, weil der überwiegend protestantische Ort den heiligen katholischen Feiertag Fronleichnam genutzt hatte, um die Höfe für das Fest zu richten und zu schmücken. Mittlerweile wussten die wenigsten noch um diese Provokation, die sich um das Ihringer Weinfest rankte. Am allerwenigsten die karnevalistischen Rheinländer, die ihnen bereits recht angeheitert als kostümiertes Grüppchen entgegentorkelten und dabei lautstark behaupteten: »Ich möch zu Foß nach Kölle jonn ...«

Belledin wich dem leicht berechenbaren Frohsinnspulk geschickt aus und zog Biggi dabei dicht an sich. Wie ein erfahrener Steuermann manövrierte er seine Fregatte durch den Strom und achtete stets darauf, dass sie auf keine Sandbank liefen.

Endlich erreichten sie das Klohäuschen. Biggi war mit jedem Schritt, den sie dem Gemeinschaftsabtrittsplatz näher kamen, unruhiger geworden. Die Angst wuchs in dem Maß, wie sich der Abstand zum Klo verringerte; und diese Angst drückte auf die Blase. Plötzlich blieb sie stehen und ließ sich von Belledin nicht mehr nach vorne, nicht mehr nach hinten, weder nach rechts noch nach links bewegen. Sie kniff nur noch die Augen zusammen und hielt die Luft an.

Belledin sah sie beunruhigt an. »Soll ich ä Arzt rufe?«

Dann hörte er es plätschern. Biggi hatte sich in die Hosen gemacht. Der Urin rann ihr die Schenkel hinunter, die Waden und am Schienbein entlang und schlich dann über die hohen Absätze ihrer blauen Pumps, die sie passend zur Bluse angelegt hatte. Dann begann sie zu weinen.

Mitten in der Öffentlichkeit, dachte Belledin. Alle würden denken, sie hätten eine Ehekrise. Er zog Biggi unter das Vordach einer Laube, die mit Weinblattimitat geschmückt war. Sie schluchzte weiter, und Belledin hielt ihren Kopf an seine Brust gedrückt. So konnte er die Lautstärke des Schluchzens etwas dämpfen.

Der Geruch des Urins stieg ihm in die Nase. Er roch ihn nicht gern. Überhaupt roch er Biggi nicht mehr so gerne wie früher; es sei denn, sie war parfümiert. Dann musste es aber richtig süß sein. Belledin mochte billige Parfums, aber er hasste beißenden Urin. Waren sie etwa doch in einer Ehekrise? Nahm Biggi den Tod von Robert Düster nur als Vorwand, um endlich mal in aller Öffentlichkeit auf sich aufmerksam machen zu können? Wollte sie Belledin damit herausfordern?

Er schob die Fragen mit aller Macht zur Seite. »Unsinn!«, nuschelte er in seinen Schnäuzer, den er auf Biggis toupiertes Haupt presste, und gab ihr dann einen Kuss auf die Fontanelle, die nach Haarfestiger schmeckte und bei Weitem besser roch als der Gestank, der aus den Toilettenwagen kroch.

»Tut mir leid«, schniefte sie, nachdem es ihr gelungen war, ihren Kopf aus Belledins Klammergriff zu winden. »Aber ich kann hier nicht sein, solang die Mörderin frei rumläuft.«

Das saß. Belledin war umgehend alarmiert. Er war damit gemeint gewesen. Warum lief die Mörderin noch frei herum? Weil er sie nicht gefasst hatte! Warum machte sich Biggi ins Höschen? Weil die Mörderin noch frei herumlief!

Die Morde an Robert Düster und dem dicken Leo waren von nun an kein normaler Fall mehr. Sie waren jetzt Privatsache. Belledin wusste, dass es gefährlich und unprofessionell war, wenn man Kriminalfälle zur eigenen Vendetta erkor, aber Biggi ließ ihm keine andere Wahl; und er fühlte sich sogar gut dabei. In seinem Bauch brodelte es. Ein Gefühl, das er lange nicht mehr gehabt hatte; es erinnerte ihn an seine Turniere im Zehnkampf. Auch dort hatte er immer nur Bestleistungen abrufen können, wenn er den Wettkampf als persönlichen Feldzug gegen die Konkurrenz geführt hatte.

Seine Backenzähne mahlten. Gary Cooper, Charles Bronson und Clint Eastwood vereinten sich in Belledins Entschlossenheit, wieder Ordnung herzustellen.

»Ich ruf dir ä Taxi. Und ich versprech dir, ich krieg die Sau! Meiner Biggi jagt niemand ungschore Angscht ein.«

Biggi lächelte sanft. Sie war Grace Kelley, für die ein Sheriff um zwölf Uhr mittags auch ohne Unterstützung der Stadt gegen eine ganze Horde Banditen sein Leben riskieren würde; und sie genoss es. Es war lange her, dass Bello ihr so direkt und intensiv in die Augen geschaut hatte. Er hatte sich Zeit genommen und richtig mit ihr gesprochen, als wenn sie wirklich vorhanden wäre. Nicht nur ein Anhängsel, eine Frau, die zu ihrem Mann gehörte wie das Einfamilienhaus, der Audi und die Ferien auf Mallorca. Wenn es auch nur dieser eine Satz war, den er direkt und wahrhaftig gemeint an sie gerichtet hatte, er genügte, um wieder wer zu sein. Bello würde die Mörderin für sie jagen, und wenn er dafür bis ans Ende der Welt gehen müsste. Das hatte sie in seinem Blick gesehen, und das tat gut, nach vierundzwanzig Jahren Ehe tat das verdammt gut.

NEUN

Ulli klemmte sich hinter sein Piano. Er würde auch ohne Killian anfangen. Die Nacht und der Morgen mit der wilden Manuela hatten ihn gelassen gestimmt. Es schmeichelte ihm noch immer, wenn junge Frauen mit ihm ins Bett stiegen. Selbst den schmerzenden Knöchel spürte er kaum mehr. Sie studierte eben Medizin, grinste er. Es hatte ihm sogar so gutgetan, dass er all seinen Mut zusammengenommen hatte, um Isabella zu Hause aufzusuchen. Sie war die Einzige gewesen, mit der er über Robert hätte reden können. Außer Klara. Aber die war ihm nur wie ein Geist aus der Flasche erschienen, um sich dann wieder in Nichts aufzulösen. Fast glaubte er, er hätte sich geirrt und sich nur eingebildet, sie gesehen zu haben. Killian hatte gesagt, dass sie hier sei. Aber sie war es wohl doch nicht. Und auch Isabella hatte er nicht angetroffen. Nur Erna. Und die hatte ihn mit Schimpf und Schande vom Hof gejagt. Die alte Vettel. Sie war früher schon eine Beißzange gewesen, aber was sie ihm heute in der Früh um die Ohren gehauen hatte, war mit zwei Anhängern voll Jauche nicht aufzuwiegen. Dass sie ihm nicht noch eine Ladung Schrot in den Wanst geschossen hatte, war alles. Die Alte passte noch immer auf Isabella auf wie ein Drache über den Schatz Siegfrieds. Kein Wunder, nach dem, was Robert ihr angetan hatte. Aber Robert war nicht allein schuld gewesen, es gehörten immer zwei dazu. Auch die forsche Manuela würde nicht behaupten können, Ulli hätte sie überrumpelt. Und wenn etwas hängen blieb, so hätte auch sie die Verantwortung zu tragen. Klara hatte das anders gesehen, und deswegen hatte sie ihn nicht mehr ertragen.

Jetzt, da er sich bückte, um das Pedal des Piano anzuschließen, merkte er eine leichte Müdigkeit in seinem Becken. Er musste darüber leise lachen. Ja, er war noch immer ein Filou, und das mit vierundsechzig Jahren. Noch zwei Jahre, dann wäre er sechsundsechzig. Und dann würde er erst recht den Song von Udo Jürgens schmettern, auf dass der Holzwurm in den Dachbalken der Tennis-Klause dem Wirt die Kündigung einreichte.

»Ihr werdet euch noch wundern, wenn ich erst Rentner bin, sobald der Stress vorbei ist, dann lang ich nämlich hin … oho, oh yeah …«, rotzte er ins Mikro und zwinkerte dabei zu Manuela hinüber, die hinter dem Ausschank die ersten Gäste bereits wieder mit Schorle und Charme versorgte.

»Mit sechsundsechzig Jahren, da fängt das Leben an, mit sechsundsechzig Jahren, da hat man Spaß daran …«, grölte der rheinische Bus, der sich vorgestern noch gegen Belledins »Badnerlied« geschlagen geben musste, und ließ dabei einen Stiefel Bier im Kreis wandern, auf dessen Boden ein Schnapsglas mit Eckes-Kirschlikör stand, das darauf wartete, sich endlich mit dem Bier vermischen zu dürfen.

***

»Eine Weißweinschorle bitte«, orderte Klara, und die attraktive Blondine hinter dem Ausschank mixte die Bestellung schnell und gekonnt. Klara musterte die junge Frau mit dem geschulten Blick einer Malerin und lächelte wissend, als sie das Rückgeld über den Tresen in ihr Portemonnaie schob. Der flirtende Blickwechsel zwischen Ulli und ihr war Klara nicht entgangen. Sie kannte ihren Pappenheimer zu gut und wusste auch um die Wirkung, die er bei einem gewissen Typ Frau hatte.

»Mit sechsundsechziiiig – ist noch lange nicht Schluss!« Ulli setzte einen Abwärtslauf über die Tastatur und beendete den Hit. Die Rheinländer johlten, Ulli hatte die Klause für den Abend angeheizt.

Klara nippte an der Weißweinschorle und dachte an die vielen Abende zurück, die so begonnen hatten. Ulli als Reißer, Robert als ruhiger Pol und sie selbst im Publikum. Meistens hatte sie die Stimmung in den Zelten skizziert. Zu Anfang hatte sie Karikaturen der Besucher gezeichnet und direkt verkauft. Irgendwann war sie dazu übergegangen, mit leichtem Strich die Stimmung des jeweiligen Abends einzufangen, angelehnt an Toulouse-Lautrec. Im Atelier hatte sie die Skizzen dann auf Öl übertragen und gut damit verdient. Mit der Zeit war den Zeichnungen jedoch mehr und mehr ihre Leichtigkeit abhandengekommen. Klara gelang es nicht mehr, die Stimmung der Leute zu erfassen, sondern ihr eigener Gemütszustand setzte sich immer stärker in den Bildern durch. Und der war eben nicht so fröhlich gewesen, wie sie ihn gerne gehabt hätte. Sie war selbst erschrocken darüber, wie düster die Blicke der Menschen wurden, wie sich Gesichter zu Fratzen auswuchsen. Das Geschäft ging natürlich zurück, und bald hatte sie sich entschieden, nicht mehr mit auf die Feste und Veranstaltungen zu gehen. Das war auch der Punkt gewesen, an dem sie beschlossen hatte, sich von Ulli und Robert zu trennen. Ja, von Ulli und Robert. Denn sie war mit beiden zusammen gewesen. Ulli hatte erst so getan, als hätte er die Größe, es zu tolerieren. Er bezeichnete sich als Achtundsechziger und gab dem Trieb seiner eigenen sexuellen Freiheit auch oft genug Ausdruck. Da war es nur legitim, dass Klara ebenfalls ihre Abenteuer hatte. Aber Robert war Ulli doch zu nahe gewesen; Robert war für Ulli immer ein Konkurrent. Sowohl was Musik als auch was Frauen betraf.

Roberts Kraft hatte in seiner Ruhe gelegen. Es hatte ihn nicht interessiert, die Zelte zum Kochen zu bringen, sondern ihm war es oft gelungen, die Menschen mit einfachen und ruhigen Balladen zu berühren. Robert war viel besser als der Tingel-Tangel, dem er sich verschrieben hatte; und das Publikum fühlte es. Und Klara hatte es auch gefühlt, tief im Bauch, wo es wehtat, wenn man den einen Menschen nicht für sich allein haben konnte, sondern ihn teilen musste. Und Klara musste ihn teilen. Nicht nur mit dem Rest des Publikums, das hätte sie ertragen; auch dass Robert hin und wieder von einer anderen einsamen Seele verführt worden war – darüber konnte sie hinwegsehen. Aber sie hatte ihn mit Ulli teilen müssen, da war er unerbittlich. Ulli gluckte über Robert, hielt ihn wie einen Sklaven an einer unsichtbaren Kette und dressierte ihn mit Zuckerbrot und Peitsche.

Dass Robert nun tot war, bedauerte Klara zutiefst. Aber er hatte schon lange nicht mehr gelebt. Ulli, der Vampir, hatte ihn bereits vor vielen Jahren ausgesaugt. Robert war nur noch ein blasses Erfüllungsgespenst gewesen, fern der brodelnden Vitalität, die tief aus seinem Innersten geborsten war und Beben hervorrufen konnte, von denen man nicht wusste, woher sie ihre plötzliche Wucht nahmen. Zumindest war es so gewesen, als Klara vor zehn

Jahren nach Mallorca gezogen war. Und sie glaubte nicht, dass sich seitdem zwischen Robert und Ulli etwas zum Positiven verändert hatte. Den Blödsinn, dass sich etwas ändern konnte, wenn man nichts tut, hatte sie sich selbst viel zu lange eingeredet, ehe sie den mutigen Schritt gewagt hatte.

»Jules et Jim«, kam es Klara in den Sinn. Das war der Film, den sie sich immer wieder angesehen hatten. Die Dreiecksgeschichte von Truffaut, und Klara war Catherine gewesen. Sie lächelte bei dem Gedanken und steckte sich eine Zigarette an. Würde Robert dort oben neben Ulli sitzen, er würde jetzt vielleicht ein schnulziges Solo von Mark Knopfler zupfen. Klara könnte das jetzt gut gebrauchen. Sie schloss die Augen und stellte sich vor, wie Robert gleich spielen würde, während Ulli »Schöne Maid« von Tony Marshall zu Ende brachte.

Und tatsächlich erklang eine Musik, die Klara kannte, gut kannte. Jeder kannte sie wohl, aber für Klara hatte sie eine besondere Bedeutung. Es war ein Lied, das vergangene, längst vergessene Leichtigkeit in ihr beschwor, so abgedroschen und mannigfaltig es auch interpretiert worden war. Jetzt berührte es sie, denn die Töne kamen wieder von innen nach außen, waren kein aufgesetzter Abklatsch, waren Bemühung um schlichte Kunst. Kunst hatte zu kommunizieren, das war Klaras Credo, ob es in der Malerei oder der Musik war, die Prinzipien waren die gleichen. Und diese Musik, die sie jetzt hörte, kommunizierte, und zwar auf tieferer Ebene als auf jener der reinen Unterhaltung.

»Summertime, and the living is easy …«, grölten die Rheinländer zu Anfang noch mit, dann aber wurden auch sie stumm und lauschten und wippten nur mehr zu den zarten Klängen, die aus der Klarinette von der Bühne erklangen.

Klara öffnete die Augen und sah einen Mann im karierten Baumwollhemd, einer grünen Cordhose, der barfuß auf einem Hocker neben Ulli saß und verträumt in sein Instrument blies.

Sie nahm einen kräftigen Schluck aus ihrem Glas und noch einen tiefen Zug aus der Zigarette. Killian war ihr Schüler gewesen, das rührte sie. Ihm hatte sie ebenso wie Robert die Prinzipien künstlerischer Kommunikation beigebracht; aber Killian hatte den Mut gehabt, seinen Weg zu machen, sich zu befreien und dem

Tod zu begegnen. Robert war gefangen und hatte auf den Tod gewartet.

Sie schloss abermals die Augen und sog den Moment ein. Leise mischte sich das Piano ins Spiel. Gefühlvoll, vorsichtig, tastend, um Erlaubnis bittend. So hatte sie Ulli lange nicht gehört. Auch er kommunizierte. Dass er es konnte, wusste Klara, sonst wären sie nie zusammengekommen. Aber dass er sich wieder traute, damit überraschte er sie jetzt. Zu Anfang hatte er mit Robert ebenso gespielt. Aber je mehr sich die Dreiecksbeziehung herausschälte, umso mehr hatte sich Ulli gesperrt. Daran hatte Klara erkannt, dass Ullis Achtundsechziger-Mentalität lediglich schnöde Attitüde gewesen war. Er hatte Robert boykottiert und ihn auflaufen lassen, und das hatte Robert umgebracht, noch ehe er ermordet wurde.

Klara kippte den Rest der Weißweinschorle und drückte die Kippe aus. Sie warf noch einen Blick auf die Blondine hinter dem Ausschank und wusste, dass sie sich für diesen Abend den Klarinettisten ausgeguckt hatte. Dann verließ sie die Tennis-Klause. Sie wollte noch jemanden besuchen.

***

Belledin hatte sich mit Wagner im Zelt des Turnvereins verabredet. Dort spielten die Lola Sisters auf. Sie waren bekannt dafür, ein Dutzend Instrumente zu beherrschen. Jetzt spielte die eine Akkordeon, während die andere auf einer Zither zupfte. Sie waren keine Zwillinge, wären aber wohl gerne welche gewesen; jedenfalls kleideten sie sich so, toupierten ihr Haar gleich und sangen aus einer Kehle; und zwar, was der Volksschatz so hergab. Gerade trällerten sie »Muss i denn zum Städtele hinaus …«, und Belledin erwischte sich dabei, wie er leise mitsummte.

Da Wagner noch immer nicht erschienen war, begann Belledin die Lola Sisters eingängiger zu mustern. Die an der Zither könnte ihm gefallen, obwohl die andere eigentlich gleich aussah. Aber von ihr war das Dekolleté durch das Akkordeon verdeckt, wodurch die Schwester hinter der Zither von Belledin einen leichten Punktevorsprung erhielt. Lange würde er es hier drin nicht aushalten. Er war kein Gegner der volkstümlichen Musik, aber vom Hocker riss sie ihn auch nicht. Er sang und schunkelte gerne mal mit, aber dann musste er auch was getankt haben. Und heute, das hatte er sich geschworen, würde er trocken bleiben. Noch einen Halbrausch mit anschließender Leiche durfte er sich nicht leisten.

Die Lola Sisters beendeten den Evergreen und kündigten eine kurze Pause an. Belledin nutzte die Gelegenheit, um zu ihnen aufs Podium zu steigen. Er wies sich kurz aus und bat um einen ruhigen Ort, an dem man sich ungestört unterhalten konnte. Die Sisters blickten sich eingeschüchtert an, sahen dann wieder zu ihm und nickten lächelnd synchron.

Belledin folgte den beiden Frauen in das Wohnmobil, das sie nahe des Turnvereinzelts geparkt hatten. Es machte keinen Sinn, länger auf Wagner zu warten.

Im Wohnmobil herrschte die Gemütlichkeit einer Schwarzwälder Bauernstube. An Holzimitat hing eine Kuckucksuhr, daneben ein Trachtenhut mit roten Bollen. Es war sauber und ordentlich, als hätte Biggi gerade durchgewischt.

Die Lola Sisters setzten sich nebeneinander auf das Polster in der Ecke, während Belledin auf einem gedrechselten Bauernstuhl Platz nahm. Jetzt fiel Belledin auch das Dekolleté der anderen Schwester auf, die sich bislang hinter dem Akkordeon verschanzt hatte. Auch sie brauchte sich nicht zu verstecken. In Belledin stieg kurz eine schmutzige Phantasie hoch, die er gern mit den Lola Sisters ausgelebt hätte. Hier, direkt im Wohnmobil, alle beide, schoss es ihm durch den Kopf. Statt diesem Impuls nachzugehen, fragte er:

»Können Sie sich denken, warum ich hier bin?«

»Wegen dem dicken Leo«, antwortete die eine. »Wegen Robert«, die andere.

Und sie seufzten dabei, als hätten sowohl der dicke Leo als auch Robert Düster Belledins schmutzige Phantasie bereits gelebt gehabt.

»Sie kannten beide?«

»Wir kennen uns alle«, erwiderte die Zither. »Seit Jahrzehnten«, fügte das Akkordeon hinzu.

»Seit Jahrzehnten? So alt sehen Sie nun wirklich nicht aus«, stellte Belledin irritiert fest.

Die Schwestern kicherten. »Wir sind erst seit sechs Jahren als Lola Sisters unterwegs. Vorher gehörten wir zur Familie Studer, schon mal was davon gehört?«

Der Name war Belledin ein Begriff. Jedenfalls glaubte er sich zu erinnern, ihn schon einmal in einer Fernsehsendung gehört zu haben. Biggi liebte diese heimatlichen Hitparaden, er selbst schlief dabei regelmäßig ein.

Die Lola Sisters begannen einen Hit zu jodeln, der wohl sehr bekannt sein musste, denn die Schwestern blickten Belledin dabei herausfordernd an. Das Jodeln war eindringlich, Belledin verlor sich kurz beim Anblick des virtuosen Zungenschlags der beiden Sängerinnen, ehe er antwortete:

»Sicher, das kenne ich, aber ich komme nicht drauf, wie es heißt.«

»Der Studer-Strudel«, lachten die beiden.

»Ja, natürlich, der Studer-Strudel. Ein Riesenhit.«

»Goldene Schallplatte«, nickten die beiden stolz, dann seufzten sie in wehmütiger Erinnerung.

»Und warum sind Sie nicht mehr bei der Studer-Familie?«

»Weil wir keine Kinder mehr sind. Irgendwann ist Schluss damit; die Studer-Familie gibt es zwar noch immer, aber das ist jetzt eine andere Besetzung. Die Alten bleiben, aber die Kinder wechseln, das ist das Konzept«, antwortete das Akkordeon.

»Verrücktes Geschäft. Da gibt es doch sicherlich auch viel Konkurrenz und Neid?«, brachte Belledin das Gespräch in die gewünschte Richtung.

»Das können Sie laut sagen. Ohne spitze Ellbogen säufst du da ab.«

»Oder du fickst dich durch die Betten.«

»Aber das ist nicht unser Stil.«

»Nur Qualität zahlt sich auf Dauer aus.«

»Das hat uns Maria Hellwig mal gesagt.«

»Und das beherzigen wir.«

»Auch wenn wir mal kleinere Brötchen backen müssen.«

Belledin kam sich vor wie ein Tischtennisball, den der rasche

Dialog der beiden Schwestern durch das Wohnmobil pfefferte. Er war dankbar für die kurze Pause, in der er wieder einsteigen konnte.

»Was glauben Sie, könnte jemand aus der Szene Leo und Düster auf dem Kieker gehabt haben? Gab es Ärger?«

»Ärger gibt es immer mal. Das ist normal«, sagte die Zither. »Meistens wegen Kohle«, setzte das Akkordeon nach.

»Aber Robert und Leo waren ruhige Kollegen, da gibt es andere, die ich eher als Leiche gesehen hätte.«

»Wen denn?« Belledin horchte auf.

»Keiner der Musiker, sondern Geppert.«

»Wer ist Geppert?«

»Geppert organisiert und verteilt die Auftritte.«

»Machen das nicht die Höfe selbst?«

»Früher war das so. Heute geben sie das gerne ab. Durch den Boom sind die Vereine froh, wenn sie mit der Bewirtung der Leute nachkommen. Und je kommerzieller, umso professioneller muss auch das Unterhaltungsangebot sein. Da will man nichts mehr dem Zufall überlassen«, erklärte das Akkordeon.

»Ohne Geppert würden wir nicht hier spielen. Aber der Preis stimmt.«

»Allerdings verdient er auch gut dran.«

»Und zwar auf beiden Seiten.«

»Verstehe«, brummte Belledin. »Und dieser Geppert hat nicht viele Freunde?«

»Er ist ein Arschloch«, brach es aus der Zither heraus.

»Ein Riesenarschloch«, verstärkte das Akkordeon und setzte nach: »Wenn der morgen mit eingeschlagenem Schädel hinter der Hütte liegt, dann wird Ihnen jeder von uns mindestens zehn Gründe dafür nennen können.«

Es klopfte an der Tür.

»Die Pause ist um. Wir müssen wieder«, lächelte die Zither und zwängte sich hinter dem Tisch hervor. Das Akkordeon rutschte nach, beide verschwanden aus dem Wohnmobil. Belledin blieb noch einen Augenblick auf dem Bauernstuhl hocken und notierte sich einige Zeilen ins Notizbuch. Vor allem der Name Geppert schien ihm wichtig. Dem Kerl würde er auf den Zahn fühlen.

Dann fragte er sich, warum Wagner nicht wie verabredet erschienen war. Ein Süffel eben, dachte Belledin und gab Hemingway einmal mehr recht. Auf einen Süffel konnte man sich nicht verlassen, egal wie trocken er auch war. Es war nicht der Alkohol, sondern der Charakter eines Süffels, der es unmöglich machte, mit ihm zu arbeiten. Am besten konnte man mit einem Süffel sogar arbeiten, wenn er nicht trocken war, sondern wenn er soff.

***

Ja, er war unzuverlässig, das wusste Wagner auch. Sonst hätte er Belledin längst angerufen und ihm erzählt, was er von dem alten Düster erfahren hatte. Aber Belledin wusste ja noch nicht einmal, dass Wagner in Merdingen gewesen war. Belledin traute ihm gerade mal zu, den Bericht zu schreiben, ohne sich dabei vor Angst in die Hosen zu machen. Aber Wagner war dran. Er hatte Witterung aufgenommen. Und er wusste, dass er auf der richtigen Spur war. Es war eine Spur, die er nicht teilen wollte. Er brauchte ein Erfolgserlebnis, das über das Schnitzen von Holzskulpturen hinausging. Nur so würde er stärker werden. Er allein wollte den Fall lösen. Da durfte er Belledin ruhig mal länger warten lassen. Der würde staunen, wenn ihm Wagner aus dem Nichts heraus die Mörderin präsentieren würde. Die Madonna aus der Remigiuskirche, der Zankapfel zwischen Düster und Heldt. Er musste nur noch herausfinden, wer die Schöne war. Und wenn Selingers Vermutung mit dem Kaliumchlorid stimmte, hatte Wagner auch gleich die Täterin, die den dicken Leo erledigt hatte. Nein, er hegte kein schlechtes Gewissen gegenüber Belledin. Der konnte ihm jetzt gestohlen bleiben.

Wagner stierte auf das Blatt der Silvanerrebe und schämte sich fürchterlich. Das Blatt starb am Rand ab, rollte sich braunviolett nach oben und war welk. Eindeutiger Kaliummangel. Wagner hatte seinen kleinen Weinberg oberhalb Ihringens vernachlässigt, und der zahlte es ihm jetzt heim. Er hatte nicht geschnitten, gespritzt, gegossen, geschweige denn gedüngt. Er hatte sich nur um sich gekümmert. Er war schon froh, wenn er den körpereigenen Chemiehaushalt in den Griff bekam, wie sollte er sich da um die Hinterlassenschaft seiner Großmutter kümmern?

»Wassermangel und zu wenig Kaliumchlorid«, seufzte er und zerknüllte das Blatt. Er warf es aber nicht auf das ungeschnittene hohe Gras, das sich zwischen den Reben kniehoch streckte, sondern presste es in der Faust zusammen, während er gegen seine Verzweiflung ankämpfte.

Wie konnte er weiterhin den Wein lieben, wenn er ihn nicht trinken durfte? Er würde am Stock verdorren!

Er setzte sich an den Hang ins hohe Gras und lauschte ins Dorf hinab. Von hier konnte man das Treiben, das sich auf dem Fest abspielte, nur erahnen. Hin und wieder trug der Wind einen Akkord nach oben. Wagner begann mit sich zu wetten, aus welchem Lied die Harmonie stammte. Aber er war nie ein Musiker gewesen, Melodie hatte ihn nicht interessiert. Das lag wohl auch daran, dass sie ihn bereits in der Grundschule ausgelacht hatten, wenn er selbst bei »Hänschen Klein« keinen Ton getroffen hatte. Aber er hatte Rhythmus- und Taktgefühl, das wusste er seit Neuem. Seit dem Entzug in Emmendingen. Dort hatte er nicht nur mit den Skulpturen begonnen, sondern auch zu trommeln. Das hatte gutgetan. Und der Therapeut, immerhin ein bekannter Perkussionist, war völlig von den Socken gewesen, als Wagner jeden noch so schwierigen Rhythmus sofort nachklopfen konnte. Sogar den schwierigen Babanco aus Brasilien bekam er auf Anhieb hin.

Wagner öffnete seine Faust und blickte auf das gekräuselte Rebenblatt in seiner Hand. Was den einen aus Mangel verdorren ließ, pustete den anderen bei Überdosis um. Wer war die Frau, die genug von singenden Männern hatte? Klara Heldt? Das mochte er nicht glauben. Sie ähnelte der Madonna über dem Kirchenportal nicht im Geringsten. Wagner aber glaubte die Madonna schon lebend gesehen zu haben. Wenn er mit dieser Theorie zu Belledin ginge, würde der ihn gleich wieder nach Emmendingen schicken. Diesmal aber zu den Idioten.

***

Belledin rang mit sich. Er durfte Killian nicht mögen, das ging einfach aus Prinzip nicht. Aber in zwei Fällen hatten sie bereits erfolgreich zusammengearbeitet, wenigstens was das Ergebnis anbelangte. Auf Wagner konnte Belledin nicht zählen, und Killian saß mittendrin im Geschehen, er konnte sich umhören, verdeckt ermitteln, schließlich war das nichts Neues für ihn. Er grollte schon wieder bei dem Gedanken, wie ihn der arrogante Alberts abserviert hatte. Und dass Killian ihm den Typen geschickt hatte, stimmte ihn nicht heiterer. Aber er musste seinen Groll überwinden. Killian konnte ihm nützlich sein. Zwar hatte Belledin mit Klara Heldt eine Verdächtige, die den Schweizer deutlich aus dem Fokus drängte; aber wer Pflastersteine warf, warum sollte der keine Spritzen setzen können? Er würde Bielmann im Hinterkopf behalten.

Das Gespräch mit den Lola Sisters hatte ihn aber auch noch in eine andere Richtung denken lassen. Zwei Stimmungsmacher der Szene waren auf dieselbe Art und Weise ums Leben gekommen. Warum sollte der Mörder nicht aus der Szene kommen? Wer war dieser Geppert, den die Lola Sisters so verabscheuten? Hatte der vielleicht Grund, die beiden Männer aus dem Weg zu räumen? Er musste auch dieser Spur nachgehen. Und dabei konnte ihm Killian helfen.

Killian hockte gerade direkt neben dem langjährigen Partner des ersten Opfers. Besser konnte es nicht sein – wenn Killian nur nicht so ein Schnösel wäre.

Belledin schob zwei angetrunkene Frauen zur Seite, die daraufhin wütend fluchten und ihn mit Wein begießen wollten. Belledin duckte sich flinker, als man seiner Körperfülle zugetraut hätte, und brummte dazu. Er mochte keine Süffel, aber noch weniger mochte er besoffene Weiber. Im Suff offenbarte sich die Schwäche dieses Geschlechts am deutlichsten. Frauen verloren jegliche Würde, wenn sie besoffen waren. Bei Männern verging der Rausch, und die Würde kam zurück. Bei den Frauen fraß der Rausch die Würde und schiss sie nicht mehr aus.

Vom Podest ertönten schnelle Bebop-Rhythmen. Ulli Heldt schlug schweißgebadet auf das Piano ein, während sich Killian tief ins Kreuz bog, um seiner Klarinette Töne zu entlocken, die Belledin noch nicht einmal einem eingequetschten Frosch zugetraut hätte. Er wunderte sich, dass die Stimmung derart kochte.

Belledin entdeckte einen Mann auf der Seite des Podiums, der Ulli Heldt energisch zu sich winkte. Ulli blickte vom Piano auf, sah den Mann und senkte den Kopf wieder, um weiterzuspielen, als wäre der fuchtelnde Mann unsichtbar. Es schien beinahe so, als verkröche sich Ulli zwischen dem Schwarz und Weiß seiner Tastatur. Der Mann fuchtelte energischer und bahnte sich dann einen Weg durch die Menge in Richtung Ausgang. Als er Belledin passieren wollte, griff dieser ihn am Handgelenk und hielt ihn zurück.

»Was soll des? Wer sind Sie?«, schnaubte der Mann und riss sich los. Belledin drückte ihm seinen Ausweis vors Gesicht.

»Der bin ich!«, schrie er gegen die laute Musik an. »Und wer sind Sie?«

Der Mann drückte zwei angetrunkene Männer zwischen sich und Belledin und schwamm durch die Menge davon. Belledin kraulte hinterher. Der Flüchtige wusste die Wellen des Menschenmeeres nicht so gut zu antizipieren wie Belledin, und so dauerte es keine zehn Meter, da hatte er ihn mit der einen Hand am Kragen des bunten Jacketts gefasst, während die andere Hand dessen Arm auf den Rücken drehte.

»Isch ja gut. Nur langsam, junger Mann. Ich bin scho zahm«, kläffte es aus dem bunten Jackett.

Die Meute dachte gar nicht daran, sich an diesem Zwischenfall zu stören, sondern schlängelte sich weiter in ihren angedachten Bahnen um das ungleiche Paar.

»Name?«

»Geppert. Harald Geppert«, ächzte der Mann.

Zufall oder Fügung? Manchmal musste man die Nadel im Heuhaufen gar nicht erst suchen, man trat barfuß hinein, dachte Belledin, ohne den umgebogenen Arm zu lockern; stattdessen zog er ihn zur nächsten Frage noch mal heftiger an.

»Was wollten Sie von Ulli Heldt?«

Geppert stöhnte. Belledin lockerte den Griff. Es wäre zu schön, wenn er dem Mann jetzt durch die Gesetze der Hebelkräfte ein Geständnis aus dem Arm pressen könnte. Aber es wäre nichts wert.

»Gehen wir da rüber«, sagte er und schob Geppert vor sich her, bis sie von der Straße an ein Pilzhäuschen schwappten, an dem sie sich andockten.

»Also. Was wollten Sie gerade von Heldt?«

»Vom Heldt willsch Geld«, reimte Geppert und kam sich dabei offenbar witzig vor.

»Und Geppert ist deppert«, antwortete Belledin und fand sich gar nicht komisch. »Hören wir auf mit den Spielchen. Was ist Sache?«

Geppert fuhr sich mit seiner behaarten Hand durchs gegelte Haar. Ein goldener Siegelring protzte zwischen zwei anderen Klunkern am Mittelfinger. Ein Goldkettchen klirrte gegen einen Hornreif. Was Geppert noch so alles um den Hals trug, mochte Belledin gar nicht wissen.

»Er isch mir ä Stange Geld schuldig. Der Typ zahlt einfach nit, was er an Leistungen von mir in Anspruch nimmt.«

»Agenturdienste? Oder was anderes?«

»Was anderes gibt's bei mir nit. Ich bin sauber. Wer kokst, macht des auf eigene Rechnung. Da hab ich nix mit zu tun.«

»Wie viel?«

»Fünfundzwanzig.«

Belledin pfiff durch die Zähne. »Wie viel Prozent sind das denn? Heldt füllt doch kein Olympiastadion.«

»Des isch für ein Jahr. Manchmal sind es Prozente, manchmal au Pauschale. Je nachdem, was de Markt hergibt.«

»Und außerdem muss man sich noch einkaufen, dass man überhaupt bei Ihnen reinkommt, hab ich recht?«

Gepperts rechter Mundwinkel zuckte nervös. »Wer erzählt denn so was? Des gibt's bei mir nit. Ich verdien erscht, wenn der Künschtler verdient. Da bin ich seriös.«

»Keine Bewerbungsmaterialien, bei denen Sie Beratungs-Courtage verlangen?«

Einem Lippenflattern folgte ein zweideutiges: »Wenn jemand darum bittet, mach ich das dann scho au. Aber es isch nit obligatorisch, um bei mir im Stall zu sein.«

»Was ist denn obligatorisch?«

»Qualität und Zuverlässigkeit. Zwei Gwürztraminer«, rief er in den Pilz hinein.

»Und die Memories brachten das mit?«

»Qualität scho, da kann i nit meckern.« Geppert griff die beiden gefüllten Zehntelgläser und legte einen zerknitterten Fünfer auf die Theke. »Stimmt so.« Während er das eine Glas selbst nahm, reichte er Belledin das andere. Belledin wäre sich albern vorgekommen, hätte er nun mit der Floskel »Im Dienst« abgelehnt. Er griff das Glas, verzichtete aber auf das rituelle Zuprosten, sondern kostete direkt von dem Tropfen. Er war süffig. Belledin einen Tick zu ölig, wie Geppert.

»Wie ist das jetzt? Zwei tote Musiker aus Ihrem Stall innerhalb von zwei Tagen, mitten im Weinfest?«

»Gschäftlich oder persönlich?«

»Ich glaube, da brauchen wir uns beide doch nichts vorzumachen, oder?«

Geppert nippte am Wein, schnalzte mit der Zunge über den linken Eckzahn und rieb sich das kantige Kinn. »Ich leg drauf. Und zwar ordentlich.«

»Warum?«

»Weil ich de Vereine gegeüber verpflichtet bin, umgehend Ersatz zum vereinbarte Preis zu liefern. Und die Musiker, die jetzt einspringe, wisse natürlich au, was so e Sondereinsatz wert isch. Also leg ich drauf. Wenn ich mit 'ner schwarze Null rauskomm, kann ich froh sein.«

»Heldt hat sich ja selbst gekümmert, im Rennen zu bleiben. Aber was ist mit dem dicken Leo? Wer ersetzt den?«

»Genau des isch mein Problem. Aber ich hätt e ganz gute Notlösung ghabt. Nur de Ulli mach nit mit.«

»Und das wäre?«

»Ulli spielt bei der Feuerwehr, de Killian bleibt beim Tennis-Club. Aus einem Duo zwei Solisten mache, der Preis bleibt.«

Belledin dachte an Killian und unterdrückte ein Lachen. Wenn der wüsste, wie er hier als Material verrechnet wurde, würde ihm wohl das Mundstück austrocknen.

»Wie standen Sie zu Düster und Leo?«, fragte Belledin.

»Beides sehr gute Pferdchen. Ausm Düster hätt ma mehr raushole könne, aber der war ohne Ehrgeiz. Ich hab zweimal versucht, ihn vom Ulli wegzuhole und ihn als Solist aufzubaue. Des war e Kataschtroph.«

»Sie hätten die Memories geopfert für den Solisten Robert Düster? Und was wäre dann mit Ulli geworden?«

Geppert plusterte die Backen auf. »So Type wie de Ulli versaue dir nur de Stall. ‘s gibt kaum mehr Kunde, wo den afroge. Die Memories sind nur gebucht worde, weil alle uff de Robert abgfahre sin.« Er leerte das Glas und stellte es auf der Theke ab. »Aber der hät halt kei Mumm in de Knoche ghätt. Wär's des? Ich muss noch mei Runde mache. De Ulli isch nämlich nit de Einzige, wo im Rückstand isch.« Er rieb den goldbestückten Zeigefinger gegen den Daumen, das Geräusch von Papiergeld erklang dazwischen.

Belledin drehte das Zehntelglas in der Hand. »Sie bleiben aber in der Gegend.«

»Do brauche Sie kei Angscht habe. Solang ich noch nit abkassiert hab, verschwind ich nit.« Geppert stieß sich vom Pilz ab und tauchte in die Menge ein. Belledin hielt mit dem Drehen des Glases inne und stellte es ungeleert auf den Tresen zurück.

***

Dort vorne war sie, zum Greifen nah. Aber der Schwarm drängte Wagner zurück und riss sie von ihm fort. Klara Heldt, so wie sie auf dem Foto an Belledins Magnettafel mit Düster und Heldt abgelichtet klebte. Sie hatte sich wahrlich gut gehalten. Er hatte sie angestarrt, sie hatte durch ihn durchgesehen. Er hatte einen Moment gezögert. Er hätte zupacken sollen, dann hätte er sie gehabt. Jetzt hatte sie ihm gegenüber einen Vorsprung von etwa zehn Metern. Für das Gedränge auf dem Weinfest eine unendliche Distanz. Er könnte rufen: »Haltet die Frau fest. Sie ist vermutlich eine Mörderin!«, aber wer würde reagieren? Nur sie, und dann wäre sie gewarnt und würde ihre zehn Meter Vorsprung nutzen, um ihn abzuhängen. So konnte er versuchen, den Abstand zu verringern oder ihn zumindest halten. Wagner kämpfte. Und er schwitzte. Er bekam Durst. Großen Durst. Überall sah er Menschen mit Weingläsern und Flaschen in den Händen. Sein Durst wurde unerträglich. Aber er holte auf. Vielleicht nur zwei Meter, aber es war ein Anfang. Für Sekunden war Klara Heldt verschwunden, Wagner erschrak. Da tauchte sie wieder auf, nur noch fünf Meter vor ihm, und traf auf einen Mann, mit dem sie zu reden begann. Das bunte Jackett, das er trug, stach aus der Menge.

Wagner blieb stehen, er wollte nicht näher ran. Vielleicht war er Klaras Komplize? Hier konnte er sowieso nicht beide auf einmal festnehmen. Er wäre ihnen unterlegen. Außerdem käme er nicht vor und nicht zurück. Wohin sollte er sie abführen? Er zog sein Handy aus der Gürteltasche und wählte Belledins Nummer. Es klingelte dreimal. Wagner ging es zu lange, er war nervös. Endlich ging Belledin dran.

»Chef, ich habe Klara Heldt. Sie ist hier auf dem Weinfest, direkt vor der Angler-Klause. Keine fünf Meter von mir entfernt mit einem Mann. Ich brauche Verstärkung.«

Wagner kam sich lächerlich vor, als er das Handy wieder einsteckte. Warum schrie er jetzt um Unterstützung? Warum konnte er nicht auch die letzten fünf Meter noch allein schaffen und dem Nagel einen Kopf geben? Er haderte mit sich, dann entschloss er sich, zu handeln.

Und er hätte Klara Heldt und ihren Kumpanen auch am Kragen erwischt, wenn er nicht auf der entgegenkommenden Welle ein anderes Gesicht gesehen hätte: Das Madonnengesicht!

Wagner war sich sicher. Das war die Madonna der Merdinger Remigiuskirche! Er nestelte wieder an seiner Gürteltasche und zog das Handy hervor. Er klickte den Ordner mit den Fotos an und starrte das Bild an, das er von der Madonna geknipst hatte. Kein Zweifel, sie war es.

Die Zunge pappte ihm am Gaumen, er streckte seine Arme nach ihr aus wie Tantalos nach den unerreichbaren Früchten. Aber sie spülte vorbei und trieb flussabwärts. Wagner drehte sich nach ihr um. Er musste etwas tun, wollte er sie erwischen. Dann drehte er sich wieder in Klaras Richtung. Sie war verschwunden! Samt dem bunten Jackett! Ein Blick zurück: Auch das Madonnengesicht war fort!

Wagners Mund drohte auseinanderzufallen wie Backpapier, das bereits zehnfach verwendet worden war. Eine Frau nuckelte an einer Cola. Er riss sie ihr aus der Hand und flüsterte: »Wagner, Kriminalpolizei.« Dann leerte er die Dose in einem Zug. Er rülpste zweimal laut, kramte in seiner Hosentasche nach Kleingeld und streckte es der verdutzten Frau entgegen. »Danke«, sagte er und drehte sich einmal im Kreis, in der Hoffnung, den Moment zurückzuzwingen, der aus ihm beinahe einen Helden gemacht hätte. Zwei Frauen, zwei mögliche Täterinnen und ein Mann im bunten Jackett. Wer war dieser Mann?

***

»Nun fahr schon zu, du Depp. Da ist kein Parkplatz, siehst du das denn nicht? Herrgott, diese Touristen machen mich fertig. Dann lieber Nicaragua!«, schimpfte Bärbel hinter dem Steuer ihres Beetle.

Swintha verdrehte die Augen. Sie hatte sich die Sache anders vorgestellt. Dass Reto keine Lust auf das Weinfest hatte, nachdem er beinahe von Belledin verspeist worden war, konnte sie sich vorstellen. Obendrein machte ihn die Ballermann-Stimmung fertig, die aus manchen Höfen auf die Straße schwappte. Swintha hätte es wohl selbst auch kaum ertragen, aber sie hatte ein Projekt; und dieses Projekt machte den Rummel nicht nur erträglich, sondern geradezu spannend. Abgesehen davon, dass sie auch heimlich Fotos des toten Leo geschossen hatte, liebte sie es, sich an gefahrenumwitterten Orten aufzuhalten. Das musste sie wohl von ihrem Vater geerbt haben.

Ihre Mutter wiederum hasste gerade diesen Hang zum Abenteuer, wohl auch, weil sie gerade in Nicaragua schlechte Erfahrungen gemacht hatte. Zwar hatte Bärbel mal wieder maßlos übertrieben, was ihr so alles widerfahren sein sollte, aber die Desillusion nagte dennoch an ihr. Dabei hatte sie doch zu den Guten gehören wollen. Aber wer aus Europa kam, war nun mal ein Reicher, da konnte er noch so lange sozialistische Gesinnungen bekunden.

Swintha schielte vom Beifahrersitz zu Bärbel hinüber, die sich noch immer über die Einparkversuche eines Wagens mit ostdeutschem Kennzeichen ärgerte.

»G, was ist das? Gabi? So siehst du auch aus. Mensch, da passt du nie rein! Ich krieg die Krise. Wären wir besser mit dem Fahrrad gefahren. Hier finden wir nie einen Parkplatz. Guck dir den an. Der parkt für zwei. Wo kommt der her? Klar, Emmendingen. Mensch, Gabi, lass mich endlich vorbei, damit ich wenigstens noch zur Weihnachtsfeier komm!«

»Ich kann ja schon mal aussteigen, während du einen Parkplatz suchst«, versuchte Swintha sich wegzuschleichen.

»Das würde dir wohl so passen, was? Nee, nee, du bleibst schön bei mir. Ich lass dich heute nicht aus den Augen.«

»Mensch, Mama, mach doch nicht so ein Fass auf.«

»Was mach ich? Ich mach ein Fass auf? Da wurden zwei Menschen umgebracht, du hast einen zuvor noch fotografiert. Vielleicht denkt der Mörder, du hättest ihn gesehen, vielleicht ist er sogar auch mit auf dem Foto drauf? Dein Freund stand kurzfristig unter Mordverdacht, die Kuh da vorne hat den Führerschein mit dem Mauerfall gewonnen, und du sagst, ich würde ein Fass aufmachen!«

»Mama! Sie kann nichts dafür, dass sie aus dem Osten kommt.«

»Sie kann aber was dafür, wie sie Auto fährt. Die ist doch jetzt schon besoffen. Wie soll die da erst wieder ausparken?«

Swintha kurbelte das Fenster runter und atmete tief ein und aus. Mit Bärbel war man ständig im Disput. Für normale Menschen kaum zu ertragen. Man merkte ihr an, dass ihr die Schule fehlte. Aber ihr Sabbatical-Jahr war bald um, ab September würde sie sich wieder mit ihren Schülern fetzen können. Ein Wunder, dass sie mit ihrer Streitlust keinen neuen Putsch in Nicaragua ausgelöst hatte. Dafür hatten sie ihr aber alles geklaut, was sie bei sich gehabt hatte. Und es waren genau diejenigen gewesen, von denen Bärbel gedacht hatte, sie hätten Ideale und nur die Umstände hätten sie zu dem gemacht gehabt, was sie waren.

Trotzdem war es nicht richtig, dass die arme Autofahrerin aus Gera nun allen Frust von Bärbel abbekam. Aber sie stellte sich auch wirklich zu blöde an.

Bärbel riss das Steuer nach links und hupte laut. Das entgegenkommende Fahrzeug musste scharf bremsen, die einparkende Autofahrerin aus Gera erschrak, drückte dabei zu stark aufs Gaspedal und zertrümmerte mit ihrem Blech die Rücklichter eines Citroën.

Bärbel sah es im Rückspiegel und lachte schadenfroh. Swintha musste ebenfalls lachen. Bärbel streckte Swintha die Handfläche entgegen.

»High Five!«, rief sie dabei. Swintha klatschte ab, schüttelte dennoch den Kopf.

»Hier finden wir keinen Parkplatz. Wir fahren ein Stück in die Reben und gehen dann zu Fuß.«

Bärbel fuhr zu schnell, das tat sie immer. Es war der innere Druck, der im Durchstrecken des Fußes seinen Ausdruck fand. Es glich einem Wunder, dass sie noch keinen schwereren Unfall gehabt hatte. Vor allem in der kurvenreichen Gegend des Kaiserstuhls, wo hinter jeder Biegung ein Traktor lauern konnte. Aber sie war hier aufgewachsen. So entschlossen sie aufs Gaspedal drücken konnte, so flink war sie auf der Bremse, wenn es sein musste.

Jetzt musste es sein. Die Reifen quietschten, und es roch nach verbranntem Gummi. Im Scheinwerferlicht des Beetle tauchte aus dem Nichts eine Gestalt auf und taumelte auf die Kühlerhaube.

Swintha war sich sicher, dass Bärbel ihn nicht angefahren hatte. Aber er lag jetzt auf ihrem Auto, und Bärbel konnte nicht vor und nicht zurück.

»Saufkopf!«, schrie sie aus dem Fenster. »Kotz mir ja nicht aufs Auto, sonst kannst du was erleben!«

Der Mann auf dem Beetle rührte sich nicht.

Bärbel stieg aus und packte den Kerl am Arm. »He, aufwachen. Mein Käfer ist kein Wohnmobil! Penn deinen Rausch irgendwo anders aus!«

Aber der Mann wachte nicht mehr auf. Er blutete aus dem Kopf und stierte leblos in den Sternenhimmel.

***

»Harald Geppert, vierundfünfzig Jahre alt, kommt aus Achkarren«, meldete Wagner. Er erkannte den Mann wieder. Es war Geppert gewesen, den Klara Heldt keine fünf Meter von ihm entfernt auf dem Fest getroffen hatte. Das bunte Jackett war jetzt um einige Rottupfer reicher. Er hätte Gepperts Tod verhindern können, aber das Madonnengesicht hatte es nicht zugelassen.

Belledin presste die Lippen zusammen und nickte. Er hatte einen Verdächtigen weniger, dafür eine Leiche mehr. Die blutende Wunde in Gepperts Schädel stammte von einer zerdepperten Weinflasche, das hätte Belledin auch ohne Hilfe des Arztes feststellen können. Eine große Scherbe steckte ihm noch in der Schläfe.

»Nadeleinstich?«, fragte Belledin den Arzt.

»Kann ich in der Dunkelheit schwer feststellen. Bis morgen früh kriegen Sie alles, einverstanden?«

»Chef. Ich muss Ihnen was sagen«, murmelte Wagner. Er bekam kaum die Lippen auseinander, wie ein Schüler, der Angst hatte, die Lösung einer Mathematikaufgabe auszusprechen, obwohl er wusste, dass sie richtig war.

»Bin ganz Ohr«, sagte Belledin wie ein Mathematiklehrer, der nur darauf wartete, dass sein Fünfer-Schüler wieder Bockmist verzapfte.

»Geppert war der Mann, mit dem ich Klara Heldt vor der Angler-Klause gesehen habe.«

»Nicht schlecht, Wagner, nicht schlecht. Das bringt uns weiter. Wenn wir Klara Heldt jetzt auch noch geschnappt hätten, wären wir womöglich aber schon am Ziel.«

Die Spitze saß. Wagner hatte sie erwartet und konnte sie erdulden. Er hätte zu seiner Verteidigung das Madonnengesicht erwähnen können. Aber das war seine eigene Spur. Er hatte sie alleine gefunden und wollte sie alleine verfolgen. Belledin würde ihm ohnehin nicht glauben.

»Wir schwärmen aus. Nur in Zivil. Klara Heldt war auf dem Fest. Vielleicht ist sie es noch immer. Und wer weiß, vielleicht reicht ihr mittlerweile ein Toter pro Tag nicht mehr?«

Bislang waren es nur Männer gewesen, die sich die Mörderin herausgepickt hatte. Und alle hatten sie mit der Entertainerszene zu tun, dem Symbol der feuchten Fröhlichkeit. War es Klaras Ritt gegen den Sittenverfall? Warum Kaliumchlorid? Warum kein anderes Gift? Und warum die Weinflasche?

Belledin wandte sich an Bärbel und Swintha, die sich beide an glimmenden Zigaretten festhielten.

»Kein schöner Anblick, so ein Toter. Die Leute denken, man würde sich daran gewöhnen und abhärten, aber das ist nicht der Fall. Jede neue Leiche ist ein neuer Schock«, sagte er, und es klang nicht sehr teilnahmsvoll.

»Du siehst auch schon den zweiten Toten innerhalb von zwei Tagen. Ist das nicht seltsam?«, sagte Belledin zu Swintha.

»Was willst du damit sagen?«, warf sich Bärbel dazwischen.

»Nichts. Ich will nichts sagen. Ich frage nur, ob es nicht ein seltsames Gefühl ist, wenn man innerhalb von zwei Tagen zwei Leichen sieht, das ist alles.«

»Ja, es ist seltsam. Und es macht mir Angst«, antwortete Swintha ehrlich, und man konnte ihr ansehen, wie der Schauer sie überkam. Den Tod des dicken Leo hatte sie sich noch gar nicht richtig bewusst machen können; zu sehr war sie innerlich damit beschäftigt gewesen, wie es um Retos Unschuld stand. Jetzt aber nahm sie wahr, dass sie schon wieder einen Toten vor sich hatte, und es fröstelte sie.

»Ich frage mich, ob es Zufall ist, dass man dem Tod in so kurzer Zeit wiederholt begegnet.«

»Noch ein Wort, und ich rufe meinen Anwalt! So nicht, Belledin! So nicht!«, brauste Bärbel auf.

»Oh nein, so war das nicht gemeint. Ich meinte das auf einer anderen Ebene. Meine Frau hat auch eine Leiche gesehen, vor drei Tagen. Es war die erste der drei, sie hat sie entdeckt. Sie ist so geschockt davon, dass ich mir ernsthaft Sorgen um sie mache. Ich begegne fast täglich Toten, sie hingegen in fast fünfundzwanzig Jahren, in denen sie mit mir verheiratet ist, erst einem einzigen …«

Bärbel blieb wachsam.

»Ich frage mich, wie es einem Menschen ergehen muss, der über zwanzig Jahre lang täglich Massengräber fotografiert hat und plötzlich ohne Leichen aufwacht«, fuhr Belledin fort. »Fehlen sie ihm am Ende vielleicht nicht sogar?«

»Frag Killian selbst und lass Swintha damit in Ruhe. Was soll das?«, fauchte Bärbel.

»Entschuldigt, es war nur so ein Gedanke. Nicht als Angriff gedacht. Ich frage mich wohl nur selbst, was mein eigenes Leben ohne Leichenalltag wäre?« Belledin verzog die Lippen zu einem unsicheren Lächeln und sammelte sich wieder. »Wie geht es deinem Freund? Warum ist er nicht hier? Das ist nicht gut. Ich hoffe, er hat für die Tatzeit ein Alibi. Für mich ist er nämlich noch nicht aus der Sache draußen.«

Er ließ Bärbel und Swintha stehen und wandte sich im Vorbeigehen an Wagner: »Nimm du die Aussagen der beiden Zeuginnen auf. Und geh dann bei den Lola Sisters vorbei. Ich möchte wissen, wie sie auf Gepperts Tod reagieren. Ich kümmere mich um Ulli Heldt.«

***

Killian störte es nicht, dass Ulli so viele Pausen einlegte. Im Grunde war es ihm sogar lieber, dann musste er weniger Polka dudeln. Auch wenn sich Ulli Mühe gab, mit ihm über einfache Jazz-Standards zusammenzukommen, so fand ihr Zusammenspiel doch häufig auf dem kleinsten gemeinsamen Nenner statt. Und für einen ganzen Abend war das Killian zu wenig. Jetzt genoss er es, mit »Bye Bye Blackbird« von Ray Henderson einen leichten Südstaaten-Touch in die Tennis-Klause zu zaubern, um dann von der eingängigen Melodie aus ein paar eigenständige Phrasen zu improvisieren. Nicht zu gewagt, er war sich noch immer bewusst, wo er aufspielte. Er würde im tonalen harmonischen Bereich bleiben und dabei den Kontakt zum Publikum halten; so hatte er es sich jedenfalls vorgenommen, und es schien zu funktionieren.

Killian schwang von der Improvisation wieder auf das Grundgerüst des Arrangements und öffnete für den warmen Applaus, der ihm aus der Zuhörerschaft entgegenschwang, für einen Moment die Augen. Sein Blick fiel dabei auf Isabella, die an einen Pfosten gelehnt in der Nähe der Bühne stand und an einem Viertel Roten nippte.

Killian verschluckte beinahe das Mundstück der Klarinette. Aber er fing sich und brachte das Stück zum Finale. Dann stotterte er unbeholfen ins Mikrofon, das über Ullis Piano installiert war: »Zehn Minuten Pause.« Den Applaus ignorierte er, er hatte nur Augen für Isabella und kämpfte sich durch die Menge, die nun den Ausschank stürmte, um sich für die nächste Musikrunde zu wappnen.

Killian war sich unsicher, was Isabella davon hielt, dass er hier zur Unterhaltung aufspielte. Erst jetzt, da er sie in ihrem sonnenblumengelben engen Seidenkleid sah, fiel ihm auf, dass er noch immer in der Kluft ihres verstorbenen Mannes herumlief.

»Wenn ich das gewusst hätte –«, fing sie an.

»Hättest du mich in der Wassergrube liegen lassen«, unterbrach er sie.

»Hätte ich dir einen Anzug gegeben«, lächelte sie und küsste ihn sanft auf den Mund.

Killian wusste nicht, wie er sich verhalten sollte. Der Kuss von Isabella war so ungeniert, vor allen Leuten, offiziell. In einem Dorf, in dem die Leute beinahe schon kollektiv auf der Suche nach einem gescheiten Mann für die emsige Bäuerin waren, bekam ein solches Lippenbekenntnis direkt symbolische Kraft. Ihm schien es, als stünde er vor dem Traualtar und hätte mit dem Kuss sein Jawort besiegelt. Er wartete ängstlich, ob die Umstehenden gleich Reis werfen und »Das Brautpaar lebe hoch! Es lebe hoch!« skandieren würden. Aber es geschah nichts. Niemand nahm Notiz von den beiden Frischverliebten. Die massige Öffentlichkeit des Weinfestes versprach und hielt Anonymität.

Ebenso gut konnte man hier jemanden töten, keinem würde der Täter auffallen. Aber das Morden wollte Killian im Moment anderen überlassen und auch die Jagd nach den Mördern. Er wollte nur küssen, und zwar Isabella, seinen Sommerschwarm von einst.

Jemand tippte ihm auf die Schulter und unterbrach die Zärtlichkeit. Es war Ulli. Er sah elend aus.

»Ich muss mit dir rede. Häsch ä Augeblick Zeit?«

Hätte Killian seinem ersten Impuls gehorcht, hätte er Isabella an der Hand genommen und wäre mit ihr in die warme Sternennacht entschwunden. Aber Ullis jämmerlicher Anblick hielt ihn zurück. Er nickte, wandte sich dann an Isabella: »Sehen wir uns später?«

»Spätestens wenn du die Kleider zurückbringst«, lächelte sie. Er drückte ihr noch hastig einen Kuss auf die Lippen und wartete, dass sie ging. Aber sie blieb eingefroren stehen und starrte in Ullis Gesicht. Ulli erwiderte den Blick in derselben Starre, ohne ein

Wort zu sagen. Dann packte er Killian am Handgelenk und zog ihn mit sich fort, bis sie hinter dem Bühnenpodest außer Reichweite fremder Ohren waren.

»Es gibt scho wieder ä Tote«, brach es aus Ulli heraus.

»Wieder ein Musiker?«

»Alles andere als des. Ein Arschloch vor dem Herrn, ein Drecksack, einer, wo's verdient hätt. Wenn's einer verdient hätt, dann der. Am meischte ärgert's mich, dass ich's nit war, wo ihm de Schädel eigschlage hät.«

Ulli schüttelte den Kopf, als wolle er sein Hirn in die rechte Denklage manövrieren. Dann rieb er sich mit Daumenkuppe und Mittelfingerspitze die Nasenwurzeln und blickte Killian mit einem tiefen Seufzer an.

»Des Blöde isch nur: Alle werde denke, dass ich's gwese bin. Und ich hab noch nit emol ä Alibi. Es sei denn, du sagsch, ich hätt de ganze Abend mit dir gschpielt …«

Killian glaubte, sich verhört zu haben. Bettelte Ulli ihn da eben um ein falsches Alibi an? So gut und innig kannten sie sich nun doch nicht. Killian musste scharf nachdenken, wem er überhaupt ein falsches Alibi gäbe. Swintha bestimmt, Bärbel vielleicht – und Moshe, ja, Moshe, dem würde er es geben.

Aber Ulli Heldt? Nur weil sie mal zwei Takte miteinander musiziert hatten? Nie im Leben.

Ulli schien seine Gedanken zu erraten und lächelte freudlos. »Ich hab nit damit grechnet. Aber ä Versuch war's wert. Kumm, die Leut wolle unterhalte werde. Wenigschtens so lang, bis de Belledin uffkreuzt. Bin gschpannt, wie lang er brucht, bis er do isch. Heut kummsch kaum durch.«

Er schwieg einen Moment, dann sagte er: »Hab gar nit gwusst, dass du Isabella kennsch.«

»Jugendliebe. Alte Erinnerungen«, antwortete Killian knapp.

»Memories«, lächelte Ulli zynisch, sprang auf das Podest, drückte sich hinter das Piano und rotzte ins Mikro: »Memories, das Leben ist so süß, wer macht die Welt zum Paradies, die –«

»Me-mo-ries«, stimmte das Publikum mit ein.

***

Es war schlichter Wahnsinn. Vier Uniformierte, Wagner und Belledin steckten fest. Mittendrin im Strom der Weinfestpilger. Belledin hätte nie gedacht, dass er den Andrang einmal so verfluchen würde. Als Kommunalpolitiker der Liberalen hatte er stets dafür plädiert, die Weinfeste mehr zu bewerben, um den Umsatz zu steigern. Der Kaiserstuhl war eine Marke und die Weinfeste ihr Präsentationsteller.

Es war nichts zu machen. Es ging nicht vor, nicht zurück. Belledin dachte kurz daran, seine Walther zu zücken und in die Luft zu ballern. Aber was würde das nutzen? Wenn, müsste er schon ein paar Leute niedermähen. Er lachte laut auf bei dem Gedanken. Es war ein Schurkenlachen, das er sich aus alten Gangsterfilmen abgeguckt hatte. Wäre er so wahnsinnig? Warum nicht? Aber er konnte sich beherrschen. Bis zu einem gewissen Grad würde er auch gehen können, aber es ab Grenzen. Gesetze. Und er hatte sich für das Gesetz entschieden. Und somit waren all diejenigen seine Gegner, die das Gesetz nicht achteten. Er kannte die Grenzen. Die Mörderin, die ihm seit drei Tagen das Leben schwermachte, kannte sie offenbar nicht. Oder sie waren es ihr nicht wert, geachtet zu werden. Und alles sprach nun dafür, dass Klara Heldt diese Grenzgängerin war. Aber auch Ulli hatte durchaus ein Motiv. Er schuldete Geppert einen Batzen Geld. Belledin selbst hatte Ulli gesehen, wie er sich vor Geppert hinter dem Piano verkrochen hatte, als der mit ihm reden wollte. Anschließend hatte er Geppert interviewt, dann hatte ihn Wagner mit Klara gesehen, kurz darauf war Geppert tot gewesen. Vielleicht waren die Heldts gar nicht so ein geschiedenes Paar, wie es den Anschein hatte. Vielleicht arbeiteten sie sogar zusammen? Mal tötete der eine, mal die andere. Immer auf dieselbe Art. Dadurch entstand der Eindruck, dass es auch derselbe Täter sein musste. So konnte man sich mit den Alibis abwechseln und entkam dadurch dem Serientäterprofil. Ob Klara ein Alibi für eine der Tatzeiten hatte, wusste Belledin nicht. Er hatte sie noch nicht befragt, noch nicht einmal festgenommen. Für die Tat brauchte man nicht viel Zeit. Das Kaliumchlorid führte laut Dr. Selinger bereits nach zwei bis acht Minuten zum Herzstillstand. Je nach Dosis und Konstitution des Opfers. Man konnte also rasch einem eine Flasche über den Schädel ziehen, das Gift injizieren und wieder verschwinden. Ein Gang aufs Klo dauerte nicht länger.

Es war Zufall gewesen, aber die Spurensicherer wollten sicher sein, dass die Fußabdrücke im Löß von Gepperts Schuhen stammten. Deswegen hatten sie einen Schuh abgezogen und in den Abdruck am Wegrand eingepasst. Dabei waren Schuldscheine aus dem Schuh gefallen. Neben Ulli fanden sich auch die Lola Sisters unter den Schuldnern. Die drallen Musikantinnen waren mit einer fünfstelligen Zahl verbucht. Kein Wunder, dass sie so über Geppert hergezogen hatten. Robert Düster und der dicke Leo befanden sich allerdings nicht darauf. Anscheinend konnten die mit ihrem Geld haushalten. Dafür war es mit ihrem Leben schneller zu Ende gegangen. Davon hatte Ulli immerhin noch reichlich.

Belledin war gespannt, ob die Medizinstudentin Heldt auch diesmal ein Alibi geben konnte. Wenn sie es tat, hinge sie mit drin. Denn Ulli Heldt war von zwei glaubwürdigen Zeugen gesehen worden, wie er sich mit Geppert gestritten hatte.

Je mehr sich Belledin die Lösung des Falles zusammensetzte, umso ungeduldiger wurde er, dass es noch immer nicht voranging. Jedenfalls schien es ihm so. Es war, wie wenn man heimlich auf den Minutenzeiger von Mutters Armbanduhr starrte, während man hoffte, dass die Messe gleich vorbei war.

Tatsächlich hatten sie sich bereits bis zum Stand des Hausfrauenbundes vorgekämpft. Belledin sah Erna, wie sie Waffeln verkaufte, sie sah noch immer gut aus. Sechzig war sie bestimmt auch schon. Aber die Arbeit auf dem Feld hatte sie wohl jung gehalten. Wenn man Freude hatte, hielt einen jede Arbeit jung. Er wusste gerade nicht, ob er sich selbst jung fühlte. So machte ihm die Arbeit jedenfalls keinen Spaß. Es ging einfach nicht voran. Belledin staunte über die Schönheit im gelbseidenen Kleid, die neben Erna stand. Er traute seinen Augen nicht, als er erkannte, dass es Isabella Stein war. Seit dem Tod ihres Mannes hatte er sie nicht mehr auf öffentlichen Festen gesehen; und es war nun immerhin schon zehn Jahre her, dass Holger Meier von einem Herzinfarkt vom Traktor gepflückt worden war. Hätte niemand gedacht, dass es diesen Sportsmann so früh erwischen würde. Er rauchte nicht, trank nicht, aß nur Bio-Kost, galt schlichtweg als Vorzeigegesundling, dem jeder Arzt blind hundert Jahre Lebenserwartung attestiert hätte.

Als es ihn dann aber doch aus heiterem Himmel erwischt hatte, hörte man einige Kerle um den Supermann herum aufatmen. Idole mochte man gerne auf Hochglanzwerbung, nicht aber wenn sie neben einem lebten. Man fühlte sich dann so elend und mickrig. Außerdem hatte man durch Meiers Tod wieder einen Beleg dafür, dass die eigene Lebensführung so schlecht nicht sein konnte, denn im Gegensatz zu dem Vorzeigegesunden lebte man noch.

Isabella war auch so eine Vorzeigegesunde. Und sie war schön, noch immer. Und sie schien nicht zu altern, wie Erna. Vermutlich genetisch bedingt, beruhigte sich Belledin. Er seufzte. An Isabella war er nie rangekommen. Er erinnerte sich, dass Killian mal einen Sommer lang versucht hatte, sie flachzulegen, aber ebenfalls passen musste. Man erzählte sich, dass der alte Stein ihn mit einer Schrotflinte aus Isabellas Zimmer gejagt hatte. Ob es wahr war, wen interessierte es schon? Hauptsache, Killian war ebenfalls gescheitert. Noch so ein Vorzeigegesunder. Immerhin war er nicht klar im Kopf. Hatte ganz schön eins abgekriegt von den Kriegen. Auch wenn es äußerlich nicht den Anschein hatte, aber seine Augen, die all den Schrecken gesehen hatten, verrieten ihn.

Belledin verrenkte sich den Hals. Es ging nun doch schneller voran, als er dachte. Jetzt hätte er sich eine Verzögerung durchaus gewünscht. Isabellas Anblick war ein Gemälde, und selbst Belledin reduzierte sie nicht auf Strapse, sondern ließ sie angezogen in ihrem gelben Seidenkleid. Hier wurde nicht der Mann in ihm aktiviert, sondern der jugendliche Schwärmer, der noch an die Traumfrau glaubte.

Jetzt wurde ihm der Hals steif, und er musste sich wieder nach vorne wenden. Dort war sein Ziel, in der Tennis-Klause. Falls Ulli Heldt nicht schon längst geflohen war.

***

Für einen Moment hatte Ulli daran gedacht, abzuhauen. Aber es hätte einem Geständnis geglichen, und er war unschuldig. Er hatte Geppert nicht getötet, auch wenn er es gerne getan hätte. Aber zu viele hatten den Streit mitbekommen. Seine Stimme war auch ohne Mikrofon laut und deutlich; und das, womit er Geppert in seiner Wut gedroht hatte, war unmissverständlich gewesen. Aber wer hatte noch nie im Leben einem anderen Menschen aus dem Affekt heraus gedroht, dass er ihn umbringen würde?

Wie oft hatte er Robert umbringen wollen und es dennoch nie getan. Auch wenn er wusste, dass Belledin nun alles daransetzen würde, ihm diesen Mord in die Schuhe zu schieben. Aber für den an Robert hatte er ein Alibi: Manuela.

Manuela! Genau! Sie könnte ihm auch diesmal ein Alibi verschaffen. Sie würde es tun. Immerhin waren sie erst gestern zusammen in der Kiste gewesen. Aber was zählte das? Für sie war es dasselbe, was es für Ulli sonst auch immer gewesen war. Ein unverbindliches Entladen angestauter Triebe, vielleicht die Sehnsucht nach etwas Wärme für einen Augenblick, mehr aber auch nicht.

Nein, er konnte sie nicht bitten. Dadurch machte er sich nur verdächtig. Vielleicht würde sie sich dann auch fragen, ob er an dem Abend, als Robert getötet wurde, tatsächlich die ganze Zeit über in der Tennis-Klause gewesen war. Und wenn sie damit dann zu Belledin rannte, hätte er alle Glaubwürdigkeit verloren.

Wieso war er nur davongelaufen, als er Geppert hinter dem Bauwagen der Autoscooteranlage hatte hervorkommen sehen? Wäre er nur zu ihm hingegangen. Er hätte ihm vielleicht noch helfen können. Aber der blutüberströmte Schädel hatte ihm Angst gemacht. Er mochte kein Blut, ebenso wenig wie er Flugzeuge und Schiffe mochte. Aber einen Arzt hätte er wenigstens verständigen können, das musste er sich vorwerfen. Erst hatte er sogar daran gedacht. Aber dann hatte er gesehen, wie orientierungslos Geppert torkelte und sich vom Rummel in die Felder bewegte, und geahnt, dass mit ihm auch seine Schulden im Dunkel verschwinden würden. Vielleicht würden sie ja nicht mehr zurückkommen? Dann wäre er frei. Der Letzte seiner Gläubiger wäre tot.

Es war absurd. Sowohl bei Robert als auch bei dem dicken Leo war er in der Kreide gestanden. Und beide waren nicht mehr am Leben. Mit Geppert nun schon der dritte. Er würde unweigerlich im Verdacht stehen, alle drei deswegen umgebracht zu haben. Vor allem nach dem kleinen Ringkampf, den er sich mit Geppert vor der Schießbude geliefert hatte. Er hatte ihm die Schuldscheine aus dem Frack prügeln wollen, nachdem Geppert ihm den Aufschub verweigert hatte. Was Besseres war ihm nicht mehr eingefallen. Er wollte Geppert nur einschüchtern, dabei hatte er ihn noch nicht einmal richtig getroffen. Ein Kinnhaken, mehr nicht. Davon starb keiner. Aber der blutige Schädel und der panische Blick, mit dem er Geppert wenige Minuten später hinter den Autoscootern gesehen hatte, erinnerte ihn an die Beschreibung der beiden anderen Toten.

Wollte ihm jemand die Morde unterschieben? Aber warum? Wer hatte eine Rechnung mit ihm offen? Fieberhaft begann er nachzudenken, wem er möglicherweise noch Geld schuldete.

Seine Finger glitten über die Tasten des Pianos. Er wunderte sich selbst, mit welcher Leichtigkeit die Töne in gewohnter Reihenfolge aus den Verstärkern tröpfelten. Und es kotzte ihn mit einem Mal an, wie routiniert und teilnahmslos er all die Schnulzen und Schlager abspulte. Jedes Lied, das er so spielte, schien ihm nun Zeitverschwendung. Und wenn er zurückblickte, hatte es Tausende solcher Abende gegeben, an denen er auf diese Weise seine Zeit vergeudet hatte. Warum nur? Aus Angst, der Moment könnte die entscheidende Frage stellen, wenn man sich mit ihm befasste?

»Hast im Himmel viel Englein bei dir. Schick doch einen, nur einen davon zu mir …«, dröhnte Ulli plötzlich zusammenhanglos.

Killian horchte auf und unterbrach sein Klarinettenspiel. Die ganze Tennis-Klause war mit einem Mal verstummt und starrte gebannt auf Ulli. Die Urkraft, die plötzlich aus seiner Kehle brach, hatte das Publikum aus den bunten Trillern der Scheinwelt in undurchsichtiges Gefilde geschleudert. Unsicherheit machte sich breit.

Und in diesen Moment der Stille polterte ein anderer Bass vom Eingang des Zeltes:

»Ulli Heldt, ich verhafte Sie wegen Verdachts auf Mord in drei Fällen.«

Niemand wagte es, einen Mucks zu machen. Selbst der Wein schien für Sekunden als Strahl zwischen Flaschenhals und Glas zu erstarren.

Dann sabberte ein Betrunkener: »Mir gehen noch lang nit heim, mir hän noch Geld im Sack, mir gehen noch lang nit heim, mir hän noch Geld im Sack ...«

Aber der einsame Rufer genügte nicht, um die Stimmung wieder aufleben zu lassen.

»Spiel was. Bitte«, raunte Ulli Killian zu.

Und Killian setzte an und spielte. Jetzt war egal, was er trällerte. Die Leute würden es nur als Hintergrundgedudel registrieren. Zu groß war die Neugierde, mit der das Publikum den Uniformierten und Belledin nachsahen, die den niedergeschlagenen Stimmungsmacher der Memories abführten. Sie steckten die Köpfe zusammen und tuschelten. Einer wollte wissen, dass er in Ulli schon immer einen Ganoven gesehen habe, eine andere war einfach nur fassungslos, ein Dritter brüllte endlich »Stimmung!« und kicherte verloren in die Meute hinein.

Killian dudelte weiter. Er kam sich vor wie ein Moritatenerzähler. Irgendwie war er in den Fall verwickelt, aber tatsächlich hatte er nichts damit zu schaffen. Erst sollte er für den toten Robert einspringen, dann stand Swinthas Freund unter Tatverdacht, und nun war es Ulli, der des Mordes an drei Menschen bezichtigt wurde. Und Killian saß da, blies in seine Klarinette und begleitete die Geschichte mehr, als dass er sie erlebte.

Und dennoch saß er mitten drin in einer Reihe Verbrechen. So wie er immer mittendrin saß. Er konnte fliehen, wohin er wollte, um ihn herum starben die Menschen. Im Krieg waren es Soldaten gewesen, hier, an der Front der feuchten Fröhlichkeit, rodete jemand die Armee der Stimmungskanonen. Und war er jetzt nicht auch einer von ihnen? Gehörte er nicht mit dazu? Oder war er wieder nur Beobachter? Er konnte durchaus der Nächste sein, den es erwischte. Es sei denn, Ulli war der Täter, dann wäre der Fall erledigt.

Aber Killian glaubte nicht daran, dass Ulli es war, der seine Kollegen mordete. Ihm stand selbst zu viel Angst ins Gesicht geschrieben, das nächste Opfer zu sein. Irgendwer ging noch um, irgendwer war noch nicht an seinem Ziel. Killian hatte keinen Beweis dafür, aber ein Gefühl. So wie er wusste, dass ein Lied erst zu Ende war, wenn es zu Ende war, so ahnte er, dass der wahre Täter noch nicht in Ketten lag.

Er hatte den Fall diesmal Belledin überlassen wollen, aber daraus würde wohl nichts werden. Er zog den Tod an, er würde ihm bald begegnen.

ZEHN

Belledin hätte glücklich sein können. Aber er war es nicht. Alles schien ihm zu einfach. Hatte er zu Anfang noch den Wunsch gehabt, den Fall möglichst schnell zu den Akten zu verfrachten, war ihm jetzt nach einer lückenlosen Beweisführung. Er wollte nichts erzwingen, sondern die Wahrheit sollte sich logisch vor ihm aufblättern. Deshalb hatte er auch Wagner den Vortritt gelassen, Ulli Heldt zu vernehmen. Wenn Heldt gestehen sollte, auch gut, aber Belledin wollte nicht wie bei dem Schweizer das Geständnis erzwingen. Ulli war badisches Urgestein. Wenn er die drei Leben ausgelöscht haben sollte, würde er triftige Gründe dafür haben, die tiefer gingen als bloße Habgier. Ein Urbadener dachte stets vorausschauend.

Aber wenn Ulli Heldt der Mörder wäre, dann hätte er sich bei Geppert nicht so dumm angestellt. Warum sollte er sich mit ihm auf dem Rummel prügeln, wenn er ihn anschließend mit derselben Methode tötete wie die anderen beiden zuvor? Er hätte einen ruhigen Moment abwarten und dann zuschlagen können. Stimmig war das nicht, aber wer wurde schon schlau aus Mördern? Vielleicht war es auch eine Taktik, um gerade diesen Gedankengang zu provozieren?

Belledin saß vor der Magnettafel im Büro und ließ seinen Blick immer wieder über die einzelnen Punkte wandern.

»KCL«, murmelte er, »warum Kaliumchlorid? Weil es einfach und schnell zur Hand ist? Oder hat es tiefere Bedeutung?« Er sinnierte stumm weiter. Weinflasche auf Kopf, Todesursache Herzstillstand. Kopf und Herz, Herz reimte sich auf Schmerz. Über zwei Drittel der Lieder, die Ulli und die Toten der Gilde trällerten, überstrapazierten diese Vokabeln in ihren Texten. Damit kam Belledin nicht weiter. Aber vielleicht war der Mörder tatsächlich jemand, der diese verlogenen Texte nicht ertragen konnte? Aber wer log nicht? Da müsste man viele umbringen.

»Herrgott!«, stieß er wütend aus und schlug mit der Faust auf den Schreibtisch, dass die Lampe flackerte.

Er erinnerte sich, dass er Killian hatte um Hilfe bitten wollen, bevor der Mord an Geppert passiert war und sie Ulli verhaftet hatten. Wenn Ulli der Falsche war, dann wäre der Mörder noch unterwegs, und dann würde er wieder zuschlagen. Wieder in der Szene. Und deshalb war er gezwungen, zu handeln.

Er kam nicht drum herum. Wenn er einen seiner Leute so kurzfristig einschleusen würde, würde es auffallen.

Er scrollte durch das Adressbuch seines Handys und wählte Killians Nummer an.

***

Killian hatte genug gespielt. Zwar war die Tennis-Klause noch immer gut gefüllt, aber ihm reichte es. Jetzt, da Ulli verhaftet war, machte es für ihn keinen Sinn mehr, Hilpert den Gefallen weiterhin zu tun. Zum Abschluss war er noch mal in die Vollen gegangen und hatte kräftig improvisiert. Nicht alle waren damit glücklich gewesen, aber der Pulk, der übrig geblieben war, applaudierte anerkennend, als Killian seine Klarinette einpackte.

Auch Manuela hatte Blicke der Anerkennung für Killian übrig, die weit über die musikalische Begeisterung hinausgingen. Sie brachte ihm ein Glas Spätburgunder und stieß mit ihm an. Dann setzte sie, ohne den ersten Schluck abzuwarten, ihre vollen Lippen auf seinen Mund und drückte ihm einen Kuss auf, der keine Widerrede duldete. Killian war derart überrascht von der Attacke, dass es ihm nicht in den Sinn kam, sich zu wehren. Erst als Manuelas Finger unter sein Baumwollhemd glitten und seine Brust kraulten, gelang es ihm, sich von ihrem Saugnapf zu befreien und nach Luft zu schnappen. Dabei fiel sein Blick auf eine Frau im gelben Seidenkleid, die im Eingang der Klause stand und wie gelähmt zu ihm starrte.

Killian gelang es nur mit Mühe, sich aus Manuelas Ringergriff zu befreien. Dabei stolperte er über das Kabel von Ullis Piano und strauchelte. Als er sich wieder aufgerappelt hatte und zu der Stelle sah, an der er Isabella vermutete, war sie verschwunden.

Hastig schnappte er seinen Klarinettenkoffer und eilte davon in der Hoffnung, Isabella noch zu erwischen.

»Arschloch!«, hörte er hinter sich die geschmähte Manuela fluchen. Dann war er aus der Klause verschwunden.

Er hätte es sich denken können, dass er Isabella im Menschenstrom nicht sofort wiederfinden würde. Wieso hatte das geschehen müssen? Er war verliebt, seit Langem schlug sein Herz wieder aufgeregt für eine Frau. Er hatte nicht gedacht, dass er nach Rohinas Tod überhaupt wieder ein Gefühl in Richtung Verliebtheit würde spüren können. Isabella hatte ihn eines Besseren belehrt. Und nun drohte alles in sich zusammenzufallen nur wegen eines Missverständnisses. Fast hätte er lachen müssen, als er an den Satz dachte, den er Isabella sagen wollte: »Du, es ist alles ganz anders, als du denkst!«, aber er konnte nicht darüber lachen. Die Angelegenheit war ihm zu ernst. Hatte Isabella ihm nicht erzählt, dass sie schon einmal in ihn verliebt gewesen war und sich deswegen zurückgezogen hatte, weil sie ihn mit Bärbel hatte knutschen sehen? Mit Bärbel, das war damals etwas anderes gewesen, da hatte es richtig gefunkt. Aber Manuela? Verdammt, wie kam sie dazu, sich in sein Leben einzumischen und es zu ersticken, wo es zu keimen glaubte?

Killian steckte fest. Irgendwo im Menschenmeer. Es war ihm jetzt auch egal, in welche Richtung es ihn treiben würde. Er war ohnehin längst gestrandet. Er zückte sein Handy, als wolle er Isabella darüber erreichen, aber er hatte noch nicht einmal ihre Nummer.

Warum man in diesen Geräten immer sein Heil suchte? Killian kannte unzählige Menschen, die verloren waren ohne ihre mobilen Außenhirne. Am liebsten hätte er es jetzt fallen lassen, damit es von tausend Füßen zertrampelt wurde. Aber plötzlich vibrierte es in seiner Hand. Er blickte auf das Display. Auch er konnte sich nicht dagegen wehren, auch er war bereits konditioniert. Es war die Mailbox, die ihn anrief. Vielleicht Isabella? Wer weiß, vielleicht hatte sie von irgendwoher seine Nummer?

Es war aber nicht Isabella, sondern Belledin, der aus dem Apparat knarzte.

»Hallo, Killian. Ich bräuchte deine Hilfe. Ich bin morgen früh gegen elf Uhr bei dir im Atelier. Es ist wichtig.«

Natürlich war es wichtig. Belledin war immer wichtig. Der wichtigste Mensch des Universums. Für ihn gab es nur die kleine Welt der Tuniberg-Kaiserstuhl-Region, und die musste hübsch aufgeräumt sein.

Killian warf einen zweiten Blick auf sein Handy und las darauf, dass es bereits nach zwei Uhr morgens war. Die Vergnügungssüchtigen schien das nicht zu beeindrucken, und wer nach Hause wollte, kam nicht voran. Killian entschied sich, zur Seite auszuweichen. Er wusste eine versteckte Gasse, die zwischen zwei Höfen lag und deren Eingang durch einen geschmückten Traktoranhänger versperrt war. Er tauchte unter dem Wagen ab und kroch auf allen vieren darunter hindurch.

Auf der anderen Seite war die Welt eine andere. Statt mit Menschen war die Gasse mit Dunkelheit angefüllt. Und dunkel war es auch in Killian wieder geworden, so sehr er sich auch das gelbe Seidenkleid vorzustellen versuchte, es dimmte nur ein Schatten. Isabella war plötzlich verwischt; ihre klaren Züge verschwommen und weit entrückt. Es gelang ihm nicht, sie scharf zu stellen.

Er vermutete, dass sie nach Hause gegangen war, und wanderte in Richtung Ortsausgang. Um auf den Aussiedlerhof zu gelangen, würde er wohl zwei Kilometer gehen müssen; aber er wäre auch bis ans Ende der Welt gelaufen, um Isabella von seiner Unschuld zu überzeugen. Und wenn sie nicht am Ende der Welt wäre, so hoffte er, dass er dort über den Tellerrand in die Unendlichkeit stürzen würde. Es hatte ihn erwischt wie einen Pennäler. Für »Die Leiden des jungen Werther« hatte Killian während seiner Schulzeit nur Spott übriggehabt. Wie konnte man sich aus solchem Gefühlsüberschwang nur umbringen? Killian schien es, als hole ihn dieser Spott von damals nun ein, und die geschmähten Gefühle rächten sich auf grausamste Weise. Erst der Tod von Rohina, dann die alte Vertrautheit mit Bärbel und jetzt diese verspätete Romanze, die sich über Jahrzehnte angestaut hatte und wegen eines Missverständnisses im Nichts verpuffen sollte. Wo war die Vernunft? Was war sie noch wert, wenn man nur noch aus blindem, unförmigem und waberndem Gefühl bestand?

Er wusste nicht wohin mit sich. Er lief einfach nur. Mit der einen Hand klammerte er sich am Griff des Klarinettenkoffers fest, die andere schwang mit geballter Faust und unterstützte den raschen Schritt; und dabei suchte er nach Worten, die nicht abgedroschen klangen und Isabella dennoch seine Unschuld glaubwürdig machten.

***

Isabella wollte nicht nach Hause. Sie saß mit Erna bei einer Flasche Spätburgunder und goss nach.

»Jetz längt's aber. Du bisch doch nix gwohnt«, mahnte Erna.

Aber Isabella hörte nicht auf den Rat ihrer Patentante, sondern schluckte den roten Traubensaft, bis das Zehntelglas geleert war. Dann schenkte sie sich wieder ein. Die Flasche gab ihre letzten Tropfen, Isabella setzte sie mit Ausrufezeichen auf dem Holztisch ab.

»Zum Wohl«, prostete sie Erna zu. Ihre sonst so klaren blauen Augen blickten verwaschen von zurückgehaltenen Tränen.

Isabellas Zorn ließ keine Träne zu. Eher hätten ihr die Augen platzen sollen, als dass sie eine Träne wegen dieses Dreckspatzen geweint hätte. Zu sehr hätte sie das an damals erinnert, als sie fünfzehn gewesen war. Was hatte sie geheult. In ihre Kissen, ins frisch gemähte Heu, in den Löß, aus dem sie das Unkraut jätete. Und was hatte es gebracht? Nichts, nur weitere Tränen. Tränen lockten Tränen an, das hatte sie gelernt. Und deswegen hatte sie sich geschworen, niemals mehr zu weinen. Selbst als Holger gestorben war, hatte sie nicht geweint. Sie wusste, dass es sich geschickt hätte, vor allem am Grab, wo alle sie beobachtet hatten. Aber sie konnte nicht. Sie hatte alle ihre Tränen bereits mit fünfzehn Jahren vergossen hatte. Und es gab einen zweiten Grund: Sie hatte Holger nicht geliebt. Sie hatte ihn geheiratet, weil er als Supermann der Region galt und sie als Superfrau. Sie waren beide Bauern-Marvels gewesen, ideal für den Raiffeisen-Katalog, aber völlig überfordert, eine Beziehung zu führen. Das Einzige, was sie verband, war die Arbeit. Sie standen gemeinsam um fünf Uhr auf und legten sich um elf ins Bett. Sex gab es so gut wie keinen, denn der Supermann war schwul. Das wusste niemand, und das durfte auch niemand wissen. Und dass sie in Robert Düster ihre zweite große Liebe gefunden hatte, durfte zweimal keiner wissen. Bei Bauern war Homosexualität noch immer ein Tabuthema. Inzucht und Misshandlung, ja, davon hatte man schon gehört, und man schüttelte auch kurz unwillig den Kopf darüber – aber schwul? Das ging überhaupt nicht. Der Bauer hatte Frau zu suchen und sonst nichts.

Im Grunde war es ein Glück für sie gewesen, dass Holger inmitten der Sommerhitze einem schwachen Herzen erlag. Seitdem fühlte sie sich frei. Um das Gefühl der Freiheit zu unterstreichen, hatte sie auch wieder ihren Mädchennamen angenommen. Lieber keinen Mann als einen, den man behaupten musste. Diejenigen, die seit seinem Tod Schlange gestanden hatten, waren entweder Jungspunde, die es auf den Hof abgesehen hatten, oder abgearbeitete Kerle, die ihre schroffen Schwielen an ihren Brüsten reiben wollten und den Mann herauszukehren gedachten. Nur Robert war anders gewesen, aber Robert war leider schon vergeben gewesen. An Ulli und Klara. Und jetzt war er tot, so wie Holger. Aber Killian lebte. Und sie verfluchte ihn und wünschte ihn sich ebenfalls tot. Ausradiert, gelöscht von der Festplatte ihres Herzens. Sie griff die leere Weinflasche und setzte den Bauch an ihrem Schädel an. Dann holte sie aus und hätte sich die Flasche wohl auf den Kopf geschlagen, wäre Ernas Hand nicht schnell genug gewesen.

Sie packte Isabella fest am Arm und zischte: »Riss dich zsamme!« Dann nahm sie ihr die Flasche ab und stellte sie wieder auf den Tisch.

Isabella blickte schwach zu Erna hoch, lächelte verloren und zuckte hilflos mit den Schultern.

Einer wie Killian kam so selten vorbei. Hin und wieder hatte sie sich einen Touristen geschnappt. Mal war es ein Journalist gewesen, dann ein Maler, sogar einen Orchestermusiker hatte sie einmal während der Kirschblüte verführt. Feine Geister, die aber wieder weiterflatterten, nachdem der erste Trieb gestillt war. Was erst nach Kirschblüte duftete, roch dann doch schnell nach Jauche, war man erst einmal bedient. Und Killian war nicht besser. Sie hätte es wissen müssen.

***

Killian stand vor verschlossener Tür. So sehr er auch gerufen und an die Tür gehämmert hatte, Isabella rührte sich nicht. Er kletterte im Stall auf den Heuboden und legte sich ins Geschnittene. Er liebte den Geruch von frischem Heu. Zum Glück war er nicht allergisch. Er erinnerte sich, wie er mit Bärbel einmal in einem Heuschober gelegen hatte, als sie durch Schweden gereist waren. Sie hatte in einem fort geniest, an Romantik war überhaupt nicht zu denken gewesen.

Killian rückte sich einen Sack Dünger zurecht. Es war Kaliumchlorid. Stickstoff entspräche jetzt eher seinem Gefühl. Er atmete dagegen an und bedeckte den Sack mit Heu. Dann lehnte er sich an das improvisierte Polster und packte die Klarinette aus. Er würde spielen, die ganze Nacht. Wie ein verliebter Kater würde er jammern – bis Isabella ihn erhören oder erschießen würde.

Weit über die Feldwege in die Obstplantagen zog sich der Klang seines Spiels. Wie Nebel kroch er über den Löß, umspielte den Wegerich und die Zichorie, das Gänsefingerkraut und den Knöterich. Dann tanzte er mit dem roten Mohn, schlängelte sich in die Zweige der Kirschbäume, umgarnte die frühreifen Früchte und schwang sich endlich gegen den Sternenhimmel empor, von dem er sich wieder in die Tiefe stürzte, um sich in Isabellas schwarzem Haar zu verfangen.

***

Isabella war sich in ihrem Schwips nicht sicher, ob es Musik war, die im Augenblick gespielt wurde, oder ob es sich um Klänge handelte, die sie sich aus längst vergangenen Zeiten herbeisehnte. Sie schüttelte den Kopf, damit die Töne verschwanden, aber sie hatten sich so fest eingehakt wie widerspenstige Kletten. Genauso wie sie Killian nicht einfach aus ihrem Herzen verbannen konnte, würde es ihr auch nicht gelingen, diesen Klang abzuschütteln.

Sie blickte auf die Sichel des zunehmenden Mondes und heulte ihn an wie eine Wölfin auf der Suche nach ihrem Rudel. Es sollte das Zirpen in ihrem Haar übertönen. Es gelang kurzfristig. Doch kaum stellte sie ihren schaurigen Gesang ein, da schlichen sich die schmeichelnden Sirenen wieder durchs Haar und sickerten in ihr Ohr.

Es war nichts zu machen. Sie würde sich zu Hause noch ein Gläschen genehmigen und morgen blaumachen. Dann würden die falschen Töne schon verschwinden.

Isabella schwankte leicht. Nachdem sie Erna nach Hause gebracht hatte und ihr heilig geschworen hatte, keine Dummheiten zu machen, hatte sie noch eine kleine Schleife durch die Reben gemacht in der Hoffnung, dadurch einen klaren Kopf zu kriegen. Aber es war zwecklos. Sie war es nicht gewohnt, Alkohol zu trinken. Und selbst ohne den Wein wäre es ihr schwergefallen, klare Gedanken zu fassen.

Warum musste Killian ihr das antun? Warum konnte eine Schnulze nicht einmal so enden, wie es die Romanheftchen von Tante Erna versprachen? Nach fünfundzwanzig Jahren ein Happy End – das wäre doch mal was gewesen!

Wütend kickte sie gegen ein Queckenbüschel. Dieser löste sich aus dem Wurzelwerk und flog in hohem Bogen gegen eine Regentonne, die vergessen am Wegrand lag. Isabella verlor für einen Moment das Gleichgewicht und stürzte. Sie rappelte sich auf, legte die Spitze ihres rechten Zeigefingers an die Nase und überlegte laut.

»Aber in diesen Romanen gibt es auch immer mal Krisen, herbeigeführt von Flittchen, die dem unschuldigen Helden ans Leder wollen«, erklärte sie der Mondsichel. »Ist mein Leben ein solcher Roman, dann ist sie ein Flittchen, und er ist unschuldig.« Sie nickte zufrieden mit ihrer Deutung. Dann hielt sie im Gehen inne und wiegte skeptisch den Kopf.

»Ist mein Leben aber nicht so ein Roman von Tante Erna, dann … ist sie trotzdem ein Flittchen, und er kriegt eine Abreibung, die sich gewaschen hat. Dann bleibt das Leben ein Krimi.« Wieder trat sie heftig gegen ein Queckenbüschel. Dieser wollte sich aber diesmal nicht lösen, sondern leistete unverhofften Widerstand. Isabella schrie auf, sie hatte sich bei dem Tritt leicht den Knöchel gestaucht.

Fluchend humpelte sie auf dem Feldweg weiter.

Je näher sie ihrem Hof kam, umso eindringlicher tanzte die Musik in ihrem Haar. Isabella folgte den Klängen, denen sie mehr und mehr ausgeliefert war. Wie im Traum erklomm sie die Leiter auf den Heuboden. Doch noch während sie die zweite Sprosse ergriff, verstummte die Musik.

Verdutzt hielt Isabella inne und lauschte. Nichts. Es war nichts mehr zu hören. Nur in der Ferne lästerte ein Kauz.

Sie stieg dennoch die Leiter empor. Und als sie den Kopf über die Dielen des Dachbodens schob, sah sie ihn, angelehnt an einen Düngersack, die Klarinette im Arm. Er schlief, und durch die undichten Stellen der gebrochenen Ziegel schienen einzelne Strahlen des Halbmondes auf ihn herab.

Er war einfach zu süß. Nein, er war kein Schuft. Nicht wie Robert und Ulli. Eben ein Mann. Wer wollte dem Flittchen verdenken, dass es sich an ihn schmiss? Isabella seufzte. Sie wusste, dass sie strenger sein müsste, aber es war ihr zu blöd. Sollte sie etwa noch mal fünfundzwanzig Jahre auf ihn warten, bis sich herausstellte, dass alles nur ein Missverständnis gewesen war? Sie hatte keine Zeit für solche Geschichten. Sie lebte jetzt. Und jetzt lag er vor ihr, unschuldig wie ein Kind, beschienen vom Licht der Sterne und des Mondes.

Wie von unsichtbaren Fäden gezogen wollte sie zu ihm hinaufklettern, um ihn zu liebkosen. Doch bereits nach dem ersten Schritt zerschnitt jemand diese unsichtbaren Fäden, und Isabella verlor das Gleichgewicht. Sie ruderte mit den Armen, aber es war nichts zu machen. Sie stürzte von der Leiter und schrie laut auf, als sie aufschlug.

Killian schreckte hoch. Er hörte fluchendes Wimmern und robbte zur Dachbodenkante. Unten sah er ein gekrümmtes gelbes Seidenkleid. Rasch kletterte er die Leiter hinunter.

Isabella hielt sich das Schienbein.

»Ist was gebrochen?«, fragte Killian besorgt.

»Ein Knochen? Und wenn schon. Hauptsache nicht das Herz«, lächelte sie trotz Schmerzen und schürzte die Lippen als Aufforderung, geküsst zu werden. Killian nahm die Einladung an und trug Isabella zum Haus.

»Der Schlüssel liegt unter dem Blumentopf. Wie in den Romanen von Tante Erna«, lachte Isabella und war froh, dass ihr Leben gerade der Dramaturgie jener Geschichten folgte.

***

»Nur noch das hier, dann bin ich fertig«, versuchte Swintha Bärbel hinzuhalten. Bärbel war hundemüde und langweilte sich auf dem Fest. Bis auf den toten Geppert war für sie an dem Abend nichts Aufregendes geschehen. Ehemalige Schüler des Martin-Schongauer-Gymnasiums hatten sie auf ein Gläschen einladen wollen, aber sie hatte dankend abgewunken. Immerhin musste sie fahren. Dafür hatte sich Swintha immer wieder einladen lassen. Wo die das nur hinsteckte? Jedenfalls merkte Bärbel ihr nichts an.

»Trinkst du viel?«, fragte sie, für Swintha ohne Zusammenhang.

»Wie?«, stutzte Swintha, die sich gerade zwei Feuerwehrmänner ausgeguckt hatte, die einer kleinen Gruppe Betrunkener mit Händen und Füßen den Weg nach Irgendwo zu erklären versuchten.

»Ob du viel trinkst? In Berlin? Kriege ich ja nicht mit.«

Swintha reagierte genervt: »Und wenn? Ich bin erwachsen.«

»Früher habe ich auch viel gesüppelt, während des Studiums, meine Herren, das darf ich eigentlich gar keinem erzählen. Kenn das also. Macht mir nichts aus, möchte es nur wissen.«

»Mama! Ich trinke ab und zu mal einen, wenn wir irgendwo eingeladen sind oder selbst eine Fete schmeißen; alles im Rahmen.«

»Und Reto? Ich meine, von Schauspielern hört man immer wieder –«

»Von Lehrern auch!«, fuhr Swintha dazwischen. »Und von denen hört man mittlerweile noch ganz andere Dinge. Odenwaldschule, schon mal gehört?«

»Beruhig dich, war doch nicht so gemeint«, versuchte Bärbel den Dampf herauszunehmen.

»Kann ich noch meine letzten Fotos machen? Ohne Gespräch?«

»Mach nur, ich werde schweigen wie ein Grab. Aber wenn du erst einmal an meinem Grab stehst, dann wirst du dich fragen, warum du mir in entscheidenden Momenten den Mund verboten hast.«

Swintha blickte Bärbel mit großen Augen an.

Meinte sie diesen beleidigten Epilog ernst? Swintha hätte beinahe laut losgelacht, aber sie verkniff es sich, weil sie wusste, dass sie sonst zu Fuß nach Hause laufen musste. Da war Bärbel beinhart.

Also klemmte sie sich hinter ihre Kamera und hoffte, noch etwas in den Sucher zu kriegen, das sie für ihre Arbeit gebrauchen konnte.

Es war vermaledeit mit diesen digitalen Kanonen. Man konnte Material schießen ohne Ende, einfach aus dem Bauch heraus. Man musste sich vorher keine großen Gedanken machen. Das hatte den Vorteil, dass man mehr Spontaneität wagte. Dafür hatte man hinterher Tausende von Bildern auszuwerten. Bei der alten Vorgehensweise, bei der Material noch kostbar war, hatte man sich vorher überlegt, was man erlegen wollte. Das hatte auch etwas. Man wartete auf den richtigen Moment und schoss ihn ab. Natürlich konnte er einem auch entwischen, schließlich waren richtige Momente Freiwild und scherten sich einen Kehricht um das Bedürfnis des Fotografen.

Gerade huschte so ein Moment zwischen den entvölkerten Buden über die ausgetretene Straße. Die Füße der Frau suchten die sicheren Stellen, damit sich ihre Espandrillos nicht an zersplitterten Glasflaschen schnitten. Es war ein schöner Moment. Die schlanke blonde Frau in ihrem schwarzen Kleid wirkte wie ein Wasserhüpfer.

Swintha drückte rasch hintereinander ab und ließ parallel dazu die Filmaufnahme laufen. So hatte sie die dynamische Bewegung im Raum zweimal gesichert. Während sie abdrückte, wandte sich der Kopf des Wasserhüpfers in ihre Richtung und starrte in die Kamera. Swintha erschrak bei dem Blick, der ihr wie eine Harpune ins Objektiv schoss, und nahm die Kamera runter.

Der Wasserhüpfer sprang auf Swintha zu und giftete:

»Sie haben kein Recht, mich einfach zu fotografieren. Löschen Sie diese Aufnahmen sofort, oder ich zeige Sie an.«

Ihre Augen gefroren dabei zu Eis, und Swintha stammelte: »Entschuldigung. Natürlich. Ich lösche es sofort.«

Sie drückte auf die hierfür vorgesehenen Knöpfe.

»Zeigen!«, befahl der Wasserhüpfer.

Swintha zeigte die Abfolge der Bilder. Auf dem Display waren Datum und Uhrzeit der bisher geschossenen Fotos zu sehen. Um drei Uhr zwölf endete die Serie. Jetzt war es drei Uhr vierzehn.

Der Wasserhüpfer schien zufrieden und verschwand mit einem Satz zwischen zwei Buden.

Swintha saß der Schreck tief in den Knochen. Der Blick der Frau hatte in ihr eine tiefe unbestimmte Angst ausgelöst, die sich jetzt in Tränen löste.

Bärbel nutzte die Gelegenheit, um sich als Mutter nützlich zu machen, und nahm Swintha in den Arm.

»Hey. Ist alles auch ein bisschen viel. Dein Freund stand unter Mordverdacht, vorhin brach auf unserem Auto ein Mann tot zusammen, und wir zanken uns auch noch. Außerdem fehlt dir Schlaf. Komm, wir fahren nach Hause.«

Bärbel führte Swintha im Arm haltend über die abgefressene Hauptstraße. Ein Betrunkener, der es sich zwischen leeren Weinkartons gemütlich gemacht hatte, schrie noch »Penny Lane is in my ears and in my eyes ...«, dann verstummte er mitten im Refrain und suchte vergeblich nach dem Text.

»Wet beneath the blue suburbun skies I sit and meanwhile back ...«, sang Swintha ergänzend. Der Betrunkene hob den Kopf und lächelte sie dankbar an.

»Ich weiß nicht, aber irgendwie kenne ich diese Frau. Aber woher?«, murmelte Bärbel, als sie mit Swintha im Dunkel des Weinberges verschwand, wo sie ihren Wagen geparkt hatte.

»Du kannst sie dir ja morgen noch mal ansehen«, sagte Swintha, die sich allmählich von ihrem Schrecken erholte.

»Wieso? Ich dachte, du hättest die Fotos gelöscht?«

»Die Fotos ja, aber ich habe parallel auch gefilmt. Und den Film hab ich nicht gelöscht«, feixte sie listig.

»Von mir hast du das nicht«, erwiderte Bärbel trocken.

***

Wagner würde nicht locker lassen, auch wenn die Uhr bereits kurz nach drei zeigte. Ulli Heldt war lange Nächte gewohnt, der konnte noch antworten. Es interessierte Wagner nicht, von Ulli ein Geständnis herauszuklopfen. Er glaubte nicht daran, dass Ulli Geppert getötet hatte. Die Situation auf dem Weinfest betrachtete er symbolisch. Zwei Frauen hatte er gesehen, und da er sich nicht hatte entscheiden können, waren ihm beide entwischt: Klara Heldt und das Madonnengesicht. Eine von den beiden war die Mörderin, da war er sich sicher.

»Wann haben Sie Klara Heldt zum letzten Mal gesehen?«, fragte er jetzt zum wiederholten Male.

»Klara isch zu so was nit fähig. Ich kenn sie. Glaube Sie mir, die war's nit.«

»Klara war schwanger, hochschwanger. Und es gibt kein Kind, oder?«

Ulli sah Wagner trübe an. »Sie hät's verlore, im achte Monat.«

»Wer war der Vater des Kindes?«

Ulli schwieg. Wagner wartete.

»Robert«, fiel es dann aus Ullis Mund, als wäre es der Felsen des Sisyphos, den er nach langem Anstieg endlich bis ganz nach oben stemmte.

»Waren Sie froh, dass das Kind nicht zur Welt kam?«

Ulli biss sich auf die Unterlippe, dann zuckte er mit den Schultern. »Vielleicht. Ich bin auf jede Fall mit schuld, dass es nit auf d' Welt kumme isch. Mir habe ä Auftritt ghabt. Und damals gab's noch keine Handys. Es war ä Frühgeburt, und ich war nit do, um sie rechtzeitig ins Krankehaus zu fahre.«

»Und Robert, wie stand der dazu?«

»Der war erleichtert. Dä Robert und Vater, im Lebtag nie. Der war scho wieder in ganz andere Jagdgründe unterwegs.«

»Bei wem?«

Ulli lachte trocken. »Wolle Sie alle Name? Die krieg ich nimmer zsamme. Da müsse Sie auf Roberts Lischte gucke.«

»Was für eine Liste?«

»Des hab ich doch im Belledin schon gsagt. Dä Robert hat ä Lischte gführt, von alle Fraue, die er flachglegt hat.«

»War da auch jemand mit einem Madonnengesicht dabei?«

Ulli wurde blass. Kalter Schweiß trat ihm auf die Stirn. Wagner wartete. Diesmal fiel aber kein weiterer Brocken aus Ullis Mund. Der Stein war wohl zu schwer.

Wagner war dennoch zufrieden. Das Madonnengesicht war die richtige Fährte. Morgen würde er in Düsters Wohnung nach der Liste suchen. Vielleicht gab es auch Fotos zu den Namen.

ELF

Belledin gähnte in die Morgensonne. Es war kurz vor elf Uhr, Kilian war nicht zu Hause. Er selbst hatte auf dem Revier übernachtet. In Notfällen war er sich dazu nicht zu schade. Er hatte dort ein aufklappbares Feldbett. Zwar konnte er darauf kein Auge zutun, weil er bei jeder Drehung befürchten musste, herauszupurzeln, aber es gab ihm das Gefühl, dass er im Einsatz war, und das brachte ihm eine Extraration an Frische. Womit er sich wieder bewiesen hatte, dass man ohne viel Schlaf auskommen konnte. »Langschläfer schaden der Volkswirtschaft«, das hatte schon sein Vater gewusst; und der nasskalte Waschlappen, der ihn morgens aus den Federn gejagt hatte, blieb unvergessen.

Am liebsten hätte Belledin gleich Killians Atelier gestürmt, um ihn mit einem ebensolchen Waschlappen aus dem Bett zu holen. Einfach so, grundlos. Nur um ihm eins auszuwischen, und dabei würde er ihm ins Ohr brüllen: »Langschläfer schaden der Volkswirtschaft!«

Belledin lachte bei dem Gedanken in seinen Schnäuzer. Er tat es durch die Nase, dadurch kam ein bisschen Rotz mit, den er sich mit einem Stofftaschentuch abwischte. Das Taschentuch erinnerte ihn an Biggi. Er hatte es ihr gestern Abend kurz gegeben, damit sie sich die Tränen trocknen konnte. Jetzt hingen Reste ihres schwarzen Kajals in dem hellblauen Karomuster.

Er hatte auch deshalb auf dem Feldbett übernachtet, weil er die Nacht nicht neben Biggi verbringen wollte. Er war kein guter Tröster. Dazu fehlten ihm die Worte. In den Arm nehmen, das konnte er schon, dazu war er gebaut, aber dann die richtigen Sätze finden, um Menschen Kraft zu geben, dafür war er nicht geboren. Er wusste, wie der Mensch tickte, und deswegen liebte er auch Hemingway. Der wusste auch, wie Menschen tickten. Sie waren dem anderen ein Wolf.

Belledin zog das Taschenbuch von »Haben und Nichthaben« hervor und blickte auf den Einband. Lauren Bacall sah schon klasse aus. Aber er hatte sie bislang in der Geschichte nicht finden können. Am Ende war sie nur eine Erfindung Hollywoods? Hatten die Studiobosse sie ins Script gequatscht, damit der Film auch an den Kassen ein Erfolg wurde?

Belledin überlegte, ob er wohl das Buch aus Düsters Regal genommen hätte, wenn das Foto der Bacall nicht darauf gewesen wäre. Er war ehrlich und verneinte. Jetzt war er aber froh, dass er es hatte, und er würde es nicht mehr hergeben. Dieses dünne Taschenbuch gab ihm Halt, es war sein Talisman, um den Fall nach bestem Wissen und Gewissen in den Hafen zu bringen.

Harry Morgan war ein guter Mann, auch wenn er das Gesetz überschritten hatte. Aber er wollte nur kubanischen Gaunern die Beute abjagen; und wenn er dabei Abschaum abknallte – na und? Harry hatte seinen Arm verloren, seine Töchter wollten tanzen gehen, und er liebte seine immergeile Frau, die zwar in die Jahre gekommen, aber noch immer ein Vulkan war.

Biggi konnte auch ein Vulkan sein. Aber sie eruptierte doch immer seltener. Mit der Frau von Harry Morgan konnte sie es nicht aufnehmen. Aber er konnte es mit Harry Morgan aufnehmen. Ja, er war aus demselben Holz geschnitzt wie Harry. Er würde auch allein mit vier kubanischen Bankräubern aufs Schiff, mit nur einem Arm. Und er würde sie genauso abknallen, auch mit dem Risiko, sich selbst einen Bauchschuss einzufangen.

Belledin schmerzte tatsächlich der Bauch. Aber es lag wohl weniger daran, dass er sich zu sehr mit Harry Morgan identifizierte, als dass er Hunger hatte. Er hatte noch nichts gefrühstückt. Es war Sonntag, in der Nähe des Reviers hatte kein Bäcker geöffnet. Er hoffte, dass Killian gleich eintrudeln würde; am besten mit frischen Croissants aus Vogelsheim.

Aber es war nicht Killians Defender, der die Bruckmühlenstraße hinunterfuhr, sondern eine schwarze A-Klasse mit Münchner Kennzeichen. Belledin identifizierte ihn anhand der Nummer sofort als Mietwagen.

Der Mercedes fuhr langsamer, als wollte er anhalten, gab dann aber wieder Gas, um vorbeizufahren. Belledin hatte nicht erkennen können, wer hinter dem Steuer saß, die Scheiben waren getönt.

Es interessierte ihn nicht weiter, da sein Magen erneut knurrte. Jetzt bereute er es, dass er nicht zu Hause bei Biggi geschlafen hatte.

Sie hätte ihm ein Sonntagsfrühstück gezaubert. Da konnte es ihr noch so dreckig gehen, das wusste Belledin, auf das Sonntagsfrühstück ließ sie nichts kommen, das war ihr heilig. Er wollte sich all die Leckereien gar nicht vorstellen, unter dem sich der runde Esstisch vor der Veranda biegen würde. Vom wachsweichen Ei über die Butterbrezel bis hin zum Pain au chocolat. Dazu Multivitaminsaft, etwas Melone mit Schinken und einen großen Milchkaffee, dessen Schaum sich in Belledins Bartspitzen einnisten würde.

Es fehlte nicht mehr viel, und Belledin würde in den Hemingway beißen, da rollte Killians Defender heran.

Er parkte den Wagen, stieg aus, grüßte Belledin wortlos und öffnete das Atelier. Er hatte keinen Grund, sich für die Verspätung zu entschuldigen. Es war Belledin, der von ihm etwas am Sonntagmorgen wollte. Und Killian war gekommen, obwohl er viel lieber noch in den Armen Isabellas gelegen hätte. Ein Glück war ihr Bein nicht gebrochen, aber der Knöchel war dick. Und Killian hätte ihn gerne gepflegt. Aber er wusste auch, dass Belledin eine Zecke sein konnte und erst dann Ruhe geben würde, wenn man ihn angehört hatte. Wenn Isabella ihn nicht aus dem Bett geworfen hätte, weil sie noch auf dem Hof zu tun hatte, er hätte durchaus den Tag mit ihr im Bett verbummeln können. Brummbär Belledin hätte warten können.

»Hast du Croissants?«, brach es aus Belledin heraus. Killian blickte ihn verdutzt an, glaubte dann aber, in dessen Augenwinkeln das irre Funkeln eines ausgehungerten Soldaten kurz vor dem Kannibalismus zu entdecken, und nickte. »Eingefroren. Ich tau sie im Backofen auf. Dauert zehn Minuten. Kaffee?«

»Sehr gerne, mit heißer Milch, aufgeschäumt, wenn's geht.« Belledin war noch immer in den Bildern von Biggis Sonntagsfrühstück verhaftet.

Killian verschwand im Atelier.

»Können wir hier draußen frühstücken? Die Sonne ist so angenehm«, rief Belledin ihm hinterher.

Killian antwortete nicht, aber er schien verstanden zu haben, denn er kam kurz darauf mit einem kleinen Holztisch und zwei Stühlen zurück, die er auf der Rampe vor dem Atelier aufstellte.

Kaffee und Croissants kann man sogar beim Feind finden, lachte Belledin in sich hinein. Wirklich Feind war Killian nun allerdings auch nicht, relativierte er sich sofort. Aber grundsätzlich schon. Killian war eben anders. Nicht nur anders als Belledin, sondern anders als alle anderen. Er war ein Freak, und das Schlimmste war, dass niemand wusste, was und wer er wirklich war. Wie sollte man so einen mögen? Er war nicht greifbar. Kaum hier, schon wieder dort. Belledin kam das Lied von Hannes Wader in den Sinn: »Heute hier, morgen dort, bin kaum da, muss ich fort, hab mich niemals deswegen beklagt …« Er summte es, versuchte sich an den Text zu erinnern und bekam plötzlich einen Anflug von Mitleid für Killian. Zum Glück erschien dieser bereits mit den Croissants und dem Kaffee, sodass Belledin sich über den Gaumenschmaus wieder in andere Emotionen retten konnte.

»Mmmh«, raunte er. »Die sind gut, richtig gut. Aus Vogelsheim?«

»Vom neuen Edeka-Markt um die Ecke«, erwiderte Killian trocken.

Belledin drückte das Croissants zwischen Zeigefinger und Daumen und unterzog es so einem Eignungstest. Dabei neigte er seinen runden Kopf leicht nach rechts, sodass der Hals wulstige Falten warf. Dann brummte er zufrieden und biss erneut ab.

Killian schwieg zu der Prozedur. Er wartete geduldig, bis Belledin endlich zur Sache kommen würde. Dies tat der auch, aber erst nachdem er sich die letzte Ecke des Croissants in den Rachen geworfen und mit Milchkaffee hinuntergespült hatte.

»Ulli Heldt hat noch nicht gestanden. Wagner hat ihn bis in den Morgen vernommen. Wir vermuten aber, dass er und Klara die Täter sind.«

»Klara?«

»Ja, sie wurde von einer glaubwürdigen Zeugin am Tatort der ersten Leiche gesehen. Und sie hatte es wohl ziemlich eilig gehabt, vom toten Robert wegzukommen.«

»Klara kann es nicht gewesen sein.«

»Warum nicht? Sie wurde gesehen.«

»Dann muss sich deine Zeugin geirrt haben. Klara war an dem Abend bei mir. Sie hat mir Bilder von sich hiergelassen, damit ich sie fotografiere.«

Belledin schwieg. Er musste nachdenken.

»Den ganzen Abend?«, hakte er nach.

»Recht lange.«

»Genaue Uhrzeit?«

»Von acht bis kurz nach zwölf.«

»Da war Düster schon tot. Scheißdreck«, grollte Belledin. Da hatte er auf ein Mörder-Duo gewettet, das sich gegenseitig ein Alibi verschaffte, und nun bekam seine Hauptverdächtige auch noch ein Alibi. Und das ausgerechnet von Killian, den er aufgesucht hatte, um ihn um einen Gefallen zu bitten. Er konnte jetzt wohl kaum damit aufwarten, von einem Mörder-Trio zu reden. Am Ende behauptete er noch, alle Welt gäbe sich gegenseitig ein Alibi, um ihn in den Wahnsinn zu treiben.

Aber was war mit seiner glaubwürdigen Zeugin? Hatte Biggi sich tatsächlich geirrt? Sie hatte unter Schock gestanden. Vielleicht hatte sie nur assoziiert. Von Robert über Ulli war es ein Katzensprung zu Klara. Die Assoziation wurde zur Wahrheit, ein Trugbild zum Fakt. Belledin wischte sich mit dem blau karierten Taschentuch den Schweiß aus dem Nacken. Die Sonne stieg gegen Mittag und stach bereits gehörig. Er sah all seine Felle davonschwimmen und seufzte kleinlaut.

»Falls Klara wieder bei dir vorbeischaut, wäre ich dir trotzdem dankbar, wenn du sie für mich festhalten würdest. Vielleicht weiß sie etwas, das uns weiterbringt.«

»Und was ist mit Ulli?«

»Ich habe nichts Handfestes gegen ihn. Eine Prügelei und ein Motiv, aber keine Beweise. Den muss ich wieder laufen lassen.«

»Aber erst morgen, damit ich heute Abend nicht wieder spielen muss«, sagte Killian und meinte es ernst.

»Genau darum möchte ich dich aber bitten.«

»Was?«

»Du sollst heute Abend wieder spielen.«

»Kommst du etwa im Auftrag des Tennis-Clubs?«

Belledin überging die Spitze. Killian musste wissen, dass ein unsichtbares Netz zwischen Belledin und dem weißen Sport gespannt war. Nicht dass er den Sport nicht gemocht hätte; aber zu den Zeiten, als er hätte damit anfangen können, konnten es sich nur die besseren Leute leisten, den elitären Sport zu betreiben. Belledin hatte auf dem Acker hinter dem Tennisplatz allenfalls die Bälle aufgesammelt, die die Damen in den kurzen weißen Röckchen über den Zaun geschossen hatten. Damit hatte er dann auf Weinkisten Fußball gespielt. Und einer seiner unerbittlichsten Gegner war damals Killian gewesen. So lief man sich immer wieder über den Weg. Zwischen zwei Weinkisten mit einem Tennisball oder auf einem Weinfest mit drei Toten.

»Ich befürchte, dass der Mörder noch mal zuschlagen wird. Und ich glaube auch, dass er aus der Szene kommt. Und deswegen möchte ich gerne, dass du spielst. Das widerspricht zwar meiner Ulli-Theorie, aber ich muss mich nach mehreren Seiten absichern. Der Fall gibt leider zu viele Optionen. Und noch einen Toten kann ich mir einfach nicht leisten.«

Killian dämmerte, worauf Belledin hinauswollte, und verschluckte sich an seinem heißen Wasser.

»Undercover? Heißt das etwa, du möchtest, dass ich für dich verdeckt ermittle?«

»Undercover hört sich ein bisschen sehr wichtig und nach Agenten-Thriller an«, erwiderte Belledin. »Ich möchte einfach, dass du in der Nähe bist und uns benachrichtigst, falls du etwas Verdächtiges bemerkst.«

»Das ist *undercover*. Wenn ich etwas weiß, dann ist es das.«

»Jawohl, Mr. Bond, meinetwegen undercover. Zufrieden?«

»Was springt für mich dabei heraus?«

Belledin starrte Killian überfordert an. Damit hatte er nicht gerechnet. Er war davon ausgegangen, dass Killian es aus Dienst an der guten Sache tun würde.

»Ich denke mir was aus«, stotterte er und hatte keinen Schimmer, wie er Killian entlohnen könnte.

»Gut«, nickte Killian. Mehr wollte er nicht. Am liebsten wäre ihm, wenn Belledin nichts als Gegenleistung einfallen würde. Denn dann hätte er bei ihm einen Gefallen gut. Er hatte diesen alten Verkäufertrick von Moshe gelernt. Die Soziologen fassten diese Art von Beziehungshandel unter dem Begriff »Reziprozität«. Kurz: Man tauschte Muscheln, um die Beziehung zu festigen. Und Belledin als Schuldner zu haben, konnte immer mal zu etwas nutze sein.

Belledin spürte sein Unwohlsein in dem Moment, in dem Killian zugestimmt hatte. Aber er verdrängte es.

»Wenn es Ulli Heldt und Klara nicht waren, wer war es dann?«

Killian zuckte mit den Schultern. Er hatte sich noch nicht ernsthaft mit der Frage beschäftigt. Für ihn war es nur wichtig gewesen, Reto aus der Schusslinie zu nehmen, damit Swintha keinen Kummer hatte.

»Der Schweizer?«, fragte er provokant.

Belledin hob die Brauen. »Spielen wir jetzt Halma?«

Killian schwieg.

»Jedes Opfer wurde mit einer Weinflasche niedergeschlagen. Aber nie war der Schlag die Todesursache. Sondern immer eine Überdosis Kaliumchlorid«, erklärte Belledin.

»Kaliumchlorid?«

»Müsstest du doch kennen. Wird im Krieg sicherlich auch Anwendung finden, oder? Vor allem bei deinen Freunden aus dem unsichtbaren Bereich.«

»Es ist leicht zu haben. Und es wirkt recht schnell. Außerdem ist es eines der am schwersten nachzuweisenden Gifte, da es ohnehin im Körper vorhanden ist.«

»Ich sehe, du bist Experte. Bei einem anderen Kommissar würdest du dich mit deiner Kenntnis verdächtig machen. Ich vertraue dir aber«, grinste Belledin falsch.

»Die Aneignung dieser Kenntnisse dauert einen Klick im Internet.«

»Richtig. Trotzdem kann ich nicht jeden Internetuser verdächtigen, sondern muss meinen Personenkreis einschränken. Und da frage ich mich: Warum Kaliumchlorid? Nur weil es schwer nachzuweisen ist? Oder weil es einen Herzinfarkt auslöst? Und anschließend der Schlag auf den Kopf mit der Weinflasche. Erst Herz, dann Schmerz. Herz-Schmerz, verstehst du? Das sind die Lieder, die die Musikanten trällern. Herz-Schmerz. Es muss damit zu tun haben.«

»Also jemand, der den Herz-Schmerz-Schmus nicht mehr ertragen kann und deshalb die ganze Gilde ausrotten will?«, fragte Killian.

»Nicht gleich die ganze Gilde, aber exemplarisch. Es ist ein Ritual, zehn kleine Negerlein. Irgend so etwas. Und Heldt könnte der Nächste sein.«

»Vielleicht war das Motiv auch schlicht Eifersucht?«, fragte Killian.

»Daran hatte ich auch schon gedacht. Aber dazu genügt ein einziger Mord. Bei Robert Düster wäre ich mit dem Motiv noch gut durchgekommen. Der hatte Weiber ohne Ende am Start.«

Belledin kramte in seiner Aktentasche, die er nur selten mit sich führte. Aber der Auftritt bei Killian erforderte es. Er war amtlich hier, nicht als Frühstücks-Freund; die Aktentasche half, sich daran zu erinnern. Außerdem hatte er Killian etwas mitgebracht, was dieser sich bis zum Abend anschauen sollte. Wenn einer Fotos lesen konnte, dann Killian.

»Hier, das ist ein Fotoalbum, das ich in Düsters Wohnung gefunden habe. Da sind einige von der Zunft zu sehen. Auch viele Frauen. Ob Düster mit allen was gehabt hatte – oder Heldt –, das weiß ich nicht. Guck einfach mal rein. Kann ja sein, dass dir heute Abend zufällig ein Gesicht begegnet, das auch hier drin ist …«

Killian nahm das Fotoalbum entgegen und schlug es auf. Ihm graute bereits beim Anblick der ersten Seite. Eine Autogrammkarte von Robert Düster und Ulli Heldt, die mit Gitarre und Piano Rücken an Rücken in die Kameras lächelten. »Memories – das Leben ist so süß«, biss mit hellblauen Lettern gegen die rosaroten Kostüme. Er blätterte rasch weiter. Schon auf der dritten Seite stockte er, blätterte dann aber noch zweimal um, ehe er das Album zuklappte.

»Ich werde es mir in Ruhe ansehen, und ich werde dir den Gefallen tun; aber jetzt muss ich noch etwas anderes arbeiten«, sagte er und erhob sich unmissverständlich.

Belledin verstand den Rausschmiss und kippte den letzten Tropfen aus der Kaffeetasse. Dann klemmte er sich seine Aktentasche unter den Arm und lächelte. Ein Dankeschön hätte er sich gerne abgerungen, aber es wollte ihm nicht über die Lippen kommen.

***

Es war nicht das erste Mal, dass sie sich stritten. Aber so heftig waren ihre unterschiedlichen Temperamente noch nie aneinandergeraten. Und das alles nur wegen der Filmaufnahme, die Swintha nicht gelöscht hatte.

»Für mich bist du ein Paparazzo, wenn du so arbeitest. Das ist Voyeurismus, das hat nichts mit Kunst zu tun«, dozierte Reto in dem ihm eigenen Duktus zwischen Wilhelm Tell und Rudi Dutschke. »Die Frau hat ein Recht darauf, nicht abgelichtet zu werden. Das ist ihr persönliches Autorenrecht, verstehst du?«

»Du hast sie ja wohl nicht mehr alle! Ich sammle Material für meine Semesterarbeit und verkaufe den Film nicht an RTL. Die würden sich außerdem zu Tode langweilen. Da passiert doch gar nichts«, wehrte sich Swintha.

»Ob darauf etwas passiert oder nicht, das haben weder die Leute von RTL noch du zu entscheiden, sondern die abgelichtete Person. Es geht ums Prinzip, verstehst du?«, beharrte Reto. »Sie muss Stellung beziehen können, man darf nicht einfach so über sie verfügen.«

»Aha. Aber ihr Theaterleute dürft über alles verfügen. Bittest du denn einen der Dichter um Erlaubnis, ehe du seine Texte vergewaltigst? Fragst du einen Baum, ob er hören will, was du absonderst? Wer ist deren Anwalt?«, fuhr Swintha auf. Sie konnte bissig sein, und wenn sie erst einmal in Fahrt war, war sie nur schwer zu bremsen. Vor allem ihr Tempo war gefürchtet, mit dem sie ihre Eckzähne in die wunden Stellen ihrer Herausforderer schlug. Reto war ihr darin hilflos unterlegen. Er schluckte, dann wiederholte er:

»Vergewaltigst? Absonderst?«

Die Worte bröselten langsam aus seinem Mund und schlugen hart auf dem Küchenboden auf.

Swintha erwiderte nichts. Sie nahm nichts zurück von dem, was sie gesagt hatte, sondern ließ das Echo der aufprallenden Silben nachhallen, sodass sie zweimal wirkten.

Reto suchte nach einem Satz, der ihm wieder Oberwasser geben konnte. Aber bis auf ein Rilke-Gedicht fiel ihm nichts ein. Und das war jetzt unpassend. Endlich formte er einen eigenen Gedanken und sprach ihn aus. »Ich glaube, es ist besser, ich fahre.«

Erneut fielen die Silben auf den Küchenboden, erneut ließ Swintha sie dort liegen. Sie dachte nicht daran, sie zusammenzufegen. Es war Retos Müll, er hatte sich gefälligst selbst darum zu kümmern. Aber auch er kehrte nichts zusammen. Ob es an seiner Langsamkeit lag oder einfach daran, dass er die Kehrschaufel und den Handfeger nicht finden konnte, wusste Swintha nicht. Nach einer gefühlten halben Stunde des Schweigens gab sich Swintha endlich einen Ruck.

»Die Züge fahren acht, achtundzwanzig und achtundvierzig.« Dann ließ sie die Zahlen mit Reto in der Küche zurück und ging in ihr Zimmer.

Einen Moment lang hoffte sie, dass Reto sie zurückhalten würde. Aber dafür hätte er schnellere Impulse gebraucht. Bis er nach ihr fassen würde, hätte sie sich einen Zopf geflochten.

Sie saß an ihrem alten Schreibtisch und drehte sich eine Zigarette. Bärbel mochte es nicht, wenn man in der Wohnung rauchte. Also öffnete Swintha das Fenster zum Dach und kletterte auf das Sims. Dort steckte sie sich die Zigarette an und blies den Rauch gegen den schwülen Himmel. Das klare Frühsommerwetter der letzten Tage hatte sich getrübt, und es hing ein bleierner Schleier über allem, der nach explosiver Klärung schrie. Es würde sicher ein Gewitter geben, dachte sie und inhalierte tief.

»Du rauchst wieder?«, hörte sie eine Stimme hinter sich sagen. Reto. Nachdem sie ihn kennengelernt hatte, hatte sie das Rauchen aufgegeben, war sogar zweimal die Woche am Prenzlauer Berg joggen gegangen. Sie hatte sich eingebildet, es würde ihr guttun. Aber jetzt, da sie an der Zigarette zog, wusste sie, was ihr wirklich guttat. Und Reto schien ihre Gedanken im Rauchzeichen ihrer ausgestoßenen Zigarettenwolke zu lesen.

»Ich geh dann«, sagte er. Und genauso unverbindlich klingend schob er hinterher: »Ich liebe dich.«

»Wenn du dich beeilst, kriegst du den nächsten Zug. Er fährt gerade ein.« Sie drehte sich noch immer nicht um, sondern blickte auf die Gleise unter ihr. Aber sie sah nicht nur den einfahrenden Zug, sondern auch sich selbst, wie sie auf den Zug starrte und hoffte, dass Reto endlich gehen würde. Sie ertrug das ungleiche Zeitgefühl nicht mehr, konnte es nicht mehr anpassen. Noch einen

Zug an der Zigarette, noch einen Zug, der einfuhr, und alles wäre vorbei.

Sie spürte, wie Reto seine Tasche nahm und das Zimmer verließ. Dann hörte sie die Haustür und sah vom Fenster aus, wie Reto in den Zug einstieg. Er blickte nicht mehr nach oben. Es wäre ihm wohl zu kitschig gewesen. Er mochte keine kitschigen Filme. Vermutlich rezitierte er gerade Hölderlin. Ob es ihm Klarheit oder Wahnsinn bringen sollte, hatte er Swintha nie verraten. Wahrscheinlich wusste er es selbst nicht.

Swintha war erleichtert, als der Zug mit Reto abfuhr. Sie schämte sich aber auch, dass sie nicht weinen konnte. Denn es war aus. Das hatte sie deutlich gespürt. Deutlicher, als dass einmal etwas gewesen war. Sie würde sich in Berlin eine neue Wohnung suchen müssen. Aber vielleicht war auch Reto schon ausgezogen, wenn sie zurückkam Sie verwarf den Gedanken sofort wieder. Wie sollte Reto ausziehen können ohne Hilfe. Nicht einen einzigen Umzugskarton würde er allein packen können. Bei jedem Buch, das er aus dem Regal nähme, würde er verweilen, darin lesen und verschwinden. Irgendwann würde dann seine Stimme aus dem Bücherkarton erschallen und die abgerissene Tapete mit Dichtung vollkleistern. Darüber musste Swintha jetzt lachen. Dafür liebte sie ihn. Und jetzt weinte sie; weil sie wusste, dass es zu wenig war, um zusammenzubleiben.

ZWÖLF

Killian klappte das Fotoalbum zu, als es an der Tür klopfte, legte es auf den kleinen Tisch vor dem Barocksofa und erhob sich, um die Tür zu öffnen.

Es war Klara. Sie lächelte ihn an, wie es perfekte Hoteliers taten. Es war professionell, und dennoch schien es ehrlich gemeint. Killian fragte sich immer wieder, wie sie das machten. Er selbst war nur schwer in der Lage, sich in dieser Hinsicht zu verstellen. Und deshalb fragte er auch direkt: »Hast du die drei Typen umgelegt, um dich an Ulli zu rächen?«

»Was? Wie? Wovon redest du?«, beendete Klara ihr Lächeln.

»Von Düster, dem dicken Leo und Geppert.«

»Geppert? Ist der auch – ich meine, hat man ihn endlich erwischt?«

»Scheinst nicht sonderlich betroffen davon zu sein, dass der Tod bei deinen alten Freunden reihum geht«, stellte Killian fest.

»Der Tod hätte mich vor fünf Jahren fast schon erledigt. Brustkrebs, ein Klassiker. Aber nicht jede Frau kann damit in den Illustrierten hausieren gehen. Meinst du, einer von meinen *alten Freunden* hätte mich mal im Krankenhaus besucht oder mal nachgefragt, wie es mir geht? An der Titte gespielt haben sie alle, als sie noch frisch war, aber wer riecht schon gerne faules Obst.«

Klaras Stimme surrte wie das Beil eines Scharfrichters durch das Atelier.

»Was glaubst du, warum meine Fruchtbilder so saftig und lebensfroh sind? Ich wollte den Tod damit bezwingen. Und es ist mir gelungen. Wenigstens für eine Zeit. Irgendwann werden ihn auch meine prallen Zitrusfrüchte nicht mehr daran hindern, mich hinter sich herzuziehen. Aber ich fürchte ihn nicht mehr, ich habe ihn gesehen.«

»Ich habe ihn auch gesehen. Und ich fürchte mich noch immer vor ihm, weil seine Gestalt so unberechenbar ist. Mal ist er kalt, mal heiß; mal direkt, ohne Umschweife, ein anderes Mal meuchelt er dich aus dem Nichts, und wenn er übermütig ist, kündigt er sich schon dreißig Jahre im Voraus an, um dich in Sicherheit zu wiegen.«

»So viel Erfahrung habe ich nicht, da muss ich passen. Mir reicht es, wie er sich mir vorgestellt hat, und ich bin ihm dankbar dafür, dass er noch mal auf eine Zigarette um den Häuserblock gegangen ist.«

»Hast du die drei auf dem Gewissen?«, kam Killian wieder zur Sache.

»Sag mal, hast du sie noch alle? Wieso sollte ich das tun? Wenn ich einen umbringen könnte, nein, müsste – dann Ulli. Aber noch nicht einmal ihm möchte ich den Spaß nehmen, dem Tod selbst zu begegnen. Außerdem war ich doch an dem Abend bei dir, als Robert umgebracht wurde, erinnerst du dich nicht?«

Killian nickte, an die genaue Uhrzeit konnte er sich allerdings nicht mehr erinnern. Belledin hatte er zwar gesagt, dass Klara von acht bis Mitternacht bei ihm gewesen wäre, aber ganz sicher war er sich da nicht. Wenn ihn die alten Träume einholten, verlor er das Gefühl für Zeit. Vielleicht hätte es sich ausgehen können, Robert zu töten und dann hierherzufahren? Kaliumchlorid wirkte binnen zehn Minuten, manchmal sogar schneller. Einen großen Ortswechsel zwischen Tatzeit und Eintritt des Todes konnte man da nicht vornehmen.

»Belledin hat Ulli festgenommen. Er glaubt, dass er die drei getötet hat«, sagte Killian und versuchte, in Klaras Reaktion etwas zu lesen, das ihm einen Hinweis auf ihre Rolle in dem Spiel geben könnte.

»Warum nicht? Gründe hätte er genug«, antwortete sie lakonisch. »Robert hat er gehasst, weil er jünger, schöner und besser war; außerdem hat er es ihm nie verziehen, dass ich mit ihm eine Beziehung hatte.«

»Während du mit Ulli zusammen warst?«

»Wann sonst?«, lachte Klara.

»Und der dicke Leo? Warum sollte Ulli den umgebracht haben?«

»Alte Rivalitäten vielleicht? Der dicke Leo galt als Platzhirsch in der Szene. Er war es, der Geppert auf die Bildfläche gebracht hat. Manche sagten, Geppert hätte den dicken Leo erpresst.«

»Erpresst? Womit?«

»Nun, der dicke Leo hatte eine Neigung zu Knaben, und Geppert soll sie ihm besorgt haben. Dafür wurde Geppert dann zur Einmann-Konzertagentur. An ihm kam keiner aus der Gilde vorbei. Geppert hat auf beiden Seiten die Hand aufgehalten. Und wenn ihm danach war, musste man auch auf die Besetzungscouch mit ihm. Ansonsten bekamst du keinen Auftritt. Frag mal die Lola Sisters. Und die kannten Geppert schon von klein auf. Das war auch ein Grund, warum ich damals gegangen bin. Ich habe es nicht ausgehalten, wie feige die Jungs waren. Ich hätte mir das von keinem Geppert der Welt bieten lassen. Aber so ist Ulli eben. Ein Maulheld. Und wenn's darauf ankommt, zieht er den Schwanz ein. Und Robert stand ihm da in nichts nach.«

Killian traute seinen Ohren nicht.

»Klar, geärgert haben sie sich beide. Aber den Mumm, öffentlich zu rebellieren, hatte keiner. Vielleicht ist Ulli jetzt der Kragen geplatzt, und er tritt seine Mission an?«

»Mission? Sei nicht so zynisch.«

Klara lachte laut. »Dass du ein Sensibelchen bist, das habe ich gleich gemerkt, aber wer auf den Schlachtfeldern seine Lorbeeren verdient hat, wird doch auch ein wenig Galgenhumor besitzen?«

»Ich hatte ihn, in der Tat; aber er hat mich so abgeschottet, dass ich nichts mehr empfunden habe, gar nichts. Und es ist die Hölle, an Schönheiten vorbeizugehen und nichts mehr dabei zu empfinden. Erst rettet er dich, der Galgenhumor, aber irgendwann brauchst du immer mehr davon, bis die Dosis dich in den Wahnsinn treibt.«

»Du solltest in Therapie«, sagte Klara.

»Bei dir?«

»Hilfe! Ich habe keine Ahnung von Psychologie. Ein paar Küchenrezepte für den Alltag, das war's dann auch schon.«

»Wer hat Ahnung von Psychologie? Wer kennt den Menschen wirklich? Weiß, wie er tickt? Genügen Statistiken, um ein Krankheitsbild zu erklären? Was ist mit der Ausnahme, die jede empirische Studie über den Haufen wirft?«

»Wir glauben alle, dass wir Ausnahmen sind, und schuld daran ist die Renaissance«, erwiderte Klara.

»Aber von der weiß doch schon längst niemand mehr etwas.«
»Das war übrigens deine beste Arbeit damals in Kunst. Über da Vinci als *Unvollendeter*.«
»Die hatte ich von Bärbel abgeschrieben.«
»Ich weiß, aber nur den Anfang.«
»Stimmt, ich musste mich dann wegsetzen.«
»Ihr seid zu unterschiedlichen Schlüssen gekommen, trotz gleicher Prämissen. Dein Schluss hat mir besser gefallen.«
»Wie war er? Ich kann mich nicht erinnern.«
»Aber ich«, lächelte sie und schwieg wie eine Sphinx. »Warum bin ich wohl hier?«, fragte sie dann im Stil einer Grundschullehrerin, die es ihrem Schüler sehr leicht machen will.
»Doch nicht etwa, um dich bei mir als Mörderin zu stellen?«, antwortete Killian.
»Beim nächsten Mal, versprochen. Jetzt möchte ich aber Fotos sehen.«
»Die Polizei fahndet nach dir. Ich muss Belledin melden, dass du bei mir bist.«
Klara sah ihn kalt an. Eine Nacht vor über zwanzig Jahren an den Ufern der Möhlin würde nicht reichen, um von Killian einen Gefallen erwarten zu dürfen.
»Ruf ihn nur an, ich habe nichts zu verbergen«, sagte sie und verzog ihre Mundwinkel zu einem gezwungenen Lächeln.
Killian drehte sich von ihr ab, griff nach seinem Handy, das er auf dem kleinen Tisch neben dem Barocksofa abgelegt hatte, und wählte Belledins Nummer. Noch während es am anderen Ende der Leitung klingelte, war Klara aus dem Atelier verschwunden und hatte den Wagen gestartet. Es war eine A-Klasse mit getönten Scheiben. Ein Mietwagen. Killian erkannte es am Nummernschild. Er legte auf, noch ehe Belledin abnahm. Er würde warten, bis Belledin zurückrufen würde. Diesen Vorsprung war er ihr schuldig.

***

Schweißgebadet wälzte sich Wagner auf Belledins Feldbett, das zwischen seiner unvollendeten Kirschskulptur und Belledins Magnettafel stand.

Er träumte wieder davon, wie er rannte und seine pelzige Zunge immer länger wurde. Endlich war sie so lang, dass sie über den pulvrigen Lößboden schliff, sich in der Wurzel einer wilden Rebe verfing und ihn zu Boden riss. Er lag mit dem Gesicht im Löß und inhalierte den Staub, als wäre er reinstes Kokain. Dann drehte er sich auf den Rücken und lächelte zungenlos. Die Zunge blieb im Wurzelwerk der wilden Rebe kleben.

Belledin kam zur Tür herein. »Morgen, Wagner. Auf, auf, frisch ans Werk!«

Wagner riss die Augen auf und starrte Belledin orientierungslos an. Er erwiderte den Morgengruß nicht, er hatte keine Zunge mehr.

»Ich komme gleich wieder. Dann will ich aber, dass du gewaschen bist und die Zähne geputzt hast, ist das klar? Alter Süffel!« Belledin war wieder weg.

Wagner wusste nicht, ob das eben zum Traum gehört hatte oder nicht. Er schlug ein zweites Mal die Augen auf. Belledin war nicht im Raum. Aber das wäre er auch im Traum nicht gewesen. Er war ja auch im Traum wieder rausgegangen; wenn es denn ein Traum gewesen war.

Wagner bewegte seine Zunge und war froh darüber, dass er sie noch hatte. Er wischte sich mit dem Ärmel seines Hemds den Schweiß von der Stirn und damit auch den Traum weg. Er wollte nicht wissen, was dieser Traum zu bedeuten hatte. Seitdem er begonnen hatte, seine Alkoholsucht zu bekämpfen, hatte er ständig expressive und surreale Träume.

Er blickte zu seinem Kirschholz und sah auf einmal eine geschnitzte Zunge darin, die sich in einem Wurzelwerk verflocht. Teile der Wurzel wuchsen sogar durch die Zunge hindurch. Das war gut, das war sein Zustand, den wollte er ausdrücken, und er konnte es auch. Denn jetzt sah er in dem Kirschholz bereits das, was aus ihm werden sollte.

Sein Blick fiel auf Belledins Magnettafel. »KCL«, murmelte er. Da er den geerbten Weinberg in Ihringen bewirtschaftete, war ihm das Düngemittel ein Begriff. Er erinnerte sich an die Mangelerscheinungen des Silvanerblattes und fragte sich, ob es ein Bauer war, der den Stimmungsmachern den Garaus machte. Und dann fragte er sich, ob er selbst als Bauer einen Grund hätte, Musikanten zu töten. Er verneinte. Es fand keinen Zusammenhang. Seine Augen wanderten weiter über die Magnettafel. Von einem Madonnengesicht war nichts zu lesen. Belledin tappte also noch im Dunkeln, Wagner behielt seinen Vorsprung.

In Gedanken heftete er das Madonnengesicht an die Magnettafel und begann mit den anderen Begriffen darauf zu spielen. War das Madonnengesicht eine Bäuerin, die so selbstverständlich mit KCL tötete, wie sie düngte?

Er hätte den alten Düster sofort fragen müssen. Aber er war gehemmt gewesen. Die Kirche, seine eigene Unsicherheit, die Trauer des Alten um seinen Sohn; das alles hatte Wagner eingeschüchtert. Er war bislang nie der große Ermittler gewesen, nur der erfüllende Hilfssheriff des großen Belledin. Wie sollte er da mit einem Mal alles richtig machen? Es bedurfte einfacher, kleiner Schritte. Jetzt war er bereit, dem alten Düster die Frage nach dem Madonnengesicht zu stellen.

Belledin mochte real oder in Träumen ins Büro zurückkommen. Wagner würde nicht mehr da sein. Er würde erst wieder zurückkehren, wenn er die Mörderin in Handschellen mit sich führte.

Er schnappte sich seine Sommerjacke aus leichtem Leinen und wollte raus, da versperrte ihm Belledin den Weg. Er hielt zwei Pappbecher in seinen Händen. »Kaffee? Ohne Zucker.« Er streckte Wagner einen der Becher entgegen. Wagner griff ihn etwas zu fest, sodass der Becher einknickte und der heiße Kaffee ihm über den Handrücken kochte. Vor Schmerz ließ er den Becher fallen. Er klatschte auf den Boden, der schwarze Kaffee sprenkelte Belledins hellbraune Wildlederschuhe.

Die dunklen Augen Belledins wanderten über die versauten Schuhe, dann stachen sie in Wagners Gesicht.

»Meine Frau kriegt das bestimmt wieder hin«, brummte er. »Nimm meinen. Der ist aber mit Milch.« Er streckte Wagner den zweiten Becher hin. Wagner nahm ihn mit Vorsicht und klammerte sich an ihm fest. Wenn Belledin so freundlich war, drohte etwas.

»Klara war bei Killian«, brummte Belledin.

»Hat er sie nicht festgehalten?«

»Er ist kein Polizist.«

»Und trotzdem brauchen wir ihn?«

»Gerade deswegen. Er fällt auf dem Fest nicht auf. Und wenn er Klara gesagt hat, dass wir hinter ihr her sind, kann er der Nächste sein, der auf ihrem Zettel steht.«

»Killian als Köder?«

»Warum nicht?«

»Warum nehmen wir dann nicht gleich Ulli und ihn als Köder? Doppelte Auswahl.«

Belledin schob nachdenklich den Unterkiefer nach vorne.

»Setz dich«, sagte Belledin. Wagner gehorchte. Belledin drehte sich zur Magnettafel und überflog sie. »Hast du was hinzuzufügen, was ich noch nicht weiß?«, fragte er dann, und Wagner glaubte einen misstrauischen Unterton in seiner Stimme zu hören. »Irgendetwas, was der alte Düster gesagt hat? Etwas über Robert?« Er drehte sich von der Magnettafel weg und sah Wagner tief ins Herz. Das drohte zu stocken, die Finger krampften sich um den Becher, dass der Kaffeespiegel verdächtig zum Becherrand stieg.

»Nein, nichts, was uns in der Sache weiterbrächte«, stammelte Wagner.

»Ist nur eine Frage. Es wäre blöd, wenn wir die Informationen, die wir haben, nicht zusammentragen, sodass alle etwas davon haben. Was brächte uns dann die Arbeitsteilung?«

»Versteht sich von selbst, Chef.«

Belledin knabberte an den Spitzen seines Schnäuzers. »Ich möchte, dass du noch mal zum alten Düster fährst. Frag ihn mal, was er über die Beziehung zwischen Robert und Klara weiß. Wir sehen uns dann auf dem Fest bei den Lola Sisters. Denen habe ich nämlich noch ein paar Fragen zu stellen.«

Wagner nickte erleichtert. »Und was ist mit den Zeugen im Krankenhaus, die Bielmann über dem toten Leo gefunden haben? Vielleicht haben die ja noch was anderes gesehen?«

Belledin zögerte und atmete tief durch. Dann blickte er wieder auf die Magnettafel. Er hatte den Schweizer gar nicht drauf. Er nahm einen abwaschbaren Filzer und gab Bielmann einen Cluster. Dann zog er einen Pfeil zu einem kleineren Cluster, den er mit »Drei Fragezeichen« beschriftete. Zufrieden war er damit nicht.

»Der Schweizer passt überhaupt nicht in das Geflecht. Aber ich werde trotzdem ins Krankenhaus fahren. Wir sehen uns heute Abend.«

Wagner nickte und wagte erst jetzt an dem Kaffee zu nippen.

Belledin war bereits an der Tür, als er sich noch mal umdrehte. Wagner erschrak, hatte den Kaffeebecher aber im Griff.

»Ich will alles. Auch die kleinste Information, die der alte Düster rauslässt, ist wichtig. Haben wir uns verstanden?«

Belledin wartete keine Antwort ab, Wagner nickte ihm in den Rücken und kämpfte mit einem schlechten Gewissen. Aber er hatte nicht den Mumm gehabt, Belledin jetzt von dem Madonnengesicht zu erzählen. Er würde es später tun, wenn er vom alten Düster wieder zurückkäme. Er würde einfach so tun, als hätte er die unterschlagene Information erst beim zweiten Mal erfahren.

***

Killian blätterte im Album von Düster. Er hatte schon lange keine Fotos mehr von Laien angeguckt. Es graute ihn vor angeschnittenen Köpfen und roten Augen. Es wurde einfach abgedrückt, ohne sich bewusst zu sein, was man gerade machte. Man knipste eben. Mit der digitalen Fotografie war es noch schlimmer geworden. Alles konnte jederzeit und von jedem eingefangen werden. Die Inflation des Bilds war perfekt. Es war nichts mehr wert. Ähnlich, wie es dem Wort ergangen war, als es von jedem geschrieben werden konnte. Über die Jahrhunderte verlor es seine Magie, wahre Hexer waren nur noch selten. Auch hier erledigte die digitale Geschwindigkeit und Massenherstellung das Übrige. Wer schrieb noch einen Brief? Wer mühte sich um die Findung des richtigen Wortes? Bei der SMS verschwand erst die Großschreibung, dann das Wort selbst. Kürzel und Anglizismen in Zahlen setzten sich durch. Die Medien bestimmten die Sprache und somit das Denken. Schnell und beliebig und obendrein unverbindlich, weil zu jeder Zeit änderbar.

Darin sah Killian den größten Verlust. Die Entscheidungsstärke, die den Fotografen ausgemacht hatte, war mit der Macht des Digitalen verloren gegangen; weil man sich um sie drücken durfte.

Bei den Fotos, die in Düsters Album klebten, hatte es auch trotz analoger Fotografie noch keine Entscheidungen für den Moment gegeben. Auch hier war blindlings abgedrückt worden. Aber Killian sah darüber hinweg. Er versuchte vielmehr über die Menschen, die sich auf den Fotos in den Armen lagen oder gemeinsam Schlager sangen, Beziehungslinien zu knüpfen, die ihm einen Hinweis auf die mögliche Hintergrundgeschichte der Mordserie geben könnte. Belledin hatte ihm das Album gegeben. Irgendeinen Anhaltspunkt sollte er darin finden, der aus Düsters Bekanntenkreis zu fischen war.

Robert Düster hatte viele Leute gekannt. Und sie hatten sich gerne mit ihm zusammen fotografieren lassen. Manche Fotos waren mit Filzstift beschrieben. Kleine Kommentare der jeweiligen Fotografen. Fans, die sich für den unterhaltsamen Abend bedankten, dann für Momente des Glücks, ein anderes Mal deutete nur ein lippenstiftiger Kussmund die Erinnerung näher an. Immer aber war es das gleiche, echte Lächeln, das von Düster aus den Fotos sprang. Er schien die Geselligkeit tatsächlich gemocht zu haben, oder er war ein exzellenter Schauspieler.

Killian gelangte an eine Serie mit Ulli, Klara und Düster. Klara war schwanger, das war nicht zu übersehen. Sie war in der Mitte, die beiden Memories flankierten sie lachend. Es waren überraschend gute Fotos; Killian dachte, gleich würden die Figuren in den Bildern zu laufen beginnen. Klara hätte er solche Fotos durchaus zugetraut, aber sie war selbst mit auf den Bildern, also konnte sie es nicht geschossen haben. Nach Selbstauslöser roch es auch nicht.

Killian blätterte weiter und erschrak. Jetzt war Düster weg, vermutlich um das Foto zu knipsen; dafür befand sich nun wohl die Fotografin der vorigen Serie mit auf dem Foto, denn die Location und das Licht waren gleich geblieben. Isabella!

Killian schluckte. Sie hakte Ulli rechts unter, während Klara ihm links den Kopf auf die Schulter legte und demonstrativ ihren schwangeren Bauch herausstreckte.

Isabella mochte etwa zwanzig gewesen sein. Wunderschön, eine Blüte der Unschuld am Arm des nimmersatten Verführers Ulli.

Killian merkte, wie ihm heiß wurde. Es war nicht nur die Schwüle, die allmählich in sein Atelier kroch, sondern auch ein Feuerwerk ungeordneter Gedankenfunken, die ihm den Schweiß auf Stirn und Nacken trieb.

Was hatte Isabella mit den dreien zu schaffen gehabt? Hatte sie etwas mit Ulli gehabt? Oder mit Düster? Oder mit Klara? Mit allen drei? Was spielte sie für eine Rolle in dem Spiel? War sie eine Ergänzungskarte? Ein Joker? Oder war das Trio am Ende ein Quartett? Ein vierblättriges Kleeblatt, das Glück versprach, aber Tränen brachte?

DREIZEHN

Isabella hatte sich einen Verband mit essigsaurer Tonerde um den Knöchel gewickelt. Sie war froh darüber, dass sie Killian glauben konnte. Er war nicht wie Robert, er meinte es ernst. Aber nach all den Versprechungen, die Robert ihr über die Jahre gemacht hatte, war es nur zu verständlich, dass sie nur noch schwer einem Mann trauen konnte. Vermutlich hatte auch Robert sie geliebt, aber er hatte eben ein großes Herz. Und da hatten Blondinen, wie die aus der Tennis-Klause, viel zu viel Platz.

Jetzt war Robert tot. Isabella trauerte nicht um ihn. Sie wollte ihn vergessen. Und es würde ihr auch gelingen. So, wie sie auch all die anderen von früher vergessen würde. Ulli, Klara, den dicken Leo, Geppert und die Lola Sisters – sie würde alle vergessen können. So, wie diese einmal eine wichtige Rolle in ihrem Leben gespielt hatten, so würden sie verschwinden. Das war der Kreislauf der Dinge: Kompost gebar Blütenpracht, und Blütenpracht welkte zu Kompost. Jetzt blühte die Liebe zu Killian. Eine alte Liebe, eine im Keim gebremste, aber niemals erstickte Liebe.

Zwischen Robert und Killian hatte Holger keinen Platz gehabt. Es war eine Scheinheirat gewesen. Fürs Dorf, für die Eltern, für den Hof. Isabella liebte einen Hallodri und einen Abenteurer, dazwischen war sie gespannt. Holger hatte nur dem Bild nach außen gedient. Er war nachts wie ein räudiger Kater durch die Klappen Freiburgs gestreift, hatte sich im Colombi-Park mit Männern getroffen, deren Namen er nicht gekannt hatte, und war mehr als einmal verdroschen nach Hause gekrochen. Sie hatte ihn verarztet und nicht gefragt. Sie hatte nicht nach den Männern gefragt und er nicht nach Robert.

Sie erschrak über sich. Beim Gedanken an Holger und Robert verspürte sie kein Gefühl der Trauer. Auch die Morde am dicken Leo und an Geppert kümmerten sie nicht. Für Isabella waren sie schon lange tot gewesen. So tot wie das Kind, das sie nicht hatte austragen dürfen. Auch andere Leute, die Isabella kannte, existierten für sie nicht mehr. Es war nur eine Frage der Zeit, bis der Tod sie tatsächlich abräumte.

Jetzt fehlten nur noch Ulli und Klara, die Isabellas nie vergangenen Schmerz verursacht hatten. Aber Klara war auf Mallorca. Vielleicht würde sie Klara besuchen, im Winter, wenn es der Hof zuließ. Oder war Klara auch schon tot? Vor ein paar Jahren hatte man sich erzählt, dass sie Krebs hätte. Dann hörte man nichts mehr. Aber bei Klara wusste man nie. Sie war nicht auszurechnen. Isabella hatte damals auch nicht erwartet, dass Klara ihr die Spritze setzen würde, als die anderen sie festhielten. Ulli blieb auf jeden Fall noch. Wenn er erledigt wäre, dann wäre die Sache bereinigt.

Isabella stand auf und testete ihren Knöchel. Er schmerzte, aber sie konnte auftreten.

***

»Hier drin isches kühler«, sagte Düster und öffnete das Kirchentor.

Wagner blickte zur Madonna über dem Portal. »Sie ist wunderschön«, sagte er und blieb vor der Kirche stehen. Düster wischte sich den verschwitzten Nacken mit einem Taschentuch, das einmal weiß gewesen sein musste. Jetzt changierte es in ein bräunliches Gelb. »Sie erinnert mich an irgendjemand.«

Düster lachte kalt. »Des hät de Robert au immer gsagt. Aber die isch kei Madonna, die isch ä Satan.«

Wagner blickte den Alten fragend an.

»Isabella Stein. De Afang vum End.«

Wagner gab seinen fragenden Blick nicht auf.

»Wenn die nit gwese wär und de Heldt. De Robert hätt Karriere gmacht. Aber die beide, die hän ihm s' Gnick gebroche. Der war wie verhext. Sogar ä Kind hät er mit ihre welle. Sie war sogar schwanger vun ihm. Vu Hochzeit hän sie scho gschwätzt. Und uf eimol: Aus die Maus. Kei Kind, kei Hochzeit. Un ich hab sogar scho mitm Pfarrer gschwätzt ghätt, vo wege kirchlicher Trauung. Obwohl sie vorehelich schwanger war. Henei, die isch kei Madonna, im Lebtag nit. Au wenn sie so ussieht.«

***

»Das sieht übel aus«, sagte Belledin, und es sollte wie Anteilnahme klingen. Der junge Mann, der vor ihm fast komplett eingegipst im Krankenbett lag, lächelte gequält.

»Höchstens zehn Minuten«, sagte die dralle Krankenschwester, die eben auf einem Tablett die Reste des Mittagessens abräumte. Belledin nickte ihr zu und blickte ihr nach, wie sie aus dem Zimmer verschwand.

»Was haben Sie genau gesehen?«, wandte sich Belledin zu dem Eingegipsten.

»Hatte ich das nicht schon erzählt?«

»Vielleicht meinem Kollegen, aber nicht mir. Manchmal gehen bei uns auch Sachen unter. Gerade, wenn viel los ist«, erwiderte Belledin freundlich. Er hatte tatsächlich Mitleid mit dem Bettlägerigen. Er selbst schwitzte bei dieser schwülen Hitze schon wie ein Ross. Wie sich das Wetter unter einem Ganzkörpergips anfühlen musste, mochte er sich gar nicht vorstellen. Bei dem Gedanken überkam ihn Platzangst. Er ging zügig ans Fenster und öffnete es. Kein Luftzug, der Erleichterung versprach, sondern eine warme Suppe spülte ins Krankenzimmer. Belledin verschluckte sich daran, hustete und schloss das Fenster wieder umgehend.

»Hoffentlich kommt bald ein Gewitter«, sagte er mehr zu sich selbst. Dann drehte er sich wieder zu dem Zeugen um und hielt ihm das Foto unter die Nase, das er aus Düsters Album entfernt hatte »Kennen Sie jemand von den beiden?«

»Klar, das sind die Memories. Und der eine davon ist tot.«

»Und die Frau? Haben Sie die schon mal gesehen?«

»Nein. Obwohl, vielleicht.«

»Vielleicht?«

»Vielleicht war sie es, vielleicht auch nicht. Wir kamen von der Straße, hatten schon gut getankt. Da haben wir diese Blondine gesehen. Sie verschwand im Hof des Turnvereins. Mark sagte: ›Ich stehe auf Wasserstoff. Die gehört mir.‹ Und wir sind hinterher. Dann war die Blondine weg, dafür haben wir dann den Typen mit der Weinflasche über dem dicken Leo liegen sehen. Das war alles. Mark hat ihn sich dann zuerst gepackt, und als der Kerl sich wehren wollte, haben wir Mark geholfen.«

»Und die Blondine?«

»Die war weg. Aber ich sage Ihnen, das war keine Wasserstofffärbung. Das war eine Perücke. Ich bin Friseur, da kenne ich mich aus. Auch wenn ich getankt habe. Ich hab es Mark gleich gesagt. Aber der hat mir nicht geglaubt. Deswegen sind wir ihr ja auch hinterher. Wenn er recht gehabt hätte, hätte ich die nächste Runde zahlen müssen. Aber ich bin mir sicher, dass er zahlen muss.«

»Wenn er aus dem Koma erwacht, können Sie ihn ja daran erinnern«, sagte Belledin trocken.

Die Krankenschwester kam ins Zimmer. Ihr Lächeln war ebenso drall wie ihre Hüften. Es deutete Belledin an, dass die zehn Minuten vorüber waren. Er stahl sich das gefüllte Glas Orangensaft vom Tablett, leerte es in einem Zug und verabschiedete sich von dem Zeugen und der Krankenschwester. Er würde beide Namen lediglich für den Bericht brauchen. Für seine Magnettafel täte es: »Eingegipster Friseur«.

Auf dem Weg zu seinem Wagen dachte er über die Blondine nach. Biggi hatte eine blonde Frau in der Nähe des Klos gesehen und hatte sie für Klara Düster gehalten. Killian hatte aber gesagt, dass Klara zum Zeitpunkt des Mordes bei ihm im Atelier gewesen sei. Wenn er ihr ein falsches Alibi geben wollte, hätte er ihn wohl kaum angerufen, um ihm zu sagen, dass sie erneut bei ihm aufgetaucht war. Dass Killian sie nicht festgehalten hatte, konnte er ihm nicht vorwerfen, dazu war Killian nicht befugt. Er war ihm schon dankbar, dass er auf den Undercover-Plan eingestiegen war.

Ulli war wieder draußen. Es gab keinen Grund, ihn länger festzuhalten. Er war froh, dass Killian mitspielte. Das minimierte das Risiko, dass Heldt der Nächste war, dem von irgendeiner wütigen falschen Blondine eine Überdosis KCL verpasst wurde.

War das Blond der kessen Bedienung in der Tennis-Klause eigentlich echt? Belledin kannte sich damit nicht aus. Er selbst hatte keine Frisur, war froh um jedes Haar, das ihm auf seinem Schädel noch geblieben war. Und studierte sie nicht Medizin? Kannte sie sich nicht mit Chemie aus?

Die Klimaanlage seines Audis war defekt. Er ließ alle vier Fenster des Wagens hinuntergleiten und riskierte, sich einen Durchzug einzufangen, während er über den Zubringer von Freiburg in Richtung Kaiserstuhl bretterte.

***

Mit einem Tablett voll Weißweinschorlen in Händen manövrierte sich Manuela durch das dicht gedrängte Volk, das sich in der Tennis-Klause zum letzten Abend eingefunden hatte. Sie wirkte fröhlich dabei und scherzte mit jedem, nur Killian würdigte sie keines Blickes. Verschmäht zu werden war ihr bislang wohl fremd gewesen.

Killian beobachtete sie, während er »My Funny Valentine« in die Klarinette blies. Seine Gedanken verharrten aber nicht bei ihr, sondern wanderten zu Isabella. Er blies dagegen an, aber er konnte sich nicht dagegen wehren.

Die Fotos, auf denen er Isabella mit den Memories gesehen hatte, stießen ihm auf. Es war wohl ein Anflug von Eifersucht, der an ihm nagte. Isabella schien sehr glücklich auf den Fotos. Ihr Lachen hatte die Kraft der Jugend gehabt, die alles wagt und niemals an ihren Triumphen zweifelt. Killian selbst hatte auch mal so ein Lachen besessen. Er hatte es verschwendet im Irrglauben der ewigen Quelle. Es gab Momente des Schicksals, die diesen Sprudel der unendlichen Freude zum Versiegen bringen konnten. Killian hatte sie erlebt, und wohl auch Isabella. Denn so schön und unverbraucht sie auch schien, ein Lachen wie das auf dem Foto, auf dem sie Wange an Wange mit Robert posierte, hatte er mit ihr bislang noch nicht erleben dürfen.

Sie hatten noch keine Zeit gehabt, den anderen nach der Vergangenheit zu fragen. Die erste Verliebtheit schloss so etwas aus. Und wenn er selbst gefragt worden wäre, wie es ihm ergangen war all die Jahre, ihm wäre wohl ein Lachen ausgebrochen. Aber es wäre das Lachen eines Irren gewesen, unvergleichbar mit der bezaubernden Frische, die Isabella über Robert Düster ergossen hatte.

Robert war aber tot. Und Killian war nun Belledins Gehilfe, um diesen Tod aufzuklären. Es war ihm unangenehm, dass plötzlich

Isabella in die Nähe des toten Robert rückte. Warum hatte sie nicht von ihm erzählt? Sie musste doch auch wissen, dass man ihn auf dem Weinfest ermordet hatte. Solchen Nachrichten konnte man nicht entkommen. Hatte sie geschwiegen, weil sie etwas zu verschweigen hatte?

Ihm wurde flau von dem Gedanken, und er merkte, dass ihm die Puste fehlte, um in den hohen Lagen zu improvisieren. Die Klarinette quiekte wie ein Schwein, das gerade abgestochen wurde.

Manuela erschrak wegen des jähen Geräuschs und kippte ihr Tablett über den Tisch einer Fünfertruppe. Wütend drehte sie sich nach Killian um. Der aber war verschwunden. Dafür stand mit einem Mal Ulli hinter dem Piano und spielte zur Polonaise auf. Manuelas Stimmung änderte sich schlagartig, ihr Zorn wich guter Laune, und sie war die Erste, die sich einen Rheinländer schnappte, um die Polonaise durch die Tennis-Klause anzuführen.

»Was soll das? Was mache ich hier, wenn er da ist? Da bin ich doch überflüssig«, wunderte sich Killian, der abseits in einer dunklen Ecke mit einem Schatten sprach.

»Wir haben die Strategie geändert, das ist alles«, brummte der Schatten, der Belledin gehörte. »Das heißt aber nicht, dass du überflüssig bist. Ich fände es gut, wenn du bei ihm in der Nähe wärst. Da er jetzt unser Köder ist, hat sich lediglich deine Rolle etwas verschoben.«

»Ich bin also sein Bodyguard?«

Belledin druckste herum. »Nein, so würde ich das nicht sehen; aber ich bitte dich einfach, in der Nähe zu sein. Sonst müsste ich einen von meinen Leuten ansetzen, und das wäre zu auffällig. Da können wir unseren Plan gleich in die Badische setzen.«

Killian schwieg. Dann fragte er. »Hast du einen Verdacht? Außer Klara?«

Belledin brummte.

»Ja oder nein?«

»Es ist nicht viel, nur ein Gefühl.«

»Wer?«

»Die Blonde am Ausschank.«

Killian machte große Augen, die Belledin zu mehr Erklärung aufforderten.

»Sie studiert Medizin, und sie hatte Heldt das Alibi für den ersten Mord gegeben. Vielleicht ist sie selbst kurz aufs Klo verschwunden, um Düster zu erledigen? Das wäre niemandem aufgefallen. Der Toilettenwagen steht von hier nur knapp hundert Meter entfernt. Sie sagt, sie holt neuen Wein aus dem Keller, stellt Düster nach und macht ihn fertig. Dann kommt sie mit einem Karton Wein zurück, zwinkert Ulli zu und hat dadurch selbst ein Alibi. Motiv Eifersucht, oder verschmähte Liebe.«

»Das ist dünn. Was ist mit den anderen Toten? Wieso hätte sie die erledigen sollen? Da zieht dein Motiv überhaupt nicht.«

»Ich weiß. Aber eine andere Blondine habe ich nicht, nachdem du Klara ein Alibi gegeben hast. Glaubst du etwa, ich bin stolz auf so was? Nicht mehr lange, und ich vermute sogar, dass es ein Ex-Süffel wie Wagner ist, der eine Wut auf den Wein hat und deshalb mit Düngemittel Entertainer, die Sauflieder singen, ins Jenseits befördert.«

Killian horchte auf. »Wut auf Wein, warum nicht? Es könnte ein Winzer sein, der zu seinem Beruf gezwungen wurde und in ihm die Fesseln seiner Unfreiheit sieht.«

»Wir sind doch hier nicht in einer Planwirtschaft. Hier kann doch jeder werden, was er will.«

»Wir haben es mit einem Täter zu tun, der aus einem bestimmten psychologischen Profil heraus agiert. Und vielleicht liegst du mit der These gar nicht so falsch.«

»Wenn du so ein Fan von der These bist, kannst du ja auch bei der Idee die Hauptrolle übernehmen und Heldt nicht von der Seite weichen. Und wenn wir Glück haben, besucht dich Klara nicht nur in deinem Atelier, sondern auch hier. Sie bleibt immer noch meine Hauptverdächtige. Trotzdem haben wir auch ein Auge auf die Blondine am Ausschank. Ich muss alles in Erwägung ziehen.« Belledin trat ein wenig aus dem Schatten, sodass das Grün einer Glühbirne der Lichterkette auf die obere Hälfte seines Gesichtes schien.

Killian glaubte, ihn mit den Augen lächeln zu sehen.

»Einverstanden. Aber erst muss ich noch etwas erledigen. Bin gleich wieder da.«

Ohne Belledins Antwort abzuwarten, huschte Killian durch den Hinterausgang der Klause davon.

Ulli Held spielte »Libertà« von Milva.

***

»Die isch scho uffm Fescht«, sagte Erna. »Weisch, mir sin vier Tag zviel. D' Isabell vertritt mich hiet. Erscht hab ich's versuche welle, aber ma isch halt doch nimmi die Jüngscht«, lachte sie in der ihr eigenen donnernden Art.

Killian verließ den Hof wieder und machte sich auf den Weg zurück zum Weinfest. Aus der Ferne hörte er erstes Grollen am Himmel. Es erinnerte ihn an Ernas Lachen. Ob sie ihn verhöhnte? Wusste sie etwa darum, dass Isabella eine Mörderin war? Wusste es der Himmel? Die Wolken? Killian wünschte, dass die Blitze endlich zuckten und er von einem getroffen würde. Er hielt die Schwüle nicht mehr aus, er ertrug die Ungewissheit nicht mehr. Sobald er Isabella vor sich hatte, würde er sie direkt fragen. Er hatte keine Lust auf ein Detektivspiel. Er wollte von ihr nicht belogen werden, er wollte sie auch nicht überführen, er wollte einfach nur Gewissheit.

Ihm graute vor der Menschenmenge, die sich durch die schwüle Hitze wie ein feuchter Schwamm über die Straße zog. Aber er tauchte ein. Es blieb ihm nichts anderes übrig, wenn er an den Waffelstand des Hausfrauenbundes gelangen wollte. Für einen Moment glaubte er, im Gegenstrom Klara zu sehen. Doch schon begegneten ihm zwei andere blond gefärbte Mittsechzigerinnen, die ihre Haare ähnlich trugen.

»Killian!«, rief es plötzlich aus dem Sumpf. Es war Swintha, die mit den Armen fuchtelte und sich zu ihm durchpaddelte. Er zog sie den letzten Meter zu sich, aus Angst, sie könnte mit der Strömung fortgeschwemmt werden. Swintha hatte er völlig vergessen. Zu sehr hatte ihn sein frisch verliebtes Herz beansprucht, als dass er für seine Tochter einen Gedanken freigehabt hätte.

»Swintha, bist du allein? Wo ist Reto?«

Genau das hätte er wohl nicht fragen sollen. Denn auch Swintha litt am offenen Herzen. Und das, wovor Killian sich fürchtete, war bei ihr bereits eingetroffen. Swinthas Herz blutete. Sie fühlte sich elend und beschissen, aber sie ahnte, dass es sich wohl so anfühlen musste. Viermal hatte sie Retos Nummer wählen wollen. Jedes Mal hatte sie ihr Handy nur angestarrt und dann wieder zur Seite gelegt. Bärbel hatte gesagt, so einem würde sie nicht nachlaufen, und aus Trotz hätte Swintha es beinahe getan. Aber nicht einmal der Trotz gegen Bärbel war mächtig genug, um Reto wiedergewinnen zu wollen. Und das schockierte sie am meisten.

Jetzt hing sie Killian am Arm und drückte ihr tränennasses Gesicht gegen sein feuchtes Hemd. Alles war eins. Der gesamte Fluss, der sich über die Hauptstraße des Weinfestes zog, schien eine einzige kollektive Träne zu sein, die sich nochmals auf der Kuppel der Wange einschwor, ehe sie in die Tiefe stürzte.

Killian erinnerte sich wieder seiner Mission. Er hätte wohl noch eine Weile so mit Swintha dastehen und sich dem subtropischen Klima ergeben können, aber er wollte Gewissheit. Und dafür würde er auch mit bloßen Händen gegen die Stromschnellen des Amazonas paddeln.

»Ich muss noch was erledigen. Wir treffen uns dann in der Tennis-Klause, okay?«, sagte er und stieß sich von Swintha ab.

Swintha nickte und suchte nach irgendetwas Trockenem, womit sie sich übers Gesicht wischen konnte. Aber sie blieb erfolglos. Also überließ sie sich dem Strom, der in Richtung Tennis-Klause schwappte.

***

Wagner hatte sie gesehen, sie war ein schwarzer Schatten gewesen. Er hatte richtig kombiniert gehabt und geahnt, dass die Lola Sisters das nächste Opfer sein würden. Für ihn war es eine logische Konsequenz, wenn man Ulli Heldt freiließ. Das war ihm aber erst eingefallen, als Belledin bereits unterwegs gewesen war. Aber sie wollten die Sisters später ohnehin gemeinsam befragen.

Er hätte auch falsch liegen können, aber die Möglichkeit hatte bestanden, und er wollte sie nicht ungeachtet lassen. Wenn jemand darauf aus war, Ulli Heldt für ein verlorenes Kind verantwortlich zu machen, wollte er diesen nicht töten, sondern strafen. Und zwar lebenslänglich. Entweder mit Angst, dass er der Nächste sei, oder indem er ihn zum vermeintlichen Täter machte.

Die andere Möglichkeit wäre gewesen, dass Ulli Heldt tatsächlich der Mörder war, dann würde heute Abend gar nichts passieren; so blöd war Heldt nicht. Er wusste, dass er als Köder fungierte und unter Beobachtung stand.

Aber es passierte etwas. Und zwar in dem Moment, in dem Wagner auf das Wohnmobil der Lola Sisters zulief. Sie schrien, im Duett, so wie sie auch im Duett sangen und musizierten.

Wagner fuhr der Schrei der beiden dermaßen in die Glieder, dass er für einen Moment so erstarrt stehen blieb, als hätte ihn die Lava des Ätna gebacken. Dann rannte er aber doch los und riss die Tür zum Wohnmobil auf. Und da sah er den Schatten. Fast gleichzeitig spürte er einen zerreißenden Schmerz am Schädel und hörte das Splittern von Glas, dann sank er zu Boden.

Er fühlte, dass ihm ein seltsames Flüssigkeitsgemisch von der Stirn über die Wange floss. Es schmeckte nach Blut, aber auch – er hielt inne und wollte es nicht wissen, aber es war so – nach Wein! Und es schmeckte gut, sehr gut sogar. Wie ein Dürstender, der in der Wüste die Wassertropfen eines Kaktus entdeckt, streckte Wagner die Zunge heraus und leckte mal Blut, mal Wein. Ein seliger Ausdruck trat in seine Augen und ließ sie funkeln wie Sterne ferner Milchstraßen, deren Licht man auf der Erde zwar noch sah, von denen man aber ahnte, dass sie bereits erloschen waren.

Ein Sanitäter vom roten Kreuz kniete neben ihm und fragte nach seinem Befinden. Wagner hörte die Stimme von weit weg und glaubte, es sei wieder einer jener Orakel-Geister, denen er während seines Entzuges hinter jedem Strauch begegnet war.

»Mir geht es gut, sehr gut«, antwortete er mechanisch, so wie er es auch in Emmendingen immer getan hatte. Aber diesmal fühlte er sich tatsächlich gut. Es könnte noch besser gehen, dachte er, wenn er statt diesem roten Blutweingemisch einen echten Burgunder süffeln könnte.

Und der Teufel in ihm berichtete es dem Sanitäter. Und dieser, geboren, um rasch Abhilfe zu schaffen, brachte Wagner ein Römerglas, voll bis über den Maßstrich. Wagner ergriff es mit zittriger Hand und trank.

VIERZEHN

Der Teig war schneller zur Neige gegangen, als alle Expertinnen des Hausfrauenbunds erwartet hatten. Isabella stand hinter dem Waffeleisen und vertröstete die hungrige Kundschaft; dabei lächelte sie so charmant wie die Frühlingssonne, die den ersten Bienenschwarm zur Blüte lockt.

Killian sah dieses Lächeln schon von ferne, und er wäre dahingeschmolzen, wäre er nicht schon windelweich gewalkt durch die feuchte Welle, durch die er sich bislang wacker gekämpft hatte.

»Stehen bleiben heißt rückwärts gehen«, zitierte er irgendeinen asiatischen Weisen und kraulte weiter, um an den Waffelstand zu gelangen.

Er vergaß alle anderen, die nach Waffeln schrien, und sah nur noch Isabella. Überhaupt schien die Straße mit einem Schlag leer zu sein und sich in einen langen weißen Sandstrand zu verwandeln, hinter dem die Wellen des indischen Ozeans sanft ans Ufer schwappten. Und inmitten der Königsinsel schwebte Isabella, ritt auf zwei jahrtausendealten Schildkröten und gebot Killian aufzusteigen, um mit ihm gen Himmel zu fahren.

»Eine Waffel mit Zimt«, sagte er, etwas Besseres fiel ihm nicht ein, um sich der Realität wieder anzunähern.

»Wir warten noch auf den Teig. Unsere Logistik hat sich verschätzt. Tja, wenn Erna nicht dabei ist …« Isabella zuckte unschuldig mit den Schultern. Es schien ihr egal zu sein, wie viele Eltern ungeduldig auf Nachschub harrten, um die nörgelnden Kinder abzuspeisen.

Konnte ein solcher Engel eine eiskalte Mörderin sein? Killian erinnerte sich, dass er Isabella direkt fragen wollte, aber er brachte es nicht fertig. Ihre bezaubernde, alles überstrahlende Gestalt blendete ihn und ließ ihn zu einem Wurm werden, der sich nach dem kühlen Nass der Erde sehnte. Er war Isabella nicht gewachsen. Seine Gefühle waren stärker, als die Ratio es nun verlangte. Er wollte sie küssen, die Zeit anhalten, entscheidende Fragen fürs Ende der Welt aufsparen. Und wenn sie die Mörderin war? Was wäre schon dabei? Hatte er nicht auch schon getötet? Ja, es war aus Notwehr, im Krieg galt alles immer als Notwehr. Wenn nicht er, dann ich. Aber wie war es im zivilen Alltag? Herrschten dort nicht auch die Regeln des Krieges? Freilich subtiler, filigraner, komplizierter. War Frieden am Ende doch Krieg mit anderen Waffen?

Killian hatte kein Recht, sie zu fragen, ob sie die Mörderin sei – doch sein Herz hatte das Recht, endlich wieder Liebe zu leben. Aber es würde wiederkommen, dieses Gefühl der Ungewissheit, es würde zwischen ihnen stehen. Und es durfte nichts zwischen ihnen stehen, wenn ihre Liebe Bestand haben sollte. Und Killian sehnte sich nach Beständigkeit. Zu lange war er rastlos durch die Welt geirrt, er wollte endlich ankommen.

Der Teig kam in einem großen roten Bottich dahergeschwappt. Isabella tauchte die Kelle ein und goss die Ladung auf drei vorgeheizte Waffeleisen. Killian war begeistert von der Choreografie der Waffelherstellung. Sein inneres Ohr hörte dabei Tschaikowskis »Schwanensee«, die Kellen wurden zu Tanzbeinen und die Waffelrosetten zu Tutus.

Er atmete tief durch und wollte tatsächlich zur entscheidenden Frage ansetzen, da reichte ihm Isabella eine Waffel.

»Mit Zimt, etwas schwarzer Schokolade und einem Hauch Chili.« Sie sagte es mit einem Timbre in der Stimme, das Killian seinen Text vergessen ließ. Er biss in die Waffel, kaute und schmeckte, schluckte und genoss. Und er fragte nichts.

***

Belledin wischte sich mit dem Handtuch, das ihm eine der Lola Sisters gereicht hatte, den Schweiß von Nacken und Stirn. Dabei blickte er auf den selig lächelnden Wagner. Der Sanitäter hatte ihm den Kopf bereits verbunden, in der Hand hielt er ein halb volles Glas mit Spätburgunder. Selig prostete er Belledin zu.

»Die Madonna. Sie ist es, ich habe sie gesehen«, raunte er über den Rand des frisch gefüllten Weinglases in Richtung Belledin. Dann genoss er das Blut des Rebbergs, das ihm aus dem Kelch in die Kehle floss.

Ein Süffel bleibt ein Süffel, dachte Belledin und befand sich mit einem Satz wieder bei Hemingway und Harry Morgan. Er hatte kein Mitleid mit Wagner, sondern ärgerte sich über ihn. Was musste ausgerechnet der Bürohengst einen Alleingang machen? Warum hatte er nicht die Kraft, dem Alkohol zu widerstehen? Belledin trank auch mal gern, aber auch er musste heute Abend trocken bleiben, also konnte er das auch von seinen Mitarbeitern verlangen. Am liebsten hätte er Wagner ein Disziplinarverfahren an den Hals gehängt; aber Belledin war keiner von den Paragraphenaffen, er würde das regeln, wie es unter Männern üblich war: direkte Ansprache des Problems und verbale Peitsche!

Er holte tief Luft, um den trunkenen Wagner in aller Öffentlichkeit zur Sau zu machen, da brummte sein Handy. Er trug es am Gürtel seiner Hose. Eine Jacke war ihm zu heiß.

»Was?«, fragte er und hielt sich das andere Ohr zu, um dem Sprecher besser lauschen zu können, da die Lola Sisters ihr Programm im Zelt des Turnvereins bereits wieder aufgenommen hatten.

Belledin fluchte und trat gegen einen Karton mit leeren Weinflaschen, der sich neben der Tür des Wohnwagens befand. Da hatte er sich gerade von der Tennis-Klause bis hierher durchgeschlagen, und nun meldete ein Kollege, dass Ulli Heldt verschwunden sei. Und die Lola Sisters plärrten schon wieder ins Mikrofon, dabei hatte er sie noch nicht einmal wegen des versuchten Überfalls vernommen. Und Wagner war besoffen!

Es half nichts. Die Lola Sisters mussten warten. Er stellte zwei Uniformierte als Bewachung neben die Bühne der jodelnden Schwestern und krempelte die runtergerutschten Ärmel seines durchgeschwitzten Hemdes nach oben. Dann tauchte er ein in das wabernde Leibergemisch, das sich noch immer unermüdlich die Hauptstraße auf- und abwärtszwängte.

Und Belledin war wieder mittendrin. Er strampelte, fuchtelte, fluchte und schwitzte. Zweimal stieß er jemanden rücksichtslos zu Boden, weil der die Gesetze der dynamischen Fortbewegung missachtete.

»Polizei, ich bin im Einsatz«, grollte er dann jedes Mal und zeigte seinen Dienstausweis, der zum Glück mittlerweile aus Plastik war, sodass ihm die hohe Luftfeuchtigkeit nichts anhaben konnte.

Doch obwohl er zwischen ungezählten Menschen steckte, fühlte er sich allein. Killian hatte ihn im Stich gelassen, auf den Süffel war ohnehin kein Verlass, und wenn Ulli Held etwas zugestoßen war, konnte es ihn den Kopf kosten.

Warum hatte er nur auf Wagner gehört? War ihm denn selbst nichts Besseres eingefallen? Nein, er durfte Wagner keine Vorwürfe machen. Der Plan war gut. Und wer konnte wissen, ob er nicht vielleicht doch noch aufging? Er musste nur so rasch wie möglich Heldt wiederfinden, dann würde der ihn zum Täter führen.

Belledin lachte hysterisch auf und blieb stehen. Er sah sich um und drehte sich im Kreis. Wie sollte man aus diesem Treiben einen einzelnen Menschen herausfischen können? Was war ein Menschenleben überhaupt wert, wenn man plötzlich so viele vor sich sah, die einen obendrein noch mit ihrer Distanzlosigkeit bedrängten?

Belledin hatte sich diese Frage schon oft gestellt, wenn er im Fernsehen Bilder aus China gesehen hatte. Ein Wahnsinn, hatte er immer gedacht, wie viele Chinesen es gibt. Ist doch klar, dass sie da ab und zu ein paar niederwalzen, wenn ihnen der Sinn danach steht.

Seine Klaustrophobie nahm mit einem Mal zu. Auch ihm stand jetzt der Sinn danach, einige der hier Überflüssigen niederzuwalzen. Ein fürchterlicher Gedanke, aber er hatte ihn nun mal. Er hatte häufig abgründige Gedanken, die hatte wohl jeder. Die Kunst war es, sie nicht in die Tat umzusetzen. Denn dann war man Täter, und dann wurde man gejagt; und zwar von ihm.

Der Gedanke, dass er sich selbst jagen müsste, machte Belledin Angst. Er stieß wieder einen Menschen um, der ihm im Weg stand, und rief dabei: »Polizei! Ich bin im Einsatz!«

Das verschaffte ihm einen Moment Raum zum Atmen und die Gewissheit, dass er noch immer einen anderen Täter jagte und nicht sich selbst.

***

Die Nachfrage nach Waffeln war so groß, dass sie mit drei Waffeleisen nicht auskamen. Also war Isabella aufgebrochen, um eines von sich zu Hause zu holen und ein weiteres von einer Nachbarin. Sie hatte nicht gewollt, dass Killian mitkam, weil sie dann nicht wüsste, ob sie wieder zurückkehrten.

Killian kratzte mit der Kelle den restlichen Teig aus dem roten Bottich und lud alle drei Waffeleisen damit. Er hatte Isabella gesagt, dass er nur kurz aushelfen könne, weil er Ulli versprochen hatte, ihm noch mal beim Musizieren beiseitezustehen. Den Handel mit Belledin hatte er verschwiegen. Das hätte zu viele Fragen aufgeworfen, und am Ende hätte er Isabella doch noch gefragt, ob sie die Mörderin sei.

Bei dem Gedanken fragte er sich, wo sie bloß blieb. Sie hätte längst wieder zurück sein müssen. Jetzt erinnerte er sich, dass Isabella die Idee mit den zwei weiteren Waffeleisen erst gekommen war, nachdem er ihr von Ulli erzählt hatte. Sie wusste also, dass er nicht mehr in Untersuchungshaft war. Wenn sie nun doch die Mörderin wäre, dann wäre jetzt ihre Gelegenheit, Ulli den Garaus zu machen.

Es qualmte verdächtig aus den Waffeleisen. Killian stach der Geruch von angebranntem Teig in die Nase, und er versuchte hastig zu retten, was zu retten war. Die umstehende Fachwelt des Hausfrauenbundes lachte und schüttelte mitleidig den Kopf, gleichzeitig wurde ein frischer Bottich mit Teig angekarrt und neben Killian auf den Tisch geklatscht. Er kratzte die verkohlten Krumen aus den Eisen und füllte abwesend frischen Teig nach.

Er konnte unmöglich hierbleiben und Waffeln backen, während Isabella womöglich Ulli hinrichtete. Killian drückte einer abgeschafften Frauenhand die Kelle in die Hand und machte sich auf den Weg.

Viele Freunde hatte er in Bötzingen nie gehabt, und ausgerechnet jetzt drohten ihm einige vor die Brust gespült zu werden, denen er nur schwer entkommen konnte. Ehemalige A-Jugend-Spieler des FC Bötzingen, die, mit Weingläsern um den Hals und Weinflaschen in der Hand, ihren Kurs durch das wogende Menschenmeer nahmen. Und wenn Killian ihre Bewegungsrichtung nicht falsch deutete, war eine Kollision unvermeidlich. Er hatte sie sofort erkannt: Enno, Hafner, Schigge, Charley und Stelzen-Willi. Nicht nur weil sie nach all den Jahren noch immer dieselben Sauflieder schmetterten, sondern weil sein visuelles Gedächtnis unschlagbar war. Killian vergaß kein Gesicht. Selbst wenn es fülliger geworden war, als es sich ein Vorstopper der A-Jugend hätte erlauben dürfen.

Ihm fiel nichts Besseres ein, als sich auf den Boden zu kauern und so zu tun, als würde er sich die Schuhe binden.

Die alte A-Jugend rückte näher. »Ich fahr mit meiner Klara in die Sahara, zu den wilden Tieren, ich möchte meine Klara in der Sahara, ach, so gern verführen. Kommt ein wilder Löwe, oh Schreck – Roooooaaarr –, frisst mir meine Klara weg, ja und so fahr, ich ohne Klärchen, aus dem Sahärchen, in die Heimat zurück, ole!«, grölten sie, und Killian hätte sich jetzt gerne bei ihnen untergehakt und die nächste Strophe mit ihnen angestimmt. Aber er musste weiter. Er musste zu Ulli. Er hatte Belledin versprochen, auf ihn aufzupassen. Und es war eine seiner wenigen Prinzipien, denen er bedingungslos Folge leistete. Verabredung war Verabredung. Alles andere bedeutete den Tod. Wenn man sich nicht auf den anderen verlassen konnte, war man verloren. Und auf Moshe hatte er sich immer verlassen können, sonst wäre er mehr als einmal hopsgegangen. Und jetzt war er es Moshe und all den anderen schuldig, die sich auf das Prinzip der Verbindlichkeit beriefen, bei Ulli Heldt zu sein, um diesen vor einem möglichen Anschlag zu schützen.

***

Ulli war sich sicher, dass sie wieder da gewesen war. Und nichts und niemand hätte ihn davon zurückhalten können, ihr zu folgen. Er musste mit ihr reden. Es war noch so vieles unausgesprochen. Er wusste, dass er nie ein Mann der großen Entschuldigungen gewesen war, aber es tat ihm leid, unendlich leid, dass es so hatte auseinandergehen müssen.

Zehn Jahre lebte sie nun schon auf Mallorca, aber die Trennung war schon viel früher passiert, und zwar elf Jahre vor Mallorca, also vor einundzwanzig Jahren. Und trotzdem hatten sie noch elf

Jahre miteinander gelebt, ehe Klara den endgültigen Schlusspunkt gesetzt hatte. Seitdem hatte Funkstille geherrscht. Sie hatte ihr neues Leben, ohne ihn, ohne alle. Nicht einmal Robert hatte sie in Santanyi besuchen dürfen. Sie hatte niemanden von früher mehr sehen wollen. Aber jetzt war sie zurückgekommen und wollte anscheinend ihn sehen. Aber warum beobachtete sie ihn nur? Warum kam sie nicht zu ihm und sprach ihn an? Sie war doch früher immer so direkt gewesen.

Jetzt war sie wie vom Erdboden verschluckt. Er hatte sie sehen können, die ganze Zeit; er war aber durch das Gedränge nicht näher an sie herangekommen. Zweimal hatte er ihren Namen gerufen. Beim zweiten Mal hatte sie sich nach ihm umgedreht. Und er war sich sicher gewesen, dass sie ihn anlächelte. Dann war sie weitergegangen. Es hatte sich zu einem koketten Fangenspiel entwickelt, mit dem sie früher in den Reben oft ihren Spaß gehabt hatten. Am Ende hatte sich Klara dann irgendwo versteckt, wo es niemand vermutete, und »Schön ist es auf der Welt zu sein« gepfiffen, damit er sie fand.

Ulli schlug das Herz bis in den Kehlkopf bei den Gedanken an diese Zeit. Das Leben war so schön gewesen, und er hatte es aus purer Hybris und Selbstsucht mit Füßen getreten.

Sie war weg. Wie vom Erdboden verschluckt. Wahrscheinlich hatte sie wieder ein passendes Versteck gefunden. Früher sagte sie immer, sie könne mit dem Finger schnipsen, und schwupp, wäre sie auf dem Mars. Vielleicht war sie ja jetzt dort? Oder auf Mallorca? Ohne Flieger und ohne Schiff. Ulli lachte bitter in sich hinein. Wenn er mit dem Finger schnipsen könnte, um zu verreisen, dann hätte auch er schon die ganze Welt gesehen. So kannte er sie nur aus Liedern. Und darin sah sie immer und überall gleich aus. Die Sonne ging unter, das Meer war mild, die Sonne ging auf, das Meer war noch milder.

Warum sollte er also verreisen? »Um den Reisenden hinterherzukommen«, antwortete er sich. Aber Reisende sollte man nicht aufhalten, dieser Spruch war sein Mantra. Und so hatte er den Schmerz, den Klara ihm bereitet hatte, als sie einfach nach Mallorca abgehauen war, ertragen. Aber er wusste, dass ihr Schmerz um vieles größer sein musste, deswegen war er auch froh gewesen, dass sie weggegangen war. Er hatte den vorwurfsvollen Schmerz in ihren Augen nicht mehr ertragen können. Er hätte sie womöglich umgebracht, wenn sie nicht gegangen wäre.

Aus der Klause des Anglervereins klang Musik. Sie kam nicht von einem Alleinunterhalter, sondern von einer CD. Roy Black und Anita trällerten »Schön ist es auf der Welt zu sein …«.

War es Zufall? Oder hatte Klara das Lied aufgelegt, um ihn zu sich zu locken? Schritt für Schritt, Takt für Takt näherte er sich der Anglerklause und Roy Black.

***

Belledin triefte vor Schweiß. Er wusste nicht mehr, wie viel menschliches Rindvieh er schon beiseitegeschoben hatte. Jetzt stützte er sich mit seinen Händen auf die stämmigen Schenkel und atmete tief in den Rücken. Er keuchte, als würde er Kette rauchen. Dabei hatte er schon lange damit aufgehört. Ein Redakteur vom SWR hatte ihm vor Jahren gesteckt, dass nur die Bösen noch rauchen würden, jedenfalls in den TV-Krimis. Belledin hatte sich daraufhin die Sendungen diesbezüglich angeschaut und dann das Rauchen aufgegeben.

Es war verrückt, wie sehr das Fernsehen das Leben beeinflusste. Anstatt dass es umgekehrt war. Früher hatte man in den Filmen versucht, das Leben des Alltags dramatisch einzufangen, heute gab das Fernsehen dramatische Anweisungen für das Leben.

Belledin wischte sich mit dem klatschnassen Taschentuch die klatschnasse Stirn, dann stemmte er sich mit den Händen von den Knien ab und richtete sich auf. Er wollte weiterkämpfen, sollten ihn die Wogen des Menschenozeans doch ersäufen. »Schwimme, wer schwimmen kann, und wer plump ist, geh unter!«, deklamierte er den Franz Moor aus Schillers »Die Räuber«. Auch ein Bösewicht, dachte Belledin. Der Redakteur vom SWR würde ihm vermutlich eine Zigarette ins Maul stecken, damit der Zuschauer wüsste, woran er war.

Belledin bewegte sich weiter, stoppte aber abrupt, da er sonst mit Killian zusammengestoßen wäre.

»Das ist aber eine Überraschung!«, maulte Belledin. »Warum

kann es nicht einmal im Leben den richtigen Zufall geben? Warum kann mir nicht der Mörder in diesem Heuhaufen begegnen und sagen ›Ich bin die Nadel, nehmen Sie mich fest‹?«

»Ich muss zurück zu Heldt. Ich glaube, er ist in Gefahr«, schnaufte Killian. Auch er triefte vor Schweiß.

»Was du nicht sagst. Er war schon die ganze Zeit in Gefahr, deshalb hatte ich dich ja um den kleinen Gefallen gebeten, auf ihn aufzupassen. Schon vergessen?«, echauffierte sich Belledin.

»Ja, ich weiß, aber ich glaube, ich weiß, wer die Täterin ist.«

Belledin stutzte. »Klara? Oder die kleine Medizinerin? Welche von beiden ist es? Oder sind es alle beide? Hast du Beweise?«

»Es ist nur ein Verdacht, deshalb möchte ich noch keinen Namen nennen. Jetzt müssen wir zu Heldt, ehe es zu spät ist.«

»Vermutlich ist es schon zu spät! Heldt ist nämlich verschwunden.«

»Was? Wie konnte das denn passieren? Du warst doch in der Tennis-Klause.«

»War ich nicht. Auf die Lola Sisters wurde ein Anschlag verübt. Wagner wollte sie gerade vernehmen, da hörte er Geschrei aus dem Wohnwagen. Die eine war gerade auf dem Klo, da war die andere kurz allein. Wohl das Einzige, was sie nicht gemeinsam machen. Und dann kam jemand zur anderen in den Wohnwagen, mit einer Flasche Spätburgunder in der Hand.«

»Wer?«

»Weiß ich nicht. Eine blonde Frau, sagte die eine Lola.«

»Älter oder jünger?«

»Weiß sie nicht mehr, wird ihr aber wieder einfallen. Es ging zu schnell, sie hatte Panik. Sie dachte nur noch ans Schreien. Und das hat sie gerettet. Dafür hat Wagner die Flasche abgekriegt. Aber er scheint glücklich damit. Ist doch klar, dass ich da nicht bei Ulli bleiben kann. Ich habe zwei Kollegen in Zivil zurückgelassen, aber Heldt hat sie abgehängt.«

***

Im Hof des Angelvereins war es verhältnismäßig leer. Es machte sich bemerkbar, dass hier keine Liveband spielte. Selbst wenn es nur ein Alleinunterhalter mit seinem E-Piano war, die Leute zogen den lebendigen Gesang der Konserve vor.

Höfflin, dem Vorstand des Angelvereins, war es egal. Er hatte in der Früh einen fetten Hecht in den Rheinauen gefangen und ließ sich nun vom Schriftführer samt Beute fotografieren.

Swintha fragte, ob sie davon ein paar Fotos schießen dürfte, Höfflin strich sich geschmeichelt über den gestutzten Vollbart und zog den Bauch ein.

»Nur zu. Die Frog isch, wer vu beide isch de größere Hecht?«, lachte er polternd und zwinkerte dem Schriftführer anzüglich zu. Dieser, ein Flitzebogen an Figur, krümmte seinen Rücken noch mehr, um den Scherz des Vorstands in sich hineinzulachen; ansonsten erwiderte er nichts, sondern schielte lediglich neidisch nach Swinthas Hightech-Kamera. Er selbst hatte die beiden Hechte bloß mit einer alten Minolta fotografiert. Eine bescheidene Kleinbildkamera, die es aber für die Dokumentation der Angelvereinsaktivitäten durchaus tat. Es musste nicht immer das Neuste und Teuerste sein; sie waren nicht der Tennis-Club. Hier waren einfache Leute. Welche, die sogar wilderten, um zu Hause etwas auf den Tisch zu bringen. Und der Hecht war eindeutig gewildert. Der stammte zu hundert Prozent nicht aus den Rheinauen, sondern aus einem Privatteich. Aber der Flitzebogen hütete sich, Höfflin damit zu konfrontieren. So schnell der Vorstand seine Angelrute durch die Luft surren lassen konnte, so rasch konnte einen seine Faust im Gesicht treffen. Deswegen war er ja auch der Vorstand.

Swintha schoss rasch einige Bilder und ließ die Kamera dabei wieder mitlaufen. Sie hatte sich aus dem heißen Menschenstrom, der sich durch die Hauptstraße des Festes ergoss, befreien müssen. Bis zur Tennis-Klause hätte sie es nicht mehr geschafft. Der Hof des Anglervereins war die beste Lösung, auch wenn ihr die Typen, die hier abhingen, nicht gerade sympathisch waren. Triefäugige Schurken, die in ihren früheren Leben wahrscheinlich als Piraten auf der »Black Pearl« unterwegs gewesen waren und mit dem Teufel um ein paar Golddukaten schacherten. Wenn der Vollmond durch das Zeltdach schien, würde man sicher ihre Skelette sehen.

Swintha schauderte. So heiß es ihr vorhin im Dickicht des Treibens gewesen war, so sehr fröstelte sie nun. Vielleicht lag es auch nur an dem Eis, das die toten Fische frisch halten sollte. Swintha bedankte sich und wollte die Piratenhöhle wieder verlassen, da packte sie der tätowierte Arm Höfflins und hielt sie zurück.

»Halt! Erscht noch ä Foto!«, befahl er und zog sie an sich heran.

Swinthas Kopf kam in der Nähe seiner Achselhöhe zu liegen. Sie hielt den Atem an und unterdrückte den Würgereiz.

Der Flitzebogen fingerte an seiner Minolta und linste durch den Sucher.

»Schiessdreck. Dä Film isch voll. Wart, ich wechsel gschwind.«

Er kramte mit seinen Knochenfingern in einem schwarzen Ledertäschchen und zog einen Ilford Schwarz-Weiß-Film hervor. Dann wechselte er den vollen gegen den leeren Film aus und setzte wieder an. Obgleich er das alles sehr geschickt und flink tat, kam es Swintha wie der ewige Ritt ins Inferno vor. Der beißende Achselschweiß des Vorstands war betäubend.

»Diesmol isch klar, wer vu beide dä Fisch isch«, gab Höfflin zum Besten und lachte noch lauter und noch dreckiger als zuvor.

Der Flitzebogen krümmte sich wieder und jagte all seine lüsterne Phantasie durch den Sucher, wobei sicherlich das Glas beschlug.

Endlich löste Höfflin seinen Schraubstock, und Swintha schwang ihre Nase in eine Richtung, in der sie Frischluft vermutete.

»Willsch ä Filet mit Kartoffelsalat?«, fragte Höfflin.

Swintha wollte dankend verneinen, es fehlte ihr aber noch der Atem.

»Mössi! Eimol Filet mit Kartoffelsalat für die Piratenbraut!«, schrie Höfflin zu einem Typen, der sich hinter Fisch und Eis an einer Flasche Bier festhielt und mit seinen Glubschaugen dem toten Barsch vor ihm Konkurrenz machte.

Swintha überlegte kurz, ob Mössi wohl Kiemen hinter den Ohren besaß, und unterdrückte ein Glucksen. Wenn sie nun auch noch anfing, hier zu lachen, käme sie überhaupt nicht mehr weg.

Mössi öffnete den Mund, wie es Fische taten, die unter Wasser stumme Lieder sangen. Mit leichter Verzögerung schwappten die Töne an Swinthas Ohr.

»Un zum Trinke?«

»Ä Viertel Müller!«, antwortete Höfflin an Stelle Swinthas.

Swintha sah sich schon als Eigentum des Käpt'ns bei absoluter Windstille an den Rossbreiten siechen, da erscholl ein unerwarteter Schrei aus Mössis Karpfenmund:

»Do liegt einer! Den kenn ich! Des isch dä Ulli!«

FÜNFZEHN

»Nichts zu machen. Etwas früher, und wir hätten ihn noch retten können.« Dr. Selinger zuckte mit den Schultern und nickte den Sanitätern zu, dass sie die Leiche abtransportieren konnten.

Belledin schloss die Augen und atmete tief durch. Er hatte Bockmist gebaut, und zwar großen. Heldt könnte noch am Leben sein, aber Belledin hatte auf Killian vertraut. Und der stand nun neben ihm und sagte keinen Ton. Endlich brach Belledin das Schweigen.

»Wer ist sie? Wen verdächtigst du? Ich will jetzt einen Namen!«

Killian schüttelte den Kopf. »Ich bin mir nicht mehr sicher«, erwiderte er tonlos. Dabei starrte er auf ein Büschel blonder Haare, das die Spurensicherer aus Ullis Hand gezogen und in einem Klarsichtbeutel verwahrt hatten.

»Nein, sie ist es nicht. Sie hat schwarzes Haar. Falscher Alarm.«

»Falscher Alarm?«, schnaubte Belledin. »Sag mal, hast du sie noch alle? Hier liegt bereits die vierte Leiche, und du erzählst mir was von *falschem Alarm*? Wenn du bei ihm geblieben wärst, wäre er noch am Leben!«

»Ich bin kein Polizist. Er hat zwei von deinen Leuten abgehängt, und du warst auch nicht da«, erwiderte Killian ruhig.

Da Belledin an Killian abprallte, knöpfte er sich Swintha vor. »Wieder eine Leiche, und wieder vor Ort. Du scheinst den Tod auch anzuziehen, was? Liegt wohl in der Familie. Da dein Vater in diesem Hof zum Stockfisch geworden ist, bist du vielleicht so freundlich und antwortest mir auf ein paar Fragen?«

Swintha nickte verstört. Sie hatte selbst schon den Verdacht, dass ihre Fotografie den Tod anzog. Ihr Blick suchte Killian. Sie brauchte jetzt seinen Halt. Aber Killian war verschwunden.

***

Er musste diesen Gang allein machen; mit einem Mal ging ihn die Sache mehr an, als er die ganze Zeit wahrhaben wollte. Von Anfang an war er ein Teil des Mordplans gewesen, aber er hatte sich nur an seine Klarinette geklammert und nichts sehen und nichts hören wollen. Nur den Klängen süffiger Musik wollte er lauschen, seinen beißenden Träumen entkommen, in Ruhe gelassen werden. Aber das Schicksal ließ einen nicht in Ruhe. Die Strategie des Wegsehens ging nie auf, man wurde immer wieder gestellt, wenn man versäumt hatte, etwas aufzuräumen. Klara hatte ihn benutzt, und das wollte er sich nicht gefallen lassen. Wie dreist sie gepokert hatte, als er sie direkt gefragt hatte, ob sie die Mörderin sei. Beim nächsten Mal würde sie es gestehen, hatte sie gesagt; und jetzt wusste Killian, dass sie es wörtlich gemeint hatte. Aber er wäre vorbereitet. Sie würde ins Atelier kommen, wie sie es jede Nacht getan hatte, nachdem sie ihre Tat vollbracht hatte. So hatte sie sich stets ein vages Alibi verschafft. Diesmal unter dem Vorwand, die Fotos und Bilder abzuholen.

Killian war es nun schon gewohnt, sich schwarmtauglich zu verhalten. Er nahm den Gegenstrom wie ein Slalomläufer und kam mit der Technik beachtlich voran. Vielleicht suggerierte aber auch nur die Gegenbewegung des Pulks, dass er sich selbst bewegte? Killian zweifelte einen Moment und suchte nach einem objektiven Maß. Er fand es beim Stand des Hausfrauenbundes. Er hatte sich bereits bis hierhergekämpft. Einen Hof weiter, hinter dem Zelt des Roten Kreuzes, stand sein Defender.

Er freute sich und schämte sich zugleich, als er Isabella hinter fünf Waffeleisen stehen sah. Wie hatte er nur denken können, sie sei die Mörderin? Wie froh er war, dass er sie nicht danach gefragt hatte. Alles wäre aus gewesen, egal wie die Antwort ausgefallen wäre. So hatte er eine Chance, Rohinas Schatten hinter sich zu lassen. Isabella hatte ausreichend Licht, mit ihr könnte er es schaffen.

Er konnte nicht einfach an ihr vorbei. Er musste sie küssen, jetzt. Also nahm er Kurs auf die dampfenden Waffeln und ruderte sich an den Stand.

Isabella drückte eben einem Pärchen zwei Waffeln in die Hände, da überraschte sie Killian mit einem Kuss auf die Wange. Sie schreckte hoch, bereit, dem Unverschämten eine Ohrfeige zu geben, aber als sie ihn erkannte, lachte sie und küsste ihn zurück.

Lang und innig, dennoch das richtige Zeitmaß im Blick, damit die Waffeln nicht anbrannten.

»Hilfst du mir?«, fragte sie, und Killian drohte zu schmelzen wie Schokoladencreme auf einer heißen Waffel. Aber der Klarsichtbeutel mit dem blonden Haar in seiner Hand erinnerte ihn an seine Mission. Er hatte den Beutel mitgehen lassen, um Klara damit zu konfrontieren.

»Was ist das denn?«, fragte Isabella.

»Nichts Besonderes. Ein Kunde möchte eine Küche fotografiert haben. Und da suche ich gerade die passende Haarfarbe für das Modell«, improvisierte Killian.

»Geht ihr dabei so ins Detail?«, fragte Isabella verwundert. »Das glaubt man gar nicht, wenn man solche Kataloge aufschlägt.«

»Das ist noch gar nichts. Manchmal müssen wir sogar Brombeerblätter grün färben, damit sie auf dem Marmeladenglasfoto saftiger kommen.«

»Kann man das nicht mit dem Computer nachcolorieren?«

»Oft muss man noch selbst Hand anlegen. Womit wir beim Punkt wären. Ich muss los, eine Kundin möchte heute noch ihre Fotos abholen.«

»Ich dachte, du spielst mit Ulli in der Tennis-Klause?«, fragte Isabella.

»Die Musik ist aus«, sagte Killian trocken. »Ulli ist tot. Man hat auch ihn ermordet.«

»Oh Gott, hört das denn gar nicht auf?«, entfuhr es Isabella, und es gelang ihr nur mit Mühe, zwei Waffeln vor dem Verkohlen zu retten. »Weiß die Polizei denn wenigstens mehr?«

»Tappt noch immer im Dunkeln.« Killian drückte ihr einen zarten Kuss auf den Mund und machte sich davon.

***

Belledin war stocksauer. Wie konnte sich Killian erdreisten, einfach abzuhauen und dabei ein wichtiges Indiz mitgehen zu lassen?

»Hast du eine Ahnung, wo er hin ist und was er damit vorhat?«, raunzte er Swintha an, als ob sie Killians Stellvertreterin wäre.

Swintha hatte die blonden Haare in dem Klarsichttütchen ebenfalls gesehen, wusste aber auch nicht, was Killian damit vorhaben könnte. Plötzlich erinnerte sie sich wieder an die blonde Frau, die nicht von ihr hatte fotografiert werden wollen.

»Herr Kommissar, ich habe vielleicht etwas, was interessant sein könnte.«

Swintha stellte ihre Kamera auf Video-Wiedergabemodus und ließ den kurzen Film laufen, den sie die Nacht zuvor aufgenommen hatte.

Belledin kniff die Augen zusammen, um auf dem kleinen Display Details erkennen zu können.

»Halt. Halt mal an«, befahl er plötzlich. »Kannst du das näher ranholen und noch mal abspielen? Da, kurz bevor sie aus dem Schatten kommt. Kriegst du das heller?«

»Da müsste ich es erst auf den Rechner ziehen.«

Belledin brummte ungeduldig. »So kann ich es nicht richtig erkennen. Ich brauche es heller.« Er drehte sich zur Mannschaft der Spurensicherung, die noch nach möglichen Indizien spähte. »Hallo, alle mal herhören! Hat jemand von euch einen Laptop dabei, mit dem man Filme bearbeiten kann?«

Die Truppe verneinte einhellig. Belledin fluchte eine badische Tirade.

»Ich ... ich hab ä Rechner hinte im Büro. Isch kein Mac, aber kann au was«, fistelte unerwartet eine Stimme aus dem Hintergrund. Es war der Flitzebogen, der von Höfflin in den Ring geschubst wurde.

»Der macht super Filme! Mir hän sogar schu mol überlegt, ob mir im Rheinwald ä Piratefilm drehe. Mit Äction, allem drum und dran. Er kann dir mit 'm Rechner alle Effekte mache. Stimmt's oder hab ich recht?«, prahlte Höfflin.

Der Flitzebogen nickte schüchtern. »George Lucas bin ich nit, aber mit den halb professionelle Geräte kann man schon ganz hübsche Dinge zaubern.«

»Zeig im Kommissar mol den Clip vum letschte Anglerfescht. Weisch, den, wo du Metallica druntergelegt häsch.«

»Danke. Später vielleicht. Aber jetzt würde mir der Rechner erst einmal reichen«, unterbrach Belledin.

»Alles klar, Herr Kommissar«, beschwichtigte Höfflin und nickte dem Flitzebogen auffordernd zu.

Dieser forderte Belledin und Swintha auf, ihm zu folgen. Sie zogen an der Fischtheke vorbei in das Büro, das auch der Kombüse der »Bounty« Ehre gemacht hätte. Zwischen Konservendosen und Filzdecken, Papierstapeln und leeren Weinflaschen schnarchte ein ranziger Seemann seinen Rausch in einer Hängematte aus, die quer durch den Raum gespannt war. An ihm mussten sie vorbei, wollten sie zur Brücke der Fregatte kommen.

Der Flitzebogen manövrierte sich geschickt durch alle Hindernisse, Swintha schlängelte sich hinterher; Belledin stieß gegen die Hängematte, dass sie verdächtig zu schaukeln begann und den Haken, der auf einer Seite die Hängematte in einem Holzbalken hielt, zum Knarzen brachte.

Endlich erreichten sie das Gerät, das der Flitzebogen einen Computer nannte. Der Kasten war mindestens so groß wie die Rechenmaschinen der ersten Flash-Gordon-Folgen. Belledin sah sich hilflos nach dem Flitzebogen um und erkannte, dass ihnen die gesamte Mannschaft in das Kabuff gefolgt war.

Der Flitzebogen schob sich an Belledin vorbei, drückte einige Tasten auf der Armatur des Vehikels, schaltete auch den Röhrenmonitor ein und wartete. Es knisterte, dann sprang ein Ventilator im Inneren der Kiste an, der Flitzebogen lächelte zufrieden. Ein Bild erschien auf dem Monitor, die knöchrigen Glieder flogen über die Tastatur, wenige Sekunden später öffnete sich ein Schnittprogramm. Der Flitzebogen streckte den Arm nach Swinthas Kamera aus. Alles geschah ohne Worte. Die Stimmung in der Höhle des Anglervereins nahm beinahe klerikale Züge an. Die Augen des Flitzebogens begannen zu glänzen.

»Wahnsinn! Macht die Kamera Bilder. Das sind ja fascht fünfunddreißig Millimeter. Die Tiefenschärfe isch unfassbar. Verrückt, wie weit die mittlerweile sind!«

»Ich will weder eine Kamera kaufen noch einen Vortrag hören, sondern dass Sie mir eine ganz bestimmte Stelle auf diesem Film heller machen. Geht das?«

Der Flitzebogen nickte und machte sich an die Arbeit.

SECHZEHN

Killian wartete. Von seinem Sofa aus hatte er den Eingang im Blick. Er hatte die Schiebetür offen gelassen. Der erste Donner bahnte sich durch den düsteren Himmel und wehte eine leichte Brise ins Atelier. Ein Blitz und zwei Autoscheinwerfer erhellten das Dunkel. Ein weiterer Donner folgte. Das Gewitter sollte endlich Erlösung bringen.

Er stellte seine Tasse mit heißem Wasser beiseite und sah sie im Rahmen der Tür erscheinen. Ihr blond gefärbtes Haar wehte im aufkommenden Wind unentschieden in alle Richtungen. Sie versuchte, den Schopf mit einem schwarzen Haarreifen aus Horn zu bändigen. Es gelang nur mäßig.

»Komm rein, ich habe schon auf dich gewartet«, sagte Killian. Vor ihm auf dem kleinen Couchtisch lag der Klarsichtbeutel mit dem blonden Haar.

»Ich liebe es, wenn es gewittert. Das mochte ich hier immer am liebsten. Wenn es die Schwüle reinigte, diese verklebten Schichten scheinheiliger Wärme zerriss und für einen Moment Klarheit schaffte. Kennst du das Gefühl?«, fragte Klara.

»Oh ja, nur zu gut. Leider ist dieser Moment oft so kurz, dass man glauben mag, man hätte ihn nur geträumt.«

»Wir träumen ihn auch nur, so wie wir alles nur träumen. Frag Ulli, der kennt sich in Sachen Träumen am besten aus.«

»Heißt das, du willst mich zu ihm schicken?«

»Ihr seht euch doch täglich. Du bist ja schon fast der zweite Robert. Ich habe euch gemeinsam spielen sehen. Kompliment, ihr passt zusammen.« Es triefte viel Galle aus den letzten Worten.

»Hören wir auf damit«, brach Killian den Tanz um den heißen Brei ab. »Ulli ist tot, und du hast ihn umgebracht.«

Klara riss die Augen auf. »Was? Was sagst du? Ich habe ihn doch noch eben auf der Bühne gesehen!«

»Du hattest mir versprochen, dass du mir beim nächsten Mal gestehst, dass du die Mörderin bist.«

»Spinnst du? Das war ein Scherz. Ich dachte, dass es auch von dir ein Scherz gewesen ist, mir das zu unterstellen.«

Killian nahm den Klarsichtbeutel in die Hand und hob ihn so, dass Klara den Inhalt sehen konnte.

»Diese Haare wurden in Ullis Hand gefunden. Anscheinend war es nicht der Wind allein, der dir dein Haar so zerzaust hat.«

Klara schüttelte fassungslos den Kopf, ihr fehlten die Worte.

Plötzlich erschien eine Gestalt im Rahmen der Tür und zog sie hinter sich zu. Klara drehte sich erschrocken um. Auch Killians Fokus wanderte von Klara weg zur Schiebetür.

Dann spürte er einen dumpfen Schlag auf den Hinterkopf, wusste nicht, ob es Blut oder Wein war, was ihm über den Schädel ins Gesicht rann, und verlor die Besinnung.

Klara blickte entsetzt auf den am Boden liegenden Killian, dann auf die Frau hinter ihm, die den Rest der Flasche in Händen hielt. Erna Stein.

Die Gestalt hinter Klara war Isabella.

»Hallo, Klara«, sagte sie, und ein wehmütiger Zug umspielte ihre Lippen.

»Isabella. Was … was soll das? Was macht ihr hier? Ich meine …«

»Ist das so schwer zu verstehen? Hast du nicht auch ein Kind verloren? War dir nie nach Rache?« Isabellas Stimme war eiskalt.

»Kriegt er au ä Spritze?«, fragte Erna und deutete auf Killian.

Isabella sah auf den bewusstlosen Geliebten und atmete schwer.

»Wir waren immer nur für einen Sommer bestimmt«, lächelte sie und nickte dann Erna zu. »Bereite zwei vor.«

Klara blickte panisch um sich, suchte nach einem Fluchtweg.

»Gib dir keine Mühe. Du kommst hier nicht raus.«

»Das hat doch alles keinen Sinn! Hör auf damit, Isabella!«, versuchte Klara sich zu retten.

»Jetzt fängt es erst richtig an. Was glaubst du, warum wir die anderen alle getötet haben? Und warum ausgerechnet jetzt, da du da bist?«

»Hast du die vier etwa wegen mir umgebracht?«

»Für dich, nicht wegen dir. Für dich. Du hast doch immer gesagt, man sollte diesen Dreckskerlen die Schwänze abschneiden für das, was sie uns angetan haben.«

»Aber das habe ich doch nicht wörtlich gemeint.«

»Nein, natürlich nicht. Niemand meint mehr etwas wörtlich, deshalb sind Wörter auch nutzlos. Nur Taten zählen noch.«

»Und warum willst du jetzt mich töten? Und Killian? Er hat doch nichts damit zu tun. Und ich, ich bin kein Mann.«

»Du hast aber damals in ihrem Auftrag gehandelt, als du mir die Spritze gesetzt hast. Kaliumchlorid, erinnerst du dich? Damit kann man späte Schwangerschaftsabbrüche herbeiführen.«

»Aber du wolltest das Kind doch nicht!«

»Ich wollte das Kind, und wie ich es gewollt habe. Aber Robert ist zu feige gewesen. Erst hinterher habe ich erfahren, warum. Er hat Angst vor dir gehabt. Weil du ein Kind von ihm verloren hattest, hast du mir nicht gegönnt, dass ich eins mit ihm habe.«

»Das ist doch Blödsinn.«

»Ja? Und warum bist du immer ausgerastet, wenn jemand ›Schön ist es auf der Welt zu sein‹ sang? Weil du es als Hohn empfunden hast, genauso wie ich all die Schnulzen und Lippenbekenntnisse der schönen Welt nur noch als Hohn empfand. Bis es unerträglich wurde. Man kann nicht ewig nur schlucken, irgendwann muss man auch handeln.«

Klara sackte in sich zusammen. Ihr Körper wurde von einem Schauer ergriffen, sie begann heftig zu schluchzen.

»Ja, weine nur, solange du noch kannst. Ich habe auch geweint, nächtelang, als ich begriffen hatte, was ich getan habe. Und du hattest mich davon überzeugt, dass es besser sei. Ich war so jung und hatte solche Angst. Jetzt habe ich keine Angst mehr. Hast du Angst, Klara?«

Klara war auf die Knie gefallen und schluchzte noch immer. Jetzt hob sie den Kopf und sah zu Isabella auf.

»Ja, ich habe Angst. Ich hatte immer Angst vor dem Dunkel. Und der Tod ist dunkel, das weiß ich. Im Tod gibt es keine Bilder.«

»Auch im Leben kann es dunkel sein.«

»Kann ich meine Bilder sehen, während du mir die Spritze gibst? Vielleicht kann ich eines davon mit hinüberretten?«

»Ich habe keinen Sinn für solchen Kitsch und auch keine Zeit dafür. Mir brennen sonst womöglich die Waffeln an, verstehst du?«

»Ich verstehe nur, dass du verrückt bist. Du kommst nie davon. Sie werden dich kriegen.«

»Werden sie nicht. Ich habe immer ein Alibi. Ich war es nämlich nicht allein. Erna und ich, wir haben uns nicht nur am Waffelstand abgewechselt.«

Isabella nahm den Beutel vom Tisch und zeigte ihn Klara.

»Und wir haben eine Perücke getragen. Dass Ulli mir die Haare vom Kopf reißen wollte, war nicht eingeplant. Und dass Killian mit den Haaren zu dir wollte, zwang mich, schnell zu handeln. Die DNA-Analyse hätte ergeben, dass es nicht dein Haar ist, aber als alte Chemikerin weißt du das ja bestimmt.« Isabella ging zu Erna und nahm ihr eine der vorbereiteten Spritzen aus der Hand.

»Es wird so aussehen, dass du Killian hier aufgelauert hast, weil du wusstest, dass er dir auf die Schliche gekommen ist. Du hast ihn dann gerichtet wie all die anderen auch. Und weil du nach getaner Arbeit die Sinnlosigkeit deiner Tat erkannt hast, hast du dich selbst auf dieselbe Weise getötet. Ein bei Amokläufern durchaus gängiges Phänomen. Jeder Kriminalist wird es gerne übertragen, wenn er dadurch nur endlich seine Akte schließen darf.«

Sie machte einen Schritt auf Klara zu.

»Komm, gib mir deinen Arm. Ich habe ihn dir damals auch freiwillig gegeben.«

Klara robbte rückwärts durch das Atelier, bis sie an der Schiebetür ankam. Isabella schüttelte nur mitleidig den Kopf und näherte sich ihr unerbittlich.

»Isabella, soll ich ihm d' Spritze setze oder willsch du's mache?«

Isabella tat so, als würde sie sich Ernas Frage widmen, und drehte sich kurz von Klara weg. Dann schnellte sie aber mit einem Satz herum und jagte Klara die Spritze in den Unterleib.

Klara starrte entsetzt auf die tödliche Waffe, die aus ihrem Leib ragte.

Isabella ging zu Erna und nahm ihr die zweite Spritze ab.

»Das ist eine Herzensangelegenheit, Erna. Das mache ich

selbst.« Lächelnd öffnete sie Killians Hemd und sah in sein schlafendes Gesicht, das vom Spätburgunder bemalt war.

Sie hatte viel und lange geweint vor ohnmächtiger Wut, und dabei war sie darauf gekommen, dass der Wein, mit dem sie aufgewachsen war, mit dem Weinen verwandt war, zu dem sie verdammt schien, und die Weinfeste waren Hohn auf ihr Schicksal. Darum war es nur konsequent, auf dem höchsten Weinfest die Bacchanten zu richten, die ihr mit ihren Lebenslügen das Leben zur Hölle gemacht hatten. So vieles war Lüge gewesen. Schon die Hochzeit mit Holger, eine große Lüge. Er war der Erste gewesen, an dem sie das Kaliumchlorid ausprobiert hatte. Niemand hatte es gemerkt, dass das Herzversagen chemisch provoziert worden war. Und sie war frei gewesen für Robert.

Aber Robert war feige gewesen. Auch er hatte nur gelogen. Bunte Bilder versprochen. Und selbst Klara wollte bis in den Tod hinüber noch bunte Bilder retten. Dabei war die Dunkelheit die einzige Wahrheit. Killian hatte sie bereits geschaut, das hatte Isabella gespürt, und deswegen hatte sie ihn geliebt. Jetzt musste sie ihn töten, obwohl sie ihn noch immer liebte. Aber sie hatte ihn auch in jenem Sommer mit fünfzehn geliebt, Liebe kam und ging. Wenn Killian gleich von ihr gehen würde, wäre es auch nicht für ewig. Sie wusste, dass sie sich in der Dunkelheit wiederfinden würden.

»Tu es nicht, ich bitte dich«, flehte Klara, die an der Schiebetür lehnte. »Er gehört doch nicht zu dieser Geschichte.«

Isabella drehte sich nach Klara um, dann richtete sie sich an Erna. »War die Dosis zu schwach? Sie müsste längst tot sein. Kümmere dich darum.«

Erna ging entschlossen auf die am Boden kauernde Klara zu. In der Hand hielt sie den Hals der Flasche, die sie auf Killians Schädel zerschlagen hatte. Einige Rotweinperlen tropften zu Boden. Klara drückte sich verängstigt gegen die Schiebetür.

»Er hat die falsche Musik am falschen Ort zum falschen Zeitpunkt gespielt«, lächelte Isabella entrückt. »Und diese Musik hat mein Herz getroffen.«

Sie setzte die Spritze direkt über dem Herzen an, Killian war noch immer bewusstlos.

Das Dröhnen der Schiebetür, die mit einem Mal aufgerissen wurde, ließ Klara jäh nach hinten fallen und Erna vor Schreck erstarren.

»Spritze fallen lassen oder ich schieße!«, donnerte Belledin, und dieser Donner übertrumpfte alles, was das Sommergewitter bislang zu bieten gehabt hatte.

Isabella schrak hoch und starrte auf die Walther, die Belledin auf sie gerichtet hatte. Dann suchte sie den Blick von Erna, die genauso erstarrt in den Raum gegossen stand wie sie selbst. Zuletzt sah sie noch einmal auf Killian hinab, schloss die Augen und rammte sich die Spritze selbst ins Herz.

Sie drückte das Gift tief in ihren Körper und genoss es, wie ihr Herz langsam zu rasen begann, dann bäumte sie sich zu einem Schrei auf, der Belledin, Swintha und den mit angerückten Polizisten einen Schauer über den Rücken rinnen ließ. Sie beugte sich tief ins Hohlkreuz, spannte noch mal all ihre Lebenskraft in einem stummen Schrei und sackte dann über Killian zusammen. Diese Dosis hatte Erna richtig berechnet.

EPILOG

Biggi war aufgeregt. Hoffentlich hatte sie nichts vergessen. Es war lange her, dass sie Gäste gehabt hatten. Überhaupt konnte sie sich nicht daran erinnern, dass Bello jemals jemanden nach Hause eingeladen hätte. Aber jetzt hatte er es getan; umso nervöser war sie nun, dass auch alles in Ordnung war.

Vielleicht sollte sie doch die violetten Servietten nehmen? Aber das Violett würde sich vielleicht mit dem Rot des Ketchups beißen. Sie könnte nur den Curry-Ketchup hinstellen, dann würde das Braun des Currys mit dem Violett der Servietten spielen. Aber wenn sie nur ein Barbecue-Dip auf den Tisch stellte, dachten die Gäste, sie sei geizig. Dabei war ihr Schrank voll von Saucen. Am liebsten hätte sie alle aufgefahren. Aber das Auge aß mit. Und heute war »Das Auge« schlechthin geladen. Killian sollte kommen, mit seiner Tochter Swintha. Hoher Besuch. Bello fütterte die Holzkohle schon seit einer Stunde mit Sauerstoff aus dem Blasebalg.

Eine Woche war es jetzt her, seit er den Fall gelöst hatte. Und es war kein Tag vergangen, an dem nicht irgendjemand von der Presse angerufen hatte, um ein Interview mit ihrem Bello zu führen. Sogar vom »Spiegel« waren sie hier gewesen. Bello war aufgeblüht wie lange nicht mehr. Es war auch toll, wie rasch er kombiniert hatte und dann trotz der widrigen Umstände weitere Morde verhindert und die Täterinnen geschnappt hatte. Alle bejubelten Belledin, nur die Badische Zeitung meckerte, dass es zu viele Tote gegeben hätte und Belledin viel zu lang im Dunkeln getappt wäre. Aber was konnte ihr Bello dafür? Ein Fall ohne Tote war kein Fall, jedenfalls nicht für den Hauptkommissar der Mordkommission; und wenn man es im Dorf erzählen wollte, brauchte man mit einer einzigen Leiche erst gar nicht zu kommen. Die Leute wollten Geschichten, in denen es hoch herging, ansonsten horchten sie nicht auf.

Biggi konnte den Hergang mittlerweile auswendig, schließlich hatte sie jeden Zeitungsartikel ausgeschnitten; obendrein war sie beim Einkaufen im Dorf oft genug darauf angesprochen worden. Und mit jedem Erzählvorgang war sie besser geworden. Sie feilte geradezu an der Heldentat ihres Mannes, und nach fünf Tagen war sie so weit, dass sie die Geschichte erzählen konnte, als wäre sie selbst dabei gewesen. War sie ja auch. Immerhin war sie es gewesen, die Robert Düster tot in dem Toilettenwagen gefunden hatte. Und darauf war sie nun stolz. Es war alles nur eine Sache des Kopfes.

»D' Stimmung isch uffm Nullpunkt gsie. Vier Leiche, und eini dävu sogar dä einzig Verdächtige. Alle andere hätte uffgeh. Aber unser Kommissar gibt nie uff, der geht jedere Spur noch. Und eine Spur ware die blunde Hoor, wo sie bim Ulli Heldt gfunde hän. Dä Ulli war jo schu grau, seini Hoor häns also nit sie kenne. Also muss dä Täter blund gsie sie.

Aber uff eimol ware die blunde Hoor äweg, eifach verschwunde, und de Killian au. Was meinsch, wie sich dä Kommissar do uffgregt hät? Aber grad in dem Moment, *Immer wenn du denkst, es geht nicht mehr, kommt von irgendwo ein Lichtlein her,* in dem Moment hät d' Tochter vum Killian, d' Swintha, ä Video in de Händ und zeigt's im Kommissar. Sie isch jo au Fotografin, studiert in Berlin. Jedefalls uff dem Video sieht dä Kommissar ebbis. Ä Schatte oder ich weiß nit was. Jedefalls brucht er a Laptop, damit er's Bild größer mache kann, und vor alle Dinge: heller. Einer vu dä Angler hät zwar kei Laptop aber ä andere Computer, weisch, im Heime Sepp de Bernhard, dä Flitzeboge, sage sie ihm. Genau der. Hä und der macht des Bild heller, und dä Kommissar erkennt Erna Stein, wie sie mit ä blunde Perücke übers Wiefescht huscht. Dä Kommissar glaubt jetzt, dass dä Killian weiß, wer's isch, un dass er die Täterin allein stelle will. Also nimmt er alli mit uf Rotwiel und rettet dä Killian vor dä Erna und dä Isabell. Aber dä Kommissar hät au Glück ghät. Wenn's nämlich nit des Gwitter ghät hät, denn wär er niemols durch d' Stroße kumme. Aber weisch jo, wie's isch. Bei Sonnenschein sin alle uffm Wiefescht, aber wenn's emol ä wing tröpfelt, haue sie glie alle ab.«

Biggi war zufrieden mit ihrem Monolog. Eine Woche würde sie ihn vielleicht noch verfeinern und zum Besten geben können, dann hätte eine neue Geschichte sie aus den Charts des Merdinger

Dorftratsches verdrängt. Aber so lange wäre sie noch der Blockbuster. Sie entschied sich, die grünen Servietten für den Grillnachmittag zu nehmen. Mit Grün konnte man nichts falsch machen. Vor allem wenn man draußen im Garten grillte.

Belledin kniff die Augen zusammen, der Rauch qualmte ihm ins Gesicht. Er hatte schon viele Fälle gelöst, aber es würde ihm ewig ein Rätsel bleiben, warum er beim Grillen immer dort stand, wohin der Wind blies. Als Seemann wäre er wohl verloren gewesen. Wer den Wind zum Gegner hatte, hatte auf See nichts zu gewinnen. Aber Harry Morgan hatte auch verloren, obwohl er den Wind und das Meer zu lesen wusste; er hatte den Bauchschuss nicht überlebt.

Belledin hing das Ende von Hemingways melancholischem Helden nach. Mit Wagner hingegen hatte er kein Mitleid. Der hätte früher oder später ohnehin wieder angefangen zu saufen. Jetzt war er wieder in Emmendingen und konnte den ganzen Dreck noch mal durchlaufen. Wagner war eben ein Süffel. Und Belledin war auch ein wenig froh darüber. Wenn Wagner ein unverbesserlicher Süffel war, so war er selbst ein melancholischer Hemingway-Held und Biggi eine Frau, für die es sich lohnte, wegen eines Bauchschusses zu verrecken.

***

»Hübsch hässlich hier«, flachste Swintha, als sie mit dem Defender die Ortseinfahrt Merdingens passierten.

»Jetzt tu mal nicht so großstädtisch, nur weil du seit einem halben Jahr U-Bahn fahren darfst«, konterte Killian.

»Ist ja gut.« Swintha lachte. »Aber es scheint mir hier auf einmal alles so klein und gedrängt. Ging dir das nicht so, als du zum ersten Mal in der Welt gewesen warst und wieder hierher zurückgekommen bist?«

Killian überlegte und versuchte sich zu erinnern. Es war schon lange her, der Eindruck nur noch verschwommen fassbar.

»Kann schon sein. Aber mittlerweile weiß ich, dass es der Kopf ist, der über Enge und Weite diktiert. In Berlin ist jeder Kiez ein

Dorf, die Enge kann in jedem verdreckten Hinterhof erdrückend sein, und selbst im luxuriösesten Loft New Yorks kann der Horizont eines Menschen auf den Durchmesser einer Erbse reduziert werden, wenn der Blick nur nach innen gerichtet ist.«

Swintha nickte, sie versuchte zu verstehen.

»Und wohin ist dein Blick gerichtet?«, fragte sie.

Killian sagte lange nichts, sondern tuckerte mit Tempo dreißig durch die Wohnsiedlung. Diese Frage hatte gesessen. Ausgerechnet er, dessen Blick seit langer Zeit nur noch Innenschau betrieb, dozierte vom Weitblick. Er empfand sich als lächerlich. Was dachte er sich überhaupt, hier den Oberlehrer zu geben. Er wusste nichts, gar nichts vom Leben. Immer wenn er dachte, er hätte einen Zipfel Wahrheit erwischt, löste er sich in eine Nebelschwade auf, die ihm kalt und nass durch die Finger rann.

»Mein Blick ist auf einen übergewichtigen Mann mit Halbglatze und schwarzem Schnäuzer gerichtet, der in einer Küchenschürze und mit einem Feuerlöscher bewaffnet gegen eine Stichflamme anzukämpfen versucht, die aus einem fahrbaren Gartengrill schießt«, sagte Killian trocken, und er war froh, dass Belledin ihn mit seinem Slapstick aus der selbst zerfleischenden Innenschau rettete.

Swintha entdeckte den entschlossenen Kommissar ebenfalls und gluckste lauthals.

Killian parkte den Defender vor dem schmucken Einfamilienhaus der Belledins und blickte zu ihr.

»Jetzt kann uns nur noch ein Wunder retten«, sagte er.

»Glaubst du etwa an Gott?«, fragte Swintha gespielt ungläubig.

Ehe Killian antworten konnte, klingelte sein Handy. Er nahm den Anruf entgegen und lauschte dem Sprecher.

»Ja? Oje, des tut mir leid. Wie isch des passiert? Hiet Morge?«

Swintha hob erstaunt ihre schmalen Augenbrauen. Es war das erste Mal, dass sie Killian Badisch schwätzen hörte.

»Henei, des isch klar, do kannsch nit spiele. So ein Schiessdreck … hejo, klar spring ich ein. Für dich immer … ja, richtsch mir d' Note, ich kumm glei vorbei und hol sie ab.«

Killian legte auf, stieß ein Lachen aus und ballte die Hand zur

Faust, als hätte er den entscheidenden Elfmeter gehalten. Swintha verstand überhaupt nichts mehr.

»Willst du hierbleiben oder kommst du mit?«, fragte er.

Swintha blickte durch die Windschutzscheibe auf die Szene, die sich in Belledins Garten abspielte.

Mittlerweile war das Feuer auf die Tischdecke übergesprungen. Grüne Servietten entzündeten sich und flackerten kurz auf, ehe der Strahl des Feuerlöschers sie erstickte. Biggi riss mal die Hände gen Himmel, dann schlug sie sie sich wieder vor die Augen, während Belledin mit dem Feuerlöscher zielte, was das Zeug hielt.

»Ich komme mit«, sagte sie und gluckste erneut.

Killian fuhr an.

»Wohin fahren wir eigentlich?«

»Nach Bötzingen. Die Winzergenossenschaft feiert ihr fünfundsiebzigjähriges Jubiläum. Hilpert hat sich vorhin beim Wechseln eines Autoreifens die rechte Hand gestaucht. Er kann nicht spielen.«

»Das heißt, du spielst für ihn?«

Killian zuckte mit den Schultern und sang: »Memories, das Leben ist so süß. Wer macht die Welt zum Paradies …«

»… die Me-mo-ries!«, stimmte Swintha mit ein.